每一天梦想练习

另维　作品

湖南文艺出版社
HUNAN LITERATURE AND ART PUBLISHING HOUSE　博集天卷
CS-BOOKY

目录 contents

Study

人生的路，
每一步都算数

01 ^^^^^

02 >>>>

Self-discipline

成功的人，
是自律的普通人

Choices

他们为什么
长成了
儿时梦想的样子

目录 contents

Passion

用喜欢的方式过一生
是怎样的感觉

04 ^^^^^

<<<<03

你没有辜负时光，

时光也必然不会辜负你。

01

>>>>

Study

人生的路，每一步都算数

All men should strive to learn before they die, what they are running from, and to, and why. —James Thurber

人类应该拼命学习，直至死亡。——詹姆斯·瑟伯

如何不虚度年轻时光？——名校大学生是怎样学习的

"上大学你就轻松了！"

高中老师骗我。

1

这是我对大学最深刻的记忆。

午夜十二点，我困了，离完成预习任务还遥遥无期。

我洗把脸，涂好睡眠面膜，离开寝室，迎着月亮穿过樱花林，去二十四小时图书馆。西雅图的晚风好凉。

图书馆三层楼。

到处是人，灯火通明里，认真的年轻面庞们安安静静。长夜中唯一的声响是广播，深夜一点的广播。

"一楼咖啡厅还有十五分钟关门，需要咖啡和夜宵的同学请先休息一下，快点过来。"

我在图书馆里受这种环境刺激的时候，学习效率会高一点。

我记得深，因为那几年的大多数夜晚，都是这么过去的。

2

高中老师说，只要考上好大学，你就从此高枕无忧，想怎么玩怎么玩。

她又骗我。

越好的大学，越是炼狱。

这所大学世界排名第十。

教授讲课，旁征博引，天马行空，还快，完全不考虑我的接受能力。

我刚出国，英语原本就不是母语，如果不事先预习，我经常半天听不出我在学什么。

可是那些又贵又厚的大学课本，预习起来，每天少则四十页，多则上百页。

密密麻麻的字母，看着看着就不知是哪一行了，教授还在孜孜不倦地往 E-mail 里塞临时读物。

刚开学，我坚决不掉队。二十四小时图书馆耗到天亮。

我想，可以了，我这么努力，就算没读完，也肯定已经在大多数人前面了。

第一天进教室，傻眼。

几百人，放眼望去，所有人的课本都标满记号，还手拿笔记。

借同桌的预习文档一看，全是思考总结和要问的问题，而我工整抄下许多小标题和加粗句，以为能加深印象。

课堂讨论，别人随便一张口，就跟演讲一样。

我被那强有力的思想、逻辑和表达能力惊呆了——这都是什么时候想出来的？预习的时候吗？为什么我连课本都读不完，而他总结了全文，还能额外思考？

我跟不上，不是我不努力，是别人花同样的时间努力，还比我会努力。

我每天都很抑郁。

高中的基础太差，我根本跟不上大学的节奏。

又好像，也不是我的错。

好多同学的口语、知识面和学习能力，简直比我的高中老师还好。落后的不仅是我，还有我出生长大的地方。

更绝望了。

3

很长一段时间，我所有的时间都花进去了，不见任何成效。怎么看都是个十足的蠢货。

束手无策。

我学习习惯差，摊开课本会尿急、口渴、手痒。

生理需求解决完了，眼睛还黏在手机上，刷一会儿热搜，再发条"不预习，不睡觉"的正能量微博，眼睛好累……

学习的压力越大，我越无法集中精神，时间耽误一秒少一秒，我每天熬夜，熬到后半夜，急得掉眼泪。

可讲课进度那么快，一晚上哭过去，第二天只会掉得更远。

只好边哭边学，边学边哭。

我那时在学心理学。

学到人的日常行为和习惯的联系，说**神经元时刻都在努力记忆我们的行为。**

比如，学习时摸一次手机，神经元就会记住一次学习和摸手机的联系，重复使下一次行为更容易。于是，下次我们会更加地，在学习时想摸手机。

行为联系重复到一定程度，会形成模式，永久储存在我们的基底神经节里。这便是习惯。

就算我们后来改掉了习惯，一旦重新接触相关行为，触发了神经元对它的记忆，习惯很容易再次形成。

花过大量时间练习钢琴或者篮球的人，就算忘记了，再接触也会学得很快，便是这个原理。

发生过的一切神经元会记得，有过的好习惯坏习惯，都会伴随一生。

我如获至宝。

从此以后，我学习的时候，每一次想到手机，我都急忙念念有词。

"不，不能让学习和摸手机产生联系，要让基底神经节把学习和专注连在一起！快发生作用吧！基底神经节！"

我知道，每一次自控，都会让下次自控更容易。

有一天我会不再需要自控，那一天优秀会变成我的习惯。

我像一个受虐狂，每天想方设法做叫自己难受的事。

几年后的暑假，我在奥美实习。

小伙伴问我："另维，你为什么一来就进入工作状态了？也没见你没事摸手机刷东西什么的，怎么做到的啊？求秘籍！"

我这才惊觉，我好像不是刚上大学时的自己了。

原来，学过的知识，会过时，会遗忘，但在努力过程中学会的处事态度和做事习惯，都会留在骨子里，变成我们的一部分。

4

网络上常有人说，呵呵，晚上熬夜，只能说明白天效率不高。

我想他们大概没有见过，这世上的许多人，白天效率极高，零碎时间全部利用，晚上依然努力熬夜不知疲倦。这世界充满可能性，要学的、能玩的、想知道的、可改变的都太多了，一周一百六十八个小时根本不够用。

他们没有见过这种人，也不愿相信这种存在。

二十年后，他们在微信公众号里读到别人惊人的履历，评论——"目测背景了得""假得满屏都是尴尬"。

他们在评论里和意见不同者争得面红耳赤，然后一连几天都为源源不断的点赞扬扬自得。

他们或许一生都不会知道，**这世上有一种二十来岁，时间要一小时一小时安排，对下班和双休没有概念，人生状态一年一个新样儿，因为年轻的一年时光，实在能做太多事了。**

罗CC是我金融课的同桌，深圳人。

第一次进教室，我们认出对方是仅有的中国留学生，同桌以示友好，望结成同盟互相帮助。

第二节课，她的位置空了。

商学院录取率22%，投行、四大[1]和世界五百强们，每周站在教学楼大厅里开交流会，简直是一张名企通行证。

都熬到这一步了，竟然自暴自弃，刚开学就逃课。

那个曾经努力奋斗的她看到自己今天的样子，会哭吧。

第三节课，她依然没来。

我叹息，都怪我心大，找个盟军都看走眼，这门课只能孤军奋战了。

---

1 四大：即世界著名的四大会计师事务所，普华永道（PwC）、德勤（DTT）、毕马威（KPMG）、安永（EY）。

一周后，罗CC出现了。

来得很早，找我借笔记。

我注意到，她课件上的例题和练习题，已经全部用铅笔轻轻写了一遍。

她拿着我写得满满的笔记，一行一行，对照修改。擦掉铅笔换上中性笔，动作很快。

抄完，道谢。

问我画问号的地方现在懂了吗，要不要她给我讲一下。

我有点震惊。

她听讲很有自己的节奏。

只听做了记号的题，边听边核对预习笔记。

有时候核对完了，教授还没讲完，她就换上铅笔，翻到下一章预习。

跟我说，教授讲到下一题了喊她。

我一脸蒙，这是何方神圣。

课间，罗CC排队问问题。

排队的人很多，轮到罗CC，她首先向教授道歉。

"我上周在亚利桑那州打比赛，错过了两节课，对不起。"

一口流利的英语。

教授眼睛一亮。

"你就是我们班的高尔夫球运动员！你上周的比赛转播我看了，表现太棒了！恭喜！为你骄傲！"

她居然是NCAA的student-athlete，美国人叫学生运动员。

我们俗称的体育生！

NCAA是全美人学生体育协会，包含无数运动项目。

熟悉 NBA 的人知道，NCAA 每年为 NBA 输送新兵，相当于中国的国家青年队。

美国人要求职业运动员至少拥有大学学历，读书比赛两不误。

于是，美国大学里的体育生，地位最高，奖学金最丰厚，也最累。

他们每天下午训练，只能上午上课。

作业多，节奏快，大考小考一个接一个。

他们却要像 NBA 队员那样，在全国各地，不同的客场之间飞去飞回，直到球队被淘汰。

学校的高尔夫球队全国闻名，是 Division 1，甲 A 级。

也就是说，罗 CC 的赛期，几乎长达整个学年。

在这期间，她每周要保证二十个小时以上的训练，时时刻刻背负着比赛排名和反复出差的压力。

文化课？

缺课自己操心补[1]，错过的考试，自己提前去找教授，安排补考时间。

作业，我想不出她拿什么时间写。

日常的体育训练耗时间更耗体力。有比赛了，更是少则缺课四五天，多则一周以上。一学期一共才十一周左右。

她才二十岁。

而我，仅仅是面对学习压力，就已经哭天喊地了。

她到底怎么活下来的。

---

1 队里也会安排辅导员，一般是这门课学得特别好的学生，拿工资的。因为体育生出校园明星，给各种球队做文化课辅导员是美国大学里最受欢迎的校园工之一。

我天天跟着她，跟着跟着就懂了。

十二点二十下课。

她买完三明治和咖啡，去最近的图书馆自习，路上已经吃完午饭。

屁股还没坐稳，眼睛已经盯在了作业本上。精神高度集中，我坐在旁边好像空气一样。

时间一到，说一句"再见"，起身就走。

整个上午，她简直每一秒钟都是掐着过的，一天的效率，至少抵我三天。

我高中时，月平均写小说六万字，成绩却很差。

班主任说："都是你天天上课写小说耽误的，必须把全部时间和心思放到学习上，你的人生才会有出路。"

上大学后，为了跟上学业，我首先停止写小说，直到遇见罗 CC。

罗 CC 每次上课，都是有备而来。

我问她到底从哪里挤的时间，她说："飞机上。"

我说："飞机上学习我也试过，太难受了，光线不好，还总有人打断你，根本无法集中精神。还是图书馆里有效率，安静，还有旁人用行动鞭策你。"

她说："我也觉得。可是如果我不在飞机上看，就真的没有时间看了。"

原来，我成绩差不是因为写小说，而是我没有合理管控自己，利用时间。还找借口。

那门金融课，罗 CC 结业成绩 4.0，满分。拼尽了全力拿到 3.4 分的我目瞪口呆。

从此以后，每一次想放弃，我都更用力地强迫自己——

"为了写作，高效完成学习任务吧，我没有其他时间了。"

几年后，我十五万字的游记小说在上学的间隙写完了，畅销了。

因为亲眼看见世上有人那么活着。

我相信了曾经以为的不可能。

哦，同年夏天，罗CC打出全国总决赛最后一杆，校高尔夫球队问鼎NCAA全国总冠军。

一时间，学校官网首页是她，美国电视转播是她，中国高尔夫球官微在介绍她，亚洲校友群在讨论她。

我发微信恭喜她，大约是恭喜的人太多了，她发了个朋友圈。

——After winning？ A typical day of a student-athlete.

"赛后生活？我是一个'学生'运动员。"

配图是股票课作业。

言下之意明显了：我在学习啊啊啊！没回微信不要怪罪！

当时我正在做《我们都是和自己赛跑的人》的全国巡签，夜半休息，刷到罗CC，忍不住爬起来，写借口持续出差拖欠的新小说。

5

在商学院，罗CC不是最拼的。

税法课，饼干妹知道的，比R教授讲的还多。

我好奇原因。

她说："工作的时候见过啊，同事教的。"

她居然每天上午上课，下午在普华永道的税务组实习，一周至少二十个小时。

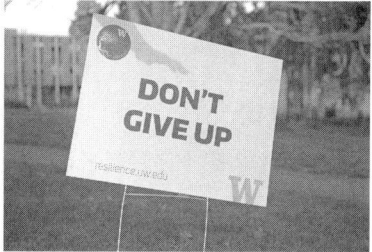

我震惊："功课忙成这样，你还在四大实习？这是税季啊！不是说税季的四大忙到过劳死吗？"

她说："是很忙呀。我上班去了，帮我问下这几个知识点，晚上去图书馆找你。"

下课铃一响，饼干妹匆匆收好文具，塞给我一张纸。

我偷偷计算，四大实习时薪25美元，那么她现在月薪14000元人民币，还不算加班！

商学院的专属图书馆，清晨七点开门。

周末很少有人相约自习，反正几乎都会去。

饼干妹喜欢在周五深夜的微信群里投毒：

"各位，这是我刚刚烤好的饼干，想吃的明天来我座位拿！"

——这也是饼干妹称号的由来。

她饼干烤得极好，做题也厉害，我特别喜欢坐在她旁边。

我问问题。

她摆手："我睡十五分钟好吗？太困了，十五分钟后一定要叫醒我，我给你讲。"

我说："好。"话音未落，她已经睡熟了。

她是有多累，才能这么在图书馆课桌上一趴，就一秒不省人事啊。

一个普通周末而已。

她的朋友圈里，不是旅行照，就是饼干照，或者穿着花裙子拿着名牌包的美颜照，一副岁月静好的样子。

十五分钟后。

饼干妹满血复活，精神奕奕。

我说："你这么拼，朋友圈看起来像个无业游民少奶奶，迷惑一众竞争对手呀。"

她说："不是故意的。"她只在放假的时候开朋友圈，平时都关闭着。

我惊讶："朋友圈还能关闭？"

饼干妹示范：我—设置—通用—发现页管理—朋友圈—点击关闭。

朋友圈功能彻底消失在了"发现"一栏。

饼干妹说："我一刷朋友圈就停不下来，时间都浪费了，只好干脆关掉，放假再开。"

她说："我跟 Yuhao[1] 学长学的，早两年他一直强迫自己每周只开一小时朋友圈，两个学期之后就没有刷朋友圈的习惯了。我还在这个过程之中。"

我忽然想起一件事。

税法本来就错综复杂，R 教授还天马行空。一上课，全班都要撞墙。

第一周，有人开始喜欢 R 教授的课了，说虽然上他的课门槛高，但听进去了就会发现他名不虚传。

我观察她，原来她上课录音，下课反复听。

我默默兴奋。

找到好方法了！明天就用起来！我真是太善于吸纳优点了！我不成功谁成功？

第二天进教室，蒙了。

全班八十个人，人人桌上的手机都是录音界面。

---

1 Yuhao 学长你们认识的，《年薪百万的本科毕业生是怎样生活的》里提到的"一天自习七小时"小组，他是老大。

别说成功了，没有在一天之内吸纳方法的能力，我就是全班倒数第一。

我读到大学快毕业，偶尔还是压抑得想哭。

竞争太激烈了。

每个人都在拼命学习别人的优点。谁有个优点，马上能像瘟疫一般散播开来。

每个人的优秀都是多维度的，大家彼此认可，也互相碾压，再努力都是相对静止的。

好累。

到底什么时候才是个头。

尽头还没熬到，先发现自己变了。

曾经的艰难不难了。

以为会把我搞死的障碍，都被我搞死了。我越活越好。

本科几年，人脱胎换骨得自己都不敢相信。

6

学校很盛行出国交换。

外国来的交换生，会有本校生做新手向导。

清华和北大都是我们的友好学校，每年秋天互相派送十名交换生。

如此一来，我认识了清华哥。

他们介绍："跟你做新手村任务的，是清华大学生物系第一名哦！奖学金拿到手软，这次来交换一学期，国家每个月给他生活费 1200 美元。"

每个月 8400 块人民币零花钱，还是政府给的。

我扑上去顶礼膜拜。

那一年，中国还没有冻酸奶，清华哥觉得新鲜极了，捉住店员疯狂发问。

一张口，我吓了一跳。

那是一口浓郁的中式英语，没有一个词的发音是准的。

我听了足足三十秒，才发现他说的不是闽南话。

——清华也太不重视学生口语了，弄个英语角不行吗？

我听不下去，帮他说。

尺有所短，寸有所长，做人不要太勉强。

他拒绝，非要自己说，说不明白就手脚加表情并用。

一时间，人人进店都瞄他几眼。

我忍不住离他远一点。

后来我听到传言。

"有人连去中餐厅都要狂说英文，店员跟他说中文他回英文，傻 ×。"

"而且还说得惨不忍睹！那发音标准闽南语系，连语言班的傻 × 都听不下去地纠正他。"

"出来交换三个月，还把自己当美国人了，屌丝装 × 真可怕！"

我悲痛地想，真是砸清华的牌子。

清华哥回国前，我们吃散伙饭。

他张口点单，又吓我一跳。

"你是掉进山洞捡到了《九阳真经》吗？闭上眼睛听的话，你完全是个美国人！"

我惊叫，才三个多月啊！

他不好意思地笑了笑说："抓住了一切机会狂听狂说而已。我没有你们机会好，常年生活在美国。我可能一辈子只有这三个月可以在纯英语环境里，尽量多收获一些。"

我想照旧打趣：如今的美国西海岸，算哪门子纯英语环境，中餐厅遍地，商场有中文导购，放眼望去，全是中国人，除了上课和写作业简直用不着英语，根本不是学语言的好去处。

但我羞愧得说不出来。

他怎么就做到了呢。

他说："**我知道自己说得不好，可是如果我不说，就永远不会好。只要我想变好，必然要经历一遍学习的过程，晚经历不如早经历。**"

我连忙摆手："不不不，你已经说得太好了，不知道的以为你高中就留学了呢！"

此时的我，已经在学心理学了，知道人的大脑里，理解语言的部位——韦尼克氏区很早就停止发育了。

因此一般说来，英语口音是否纯正，不取决于人在英语环境里生活了多久，而取决于他去英语环境的时候有多年幼。

看了太多的留学生，我下了一个结论：刻苦的高中留学生还有可能彻底摆脱口音，十八岁出国的本科生，不用痴心妄想。

说得流利就好。

我就这样以科学之名，放松了自我要求。

我忽然有点恨自己。

清华哥长得瘦瘦的、白白的、小小的，不太起眼。
他在我眼前，却忽然高大了起来。

原来清华人厉害，不在于成绩好，会考试。
三百六十行，行行不一样，而成功的充要条件大同小异。
他们知道如何做好一件事，便知道如何做好每一件事。

7

我还是小城里的高中生的时候，挺自命不凡的。

有人说，他们都说井底之蛙可悲，却没有人关心，蛙走出井，看到广袤天空的那一刻，有没有很绝望。

特别绝望。

——是我刚上大学的那几年的最好写照。

我在源源不断的震惊和蒙愕里挣扎生存，每一天都战战兢兢，不敢松懈。
我以为我的人生会这样一惨到底。
我没有想到的是，还没毕业，我也变成别人的大神学姐了。

十八岁的新生找到我，要和我一起自习，一边哭一边写作业。
"另维学姐，我没考好，实习也没回音，商学院应该没戏了。我现在压力大得吃不好睡不好，天天掉头发，我好羡慕你……"

那表情，那眼泪，和四年前的我如出一辙。

我太知道她正在经历什么，即将遇见什么了。

那是我一步一步走过的路。

我说："别为今天看不见效果着急，就这样坚持下去，三年之后你且看它。"

她抹了眼泪，强迫自己再做一题，虽然她还看不见，她以为那些没有结果的辛苦遥遥无期，其实就这几年。

她没有辜负时光，时光也必然不会辜负她。

我想起罗 CC 说过一件事。

她十八岁那年，作为体育生上美国的大学，被学业和训练的双重压力吓得屁滚尿流，已经决定了放弃文化课，随便混个简单学位，把高尔夫球打好就行。偶然听说网球队有个上海学姐，专业是很难学的建筑工程。

罗 CC 心想，这怎么可能做到，一定要去拜访见识一下。

罗 CC 后来的高效，师承已经毕业的网球学姐。

我忽然明白了。

我们都会变成学姐，毕业离开，但有些东西会永远留在这所学校。在一届又一届年轻的身体里源远流长，生生不息——

是面对世界的态度、精神和习惯。

我看见四年后，我已经不知在什么地方成家立业，抹眼泪的学妹褪去了今天的稚嫩和焦躁，坐在图书馆，微笑看着一张新的十八岁面孔。

她告诉她："别着急，三年之后你且看它。"

这一种传承，深深扎根在这片土壤里，徐徐飘散在这方空气中，滋养着每一个路过的有心人。

成功学生的失败人生，失败学生的成功人生

弟弟十八岁了，我问他暑假去哪儿工作。

他说，我才十八啊。

我说，你都十八了。

替他着急。

又是一年夏天，华盛顿大学招了六百名中国学生，在北京和上海开新生会，叫我做演讲嘉宾，分享本科生活经验。

我本着为弟弟考虑的心，写下这一篇本科经验经，讲三件事。

无奈想说的太多，只好写成三部曲，一篇文章说一件事。

这是第一件事，优秀的人是怎么规划大学生活的。

1

手机里有一些微信群，不聊天，只寻资源问合作，硅谷校友群是个典型。

有人丢进一份简历，说是朋友的儿子，今年加州欧文大学经济系毕业，在找工作，谁有需求。

我正巧在和冰清学姐吃饭，她在硅谷的创业公司刚刚融资，正到处托人发布招聘启事。

我提醒她："你不是正着急招人吗？"

她说："简历我已经看了。"

没有第二句话，也没在群里吱声。

我好奇地点开那份简历。

两张纸，大三暑假在北京某银行实习两个月，其余是修过的课，课堂project，以及大一校际业余篮球赛名次。

放眼望去，大面积留白，字体过大，内容毫无重点。

即使学校背景和成绩都不差，我也只有两个感想。

①这真的是一个毕业生的简历吗？

②我也上过大学，知道大学四年能做多少事，此人四年都干吗去了？

松桐是我的高中学弟，聪明伶俐，老中青女班主任杀手，高考更是超常发挥，湖北省八十多名进复旦，名噪街坊邻居。

他大四那年，突然找我，说他在麦肯锡的卞学长，好像和我有交集，求介绍求内推。

我说："你简历发我一份，我拿去问问他。"

两个小时后我催松桐。

松桐说："稍等下，我刚填完资料，简历还在生成中。"

我有点震惊。

简历发过来，居然是个 word 文档。

一张表格，三页纸，放眼望去，大二暑假做过经济学教授的助理研究员，帮忙发调查问卷和跑数据。剩下的经历，是成绩全班 Top 60%，合唱比赛，校园十大歌手，以及模范寝室……

智联招聘的水印清晰可见。

我下巴都要掉下来了。

我不知怎么告诉他，临到毕业简历还几乎是一张白纸，别说麦肯锡了，我自己开个小工作室，都不会为这样的简历心动。

一个大学生，只要他没有继续深造的打算，就应该在入校的那一刻明白，大学四年是他从学生到社会人最后的过渡。

他应该时时刻刻都在思考这样一个问题：学历我有了，还有什么其他的准备，能让我在找工作时脱颖而出呢？

——工作经验，沟通能力，领导力，人脉，着装，成绩单。

他们说："这不是废话吗，常识谁不知道？说得容易，学生上哪儿找工作经验？"

你去你们学校的论坛看看，是不是有个板块，叫"工作实习"？

你去百度、微博、微信公众号里搜搜，是不是很多叫"××市大学生实习"的账号，在二十四小时滚动发送各种招聘信息？

你只要稍微动动手，网上都有。

你知道自己不是搞学术研究的料，毕业要工作，就应该趁大学四年，在学习之余，有意识地积累职场看重的能力，为自己攒一份有竞争力的简历。

你打游戏的时候，不是深谙同样的道理吗？

光打怪走不远，要想未来的路宽，剧情任务、学习技能和组队交友拜师入帮会，缺一不可。

像松桐这样的简历，大一的时候找暑期实习，作为起点，可以接受。

但是四年过去了，过渡期结束了，你的简历拿出来，还像个小孩一样。

用人单位怎么相信你是开门能解决客户问题，关门能提升公司价值的专业人士？

2

我说："如果你的目标是知名外企，首先，简历最好只有一张纸。HR的目光停留在你简历上的时间，最多六十秒，你要为她节省翻页的精力。

"其次，去掉跟工作无关的私人信息。

"最后，学历是基础参考，放在最上面，占 1/5 到 1/7，绝大多数空间要留给相关工作经验。

"其他特长和爱好，最后提一下就好。中英文各一份。永远不要用 word 格式，要用 PDF。"

小松桐说："知道得这么清楚，你们大学开这种课啊？果然还是美本含金量高些……"

我们大学不开这种课。

大一时，我想去做食堂小工，包三明治，校内打工申请需要简历，我匆忙百度了个模板，写好上交。

面试官毫不留情，当面指着我的简历说："你简历里还有拼错的单词，排版也不清晰，去 Career center 看看吧。"

Career center 是职业规划中心。

辅导员说："另维，你的相关经历描述不清晰。

"描述经历的时候，雇主最看重的是你具体做了什么。

"每一行要点描述，用动词开头，每句话说清楚一项你在工作中学会的能力，比如沟通能力、领导力、数据分析能力。用数据支撑。"

我一脸蒙。

我在心里委屈：我才十八岁，刚刚高中毕业，还是个宝宝啊！

辅导员说："你十八岁了，一个成年人，大学生。"

我后来渐渐知道，十八岁的美国人，许多已经有了数十年的工作经验。

他们从小学开始，做报童、球童、除草员，再大一点，变成服装店店员、咖啡店店员……这是他们的文化。

也因为如此，绝大多数生活在这里的十八岁成年人，早就是写简历的老手了。

是我见识太少，还理直气壮。

我意识到我的落后，很想追赶，于是变成职业规划中心的常客，每一段工作结束，都把简历更新一遍，拿去找辅导员修改。

如此一来，随时随地都有了能立即拿出手的简历。

我对松桐学弟说："每个大学都有职业规划中心的，去看看吧。"

他去了一趟，简历焕然一新。

他欢天喜地，只是有些后悔：大一的大部分课余时间都用来在寝室联机打游戏了，在职业规划中心门前来来去去，从来不觉得跟自己有关。

学校里上好的免费资源，浪费了四年。

3

简历交给了卜学长，松桐很兴奋。

"有内部人员推荐，应该能拿到面试吧！我和学长有相同经历，而且他学电子工程的，专业不对口不说，在我们学校，工科录取线比文理科低，我应该更有优势。"

我不可置信地确认了一下，他居然在说高考。

一个大学快毕业的人，居然还在拿高考说事。

高考带来的一切，荣誉也好，耻辱也罢，从迈进大学校门的那一刻起，应该已经烟消云散了。

剩下的人生路会是怎样，全看接下来的每一天在做什么。

我把卞学长的领英发给松桐。

那里面写着学长这一路上的每一步。

我说："你们的确都在大二暑假给经济学教授做助理研究员，区别是，你整个暑假只做了这一件事，可对他而言，那是一份业余兼职。

"他的全职工作是英特尔的实习生，技术组，这是他的专业背景给他的机会。

"这两个经历帮他在大三暑假找到了一份投行实习工作，关注科技公司，显然，这时候他想放弃工程师的道路跨界到商科。你看，他大三去美国做交换生，也是在商学院中排名很好的伊利诺伊香槟大学，选修商科课程。

"到这个时候，不管高考把他送进了什么专业，他都是同时具有商科学术背景和工作经验的人了。

"大四他在麦肯锡做了九个月的 PTA，兼职助理。

"纵观他的大学四年，毕业进麦肯锡，十分合理。

"因为这样一份简历，让人一眼看得出他大学四年的进步和规划。

"他大二的时候已经在为进入麦肯锡做规划了，稳扎稳打，一步一步。

"而你，助理研究员是你四年里唯一的相关经历，更不要提从简历看出兴趣趋势，和对自己职业的规划和准备了。

"两份简历，同样的学历，哪怕他成绩稍稍不如你，你是老板你选谁？"

松桐一脸蒙："我以前没想过这个问题啊。"

可是，不管你想没想过，**那些人人都想去的公司里，我见过的走到最后的应聘者，带去的都是写不下的简历。**

这样的简历需要从大一攒起。

松桐很委屈。

"我从小到大，就没好好玩过，好不容易考上复旦，想好好补偿自己一回。

"我积极参加学校活动，一二·九合唱，吉他社，和室友一起打DOTA，追仙侠小说，追女生……

"对了，我水土不服啊，光上海人不午睡的习惯就适应了大半年。我还特别想家，暑假我妈也想让我回家陪她啊，陪了两回，眨眼就大三了。

"大三着急了啊，又想考 GMAT 留后路，又要实习换学分，只剩下一个暑假，还是把心思放在学习上吧。

"我就和我妈合作，她找老家熟人开实习证明，我留在上海考GMAT……

"我也没耽误啊，说起来，我每个暑假都很充实，比我无所事事的人多了去了！

"真的，大一暑假我支教，大二暑假我做助理研究员，大三暑假我考了GMAT，好多人不如我呢！

"只怪大学四年太快，眨眼就没了……"

4

一模一样的困惑，我也有过。

拼尽全力考进录取率 22% 的商学院，以为从此高枕无忧了，找工作时，还是没人理我。

借来 offer 拿到手软的同学的简历做对比。

顺利开启投行人生，进了华尔街的 Bianca，虽然平时和我坐在同一间教室里学会计，我以为她最多不过比我多了个金融专业，却原来，她大三暑假已经在纽约的高盛实习。

她从大二就开始辅修应用数学，暑假在香港皇家银行实习。大一暑假在西雅图的银行实习，我查那家银行暑期实习的申请截止日期，每年十一月。

如此推算，她大一开学的第二个月，就在琢磨实习了。

大概还没上大学，已经给自己做了完整的规划。

每学期学什么课，要在学习之余申请哪些暑期实习……全都一步一个脚印执行完了，才能在毕业时交出一份去哪儿都能脱颖而出的简历。

顺利开启咨询人生，进了硅谷埃森哲的 Yuhao，大一的时候明明和我水平差不多。

我记得他暑假时的朋友圈，又是回唐山老家，又是陪妈妈旅行。

平时一起上课，也没觉得成绩有天壤之别，找工作的时候，他一投一个准，我两手空空坐在旁边看着。

我们研究原因，他比我多两份全职实习，都是暑假做的。

简历拿出来，比我的丰富，面试时聊天，比我有话聊。

大概还有举手投足，都比我更像一个职场人士吧，毕竟真的经历过。

都是暑假拉开的差距。

刚满二十岁的我，发出了和松桐一样的不服气。

我说："暑假我没耽误过啊，大一暑假在上海作协参加《萌芽》笔会，和赵长天老师交流文学，大二在武汉搞封闭式创作培训。"

Yuhao 问："笔会多久？培训多久？"

我说："笔会一周，培训半个月。"

"然而暑假有将近三个月。"

他继续说："我也会回老家，会旅行，但这些事一两周足够了，完全可以在两个月的全职实习结束后或者开始前做。"

他说："头两年我没找到美国的实习，去了北京一家小型私募，也学到挺多的。"

我终于意识到，四年说起来漫长，但其实人与人之间的距离，只消两个暑假，就能彻底拉开。

每年都有人说，我们毕业即失业。

每年有百万应届生毕业失业，每年也都有人一堆 offer 拿到手软，大四最大的痛苦，是"这几家公司都挺好的，不知该选哪个"。

早早脱颖而出的人，都是早早规划好大学四年，一步一个脚印，走出一张漂亮简历的人。

他们用大一和大二的暑假初尝职场。

——这个行业我仿佛喜欢，那就去试试吧，反正年轻，它工资低，我成本也低，攒点经验对以后好。

他们试错，拓视野，在经验中更加了解自己。开学之后，调整选课，调整人生方向。

大三，他们对毕业之后的落脚点，已经有了基础的概念。看准一家想作为职场起点的公司，把最后一个暑期实习给它。好好表现。

表现好的实习生，大都有 return offer。

大四，他们举手投足，已经是有经验的职场人，被各种邀请来邀请去，给刚开始着急的同龄人开讲座——我是怎么早早被 ×× 公司录取的。

因为他准备得更早啊。

5

世上没有一蹴而就的大神。

二十岁，找工作这场仗，我上来就打了个全盘皆输，后知后觉地发现，我以为学校里的努力学习很管用了，其实远远不够。

我不甘心。

我休了间隔年，离开美国，去广州和上海做了两份全职实习。

我返校后，变成了一个大龄姐姐，我以为年龄的劣势会让一个女孩子万劫不复。但其实，我再找起工作，顺利了许多。

是我变了。

我的工作经验，磨去了我身上学生味道的毛躁和扭捏。

6

对一个十八岁的人而言，大学是他在这个世界上最好的平台。

低廉的食宿，超值的教育，全社会的包容与忍耐……如此一块宝地，

如果运用得好，就是在用最低的成本走最远的路。

不好好运用大学平台的人，被奖学金请进名校，四年后也只能泯然众人。
同样地，无论在什么大学，早做准备，一定能获得提升。

四年复旦，松桐手忙脚乱地为未来担忧的时候，我的高中同学说起了胖子郭。

"还记得文科平行班那个上课看《盗墓笔记》吓得跳起来，被年级主任逮个正着的郭胖子吗？他现在在上海月薪过万，还当领导，人不可貌相啊，他好像是个大专生吧！"

胖子郭毕业一年，已经在康师傅带销售团队了。

他从大一开始，每个周末都在路边遮阳伞下叫卖冰红茶。

暑假全职，坐进办公室，勤劳又机灵。

同学们到处找工作的时候，他已经被团队主动要求毕业就过去，第二年就升了职。

我算了算，不奇怪。

按学历，他是刚刚毕业一年的菜鸟，但是按简历，他是从基层稳扎稳打好几年的老职员。

胖子郭说："我大一那会儿，只是想赚点上网钱，一开始发传单，他们老克扣我工钱；换了个保安工作，我这个人你知道，没法儿熬夜；后来去卖冰红茶，又有人带，又能交朋友，觉得挺充实开心的，就做下来了。这一晃好多年了，我现在最大的烦恼就是学历不够用，正在打算去哪儿深造一下，你给我建议建议？"

你看，奋斗的人，不论起点，殊途同归。

7

总有人怪罪：公司开口就要工作经验，学生刚毕业，哪儿来工作经验？

可是，每个大学生，在真正找工作之前，都有整整四年的时间做准备，如果花了四年，就准备出一张白卷简历，能怪谁？

上学，别人在学习，你在打游戏。

放假，别人在朝九晚五，你在老家吹空调。

四年，别人在抓紧历练，你在抓紧享受最后的学生时光。

那么毕业的时候，这个世界不淘汰你，淘汰谁呢？

所以，不管高考超常发挥还是失常发挥。

重要的不是你上哪所大学，而是你每天在学校里做什么。

因为过去再好也好，再糟也罢，只要人活着，境遇就不会一成不变。

未来的路，全靠此刻的双脚，一步一步走。

那个不会穿的女孩的面试

1

我去面试普华永道（PwC）。

大堂里，我对一个女孩笑了一下，我知道她也是面试者。

她怯生生的，高跟鞋三走两崴，西装从头到脚都不合身。

一截白衬衫还吊在外面，肩上的书包沉甸甸的，把西装压得到处是褶。

她像是直接从图书馆里匆忙跑来的。

我想提醒她整整衣服，见她已经那么紧张了，没有开口。

我们同时走出 26 楼的电梯。

这一路陈设华贵，庄重森严，到处是 "interview candidates this way" 的告示牌。

不远处，黑色正装的职员正在指引面试者，连前台都西装革履，妆容精致。

女孩不自觉后退了一下，拽住我。

"你看我有什么问题吗？就这样进去没问题吧？"

我为她塞了衣角。

"完美。"

我说。

女孩叫小冬，是附近林业大学会计系的学生，大三。

偌大的会议室静得落针可闻，几十个西装革履的面试者排排坐。小冬把简历攥在手里，盯着看，还有点发抖。

叫到一个名字，一人起身出门，剩下的人更紧张地低头背简历。

小冬压低声音："你不紧张吗？"

我笑了笑，没有说话。

我面试的时候，面试官忽然问我："你多大？"

她解释："这是校招嘛，来面试的全是学生，而你的谈吐啊，状态啊，着装啊，没有一点学生样，我都有点适应不过来……"

她果然提到了着装。

我决定讲一个故事。

2

我的面试着装之路以灾难片开头。

让我从大一说起。

学费太贵了，许多中国留学生都是人生头一回，一次性刷掉近 10 万元人民币，被自己惊呆了，日日陷在阴影里不能自拔。

见美国人早有半工半读的优良传统，纷纷倍感压力，四处勤工俭学。

我是其中之一。

十八岁那年，我申请的第一份工作，是食堂里的三明治包装员。

我拿到面试，立刻连幼儿园同学都知道了，我每天在人人网上直播。

"面试到手了！通过这一关我就有工作了！哦吼吼！"

"今天选衣服！我穿什么面试合适？颜色庄重的，款式正式的，裙子到膝盖的，除此之外呢？求意见！"

…………

面试现场。

我本来说英语就紧张，低头看了一眼自己，更加语无伦次。

我知道裙装不宜短，特地穿了过膝的，还在镜子前左转右转好几圈，检查了好一阵。

可我忘了检查自己坐下来的样子。

我一在面试官面前坐下，就发现不对了，两条大腿裸露在外，从侧面看，简直要看到腿根。

我自知羞愧，努力把腿挤在一起，一面说话一面拉裙摆，没用，情急之下，干脆把手放在前面遮。

面试官问："今天就到这里，你有什么问题问我们吗？"

我连夜百度并熟背了《面试宝典》，此刻急忙一字不漏地背。

我说："这是我有生以来的第一次面试，很紧张，表现不好的地方还请多多包涵。虽然我没有经验，但我乐于并且善于学习，您能给我刚刚的表现提些建议吗？"

面试官答："今年来了很多中国学生，你能说中文是个优势，我们会考虑。但如果以后来工作，希望你不要再穿这么短的裙子，very distracting（很容易叫人分心）。"

面试官那句"very distracting"，咬得很重。

我一个女孩子，刚高中毕业，没见过什么场面，突然被人当众这么说，整个人迅速通红和火辣辣，傻了好半天才反应过来。

我匆匆答一句"谢谢，我一定注意"，灰溜溜告辞。

我没有拿到那份工作。

我每天路过食堂，看到别人摆弄蔬菜和面包，干干净净，笑容清丽。

而我只能把自我介绍再背熟一点，去面试招了很久还在招人，显然没什么人感兴趣的"安全车司机助理"（Safety Van Assistant）。

美国天黑不安全，举世闻名。

尤其是在大麻合法的华盛顿州。

深夜里，一旦出了校警管辖范围，便有满身大麻味的黑人持枪抢劫。

学校三令五申夜间不要单独出门，可学业这么紧张，逼着大家狂泡二十四小时图书馆，不过凌晨走不了人。

如此，"安全车"（safety van）和"安全陪走"（safety walk）应运而生。

"安全陪走"，顾名思义，就是一个年轻健壮的持枪校警去图书馆门口等你，陪你走回家，看你上楼开灯。

这项安全服务滋生了许多爱情故事，我们下本书再讲。

我申请的工作在安全车上。

安全车与安全陪走大同小异。

一辆面包车在图书馆门口装一车学生，像滴滴拼车一样，由近及远把他们一一送往目的地。

这两项有益于人民的免费服务，不得不靠学校经费苟活。

我入学那年，校方开源节流，要求安全车提供可观的搭乘数据，否则取缔。

司机忙着开车和规划路线，实在顾不上叮嘱学生做乘车登记这件小事，于是突发奇想，招一名助理坐在副驾驶做登记簿使者。

这是一个没有存在感的临时工种。

那个时候，我想工作，这就是我唯一的选择。

我施展操练过的面试英语，老老实实穿一条特意从 Forever 21 淘来的打折西装裤，去背诵又熟稔了一些的自我介绍。

我在安全车的副驾驶一坐就是一年半。

我生在湖北小城，天生晕车，连坐个小城公交都会吐。

你能想象我在密不透气、满街打转的面包车里，一坐七个小时的场景吗？

我每次上工，半小时内必吐。

漆黑冰凉的深夜里，我每隔一会儿就下车送乘客，我们挥手笑着说谢谢再见太客气了。

一转身，我蹲在垃圾桶旁边吐。

吐得头昏脑涨。

吐得好几次我都以为自己的眼珠子要掉出来了。

那个时候，每次吐完抬头，看见西雅图冷飕飕的月亮，想起的全是喷暖气的食堂和食堂里新鲜的食物。

听说在食堂打工的学生，每天可以把卖不完的食物带回家。

至今我看到在食堂里工作的小姑娘，还很羡慕。

3

我很快大三了，已经不再晕车。

我还修完了很多会计课，很想找工作。

商学院里有个职业生涯规划中心，我隔三岔五去哭自己又没经验又迷茫。

辅导员教我："你要从已有经历中提炼技能点，然后有底线地吹嘘。"

我们通力合作，把安全车司机助理描述得天花乱坠：

· Providing security services to college students,specializing in customer relationship management and communication.

· 为在校大学生提供人身安全服务，负责客户关系管理和沟通。

· Collecting field based qualitative and quantitative data,completing data analysis with Excel Application.

· 深入现场，进行定性和定量数据收集，并使用 Excel 应用程序完成数据分析。

毕马威送来了面试通知。

周一，我刷到邮件，虎躯一震。

连滚带爬回到职业生涯规划中心，我挥舞手机大声呼喊。

"我居然拿到面试了！ KPMG！ KPMG 啊！"

辅导员说："在美国，四大都是行为导向型面试（behavioral interview），我们来模拟练习一下。来，'星星四步法'，预备——开始！"

我说："星星是啥？"

原来，这世上有许多小孩，从小参加志愿者面试、环球游学面试、工作面试、大学入学面试……面试是他们的家常便饭，以至不同类型面试的准备方法，早就被取了名字，作为他们中小学功课的一部分。

是我起步太晚，起点还低。

辅导员解释："'星星四步法'是准备行为导向面试的经典方法，你去上网查一查。"

好在网络发达，我搜了一下，很快明白了。

星星四步法叫 STAR Method。

行为导向型面试，是让面试者讲自己的经历和故事。

通常，问题提出来，面试者如果能用三十到六十秒讲一个故事，对他的答案进行具体说明，他的面试会更加深入人心。

而在面试中直击要点地讲故事，和写高考作文一样，有明确的方法。

STAR Method 就是那个方法。

它分四步，STAR 分别是每一步的首字母缩写。

S：situation，境遇。

开篇一句话交代故事背景。

例如，上学期，我们小组四人参加了麦肯锡在学校举办的商业咨询挑战赛。

T：task，任务和目标。

第二句说明我们要完成一件什么事。

比如，我们要为微软的必应搜索设计推广方案，并为来自麦肯锡和微软的评委做 Presentation，我们一共有七十二个小时准备。

A：action，行动。

两三句话讲你采取的行动。

R：results，结果。

一句话说结果，赢和输不重要，关键是学到了什么，做出了哪些改变。

我一看题库，密密麻麻十几页纸，让人眼花缭乱。

我急哭了："我来不及了，离面试只有一周了。"

辅导员说："离面试还有一周。在关键时候，七天长得足以改变人生。一切在于你选择如何对待这七天。"

我哭完，回家，把深夜和冷雨关在窗外。

窗户上映着我二十岁的脆弱的年轻的脸。

我对着昏黄台灯，把十几页题库重新归类，想了十个故事，十个故事可以回答所有的问题。

我把故事一个字一个字地写出来。

这过程很像备考托福口语。还好我为之花过太多时间，找到了可参考的经验，我越写越顺手。

写完了故事，我把它们打印出来，时时刻刻拿在手上。

吃饭背，走路背，睡觉背。

我的目标是背到脱口而出，背到面试官以为我口才特别好。

我花了六天时间，向科比学习，每天凌晨四点起床，为了不吵到室友，蹑手蹑脚躲进洗手间，对着镜子压低嗓门背。

现在回头看，当真只有二十岁才扛得住这种作息。

幸好那时那样做了。

才让后来的故事有可能。

面试前一夜，我背熟了六个故事，完成度 60%。

我对自己说，就这样吧，我尽力了。

这六个故事让我通过了校园里的第一轮面试。

4

美国大学生的工作面试，第一轮通常在校内。

但凡是有名有姓的公司，第一轮面试通过之后，面试者自由选择想去的城市，公司出钱买机票、订酒店、报销伙食、帮忙租车，有的公司[1]甚至准备好景点门票……请你去第二轮面试。

第二轮面试在公司进行。

我选的是毕马威的旧金山办公室，面试时间周一上午十点。

周末。

我写完作业，飞到旧金山，机场停着公司为我租好的小轿车。

我戴好墨镜，把一首 *California Love*（加州之恋）开到最大声，一脚油门，飞驰在北加州夺目阳光下的宽阔高速上。

酒店是威斯汀，22楼。毕马威亲自给我订的，都不用我自己动手。

半个旧金山都被我尽收眼底。

我站在窗前，俯瞰城市。

学习真好啊，一夜之间，穷学生就能摇身变成金融街精英。

我骄傲得像一只孔雀，对着落地窗开屏，激动得睡不着。

对了，我的旅行箱里，还有一套和我精英身份相配的好西装。

我专门为这场面试买的。

我看了好多职场美剧和职场穿搭的公众号，前者说 "Your suit talks"[2]，后者教我 "女人要舍得投资自己，因为花出去的每一分钱都会写在脸上"。

没错了，金融人士个个西装革履，好西装就是那个世界的门票。

1　比如微软等科技公司。

2　你的西装会说话。

我花了好几个下午，在商场里试西装。

昂贵的西装穿在身上，我感到自己顿时发光了，升值了。

往那儿一站，聚光灯噼里啪啦闪，带着 BGM（背景音乐）。

我一看价格，吓傻了，3000 美元。

马上我又反应过来：我已经不是从前的我了，我马上就要在高大上的办公楼里工作挣钱了，3000 美元，不过是我过一些时日的工资啊！

这西装分明是属于我的。

没错，我买的不是西装，是我美好的未来。

5

就这样，我穿着我的好西装，带着我的聚光灯和 BGM，出现在毕马威旧金山的大楼。

然后我看到了那个金发男孩。

他手里拿着一套装在套子里的西装，发丝服帖，脚步极正，不小心和我的目光撞上，乖乖，他就那么直勾勾地冲我微微一笑。

我心想，不愧是 KPMG 的精英啊！

一个眼神都是见过世面的样子。

可是他对前台说："您好，我来面试税务组实习生，能麻烦您帮我放一下这套衣服吗？"

我目瞪口呆。

我从踏进公司大门开始，每一步都恨不得跪着走，他同样是来面试的，居然让前台放衣服？

前台居然恭恭敬敬接下了衣服？

这得是一套多好的衣服啊！

他自我介绍：Noah Van Hollebeke, from UT–Austin.

得州奥斯汀大学，那是会计界的哈佛。

我输了。

他身上那套西装，颜色暗沉，散发着隐隐光泽，从头到脚没有一丝褶皱，衬得他也像在发光。

他的自信从衣角溢出来，钻进眼睛里，让他目光如炬。

我低头看看自己，膝盖褶着，裤脚有痕。

不仅我输了，我 3000 美元的西装也输了。

才刚见面。

终轮面试是背靠背面试。

HR 带你参观并介绍一遍办公楼，然后把你引进一间玻璃房，你坐着，供水，三个面试官轮流出现，每人三十分钟。

三个面试者坐在三间玻璃房里，面试同时进行，面试官的轮换顺序应该是随机的。

我坐在房间里，率先进来的是个西装笔挺的白人，他入座，说："我叫 Jason，某某部门，Partner。"

我打了个激灵。

四大会计师事务所的森严等级，我只在课本里学过，如今面试刚一开始，居然就是一个合伙人坐在我面前。

我第一次见到活的合伙人，不由得露出"哇"的表情。

马上意识到这很业余，哇到一半，赶紧吞回去。

装作拿矿泉水，太紧张没拿住，掉了。

我连忙捡起来拧瓶盖，拧不开。

合伙人看不下去了，拧开了递给我。

我握瓶的手用力过猛，呛了，还挤了自己一胳膊水。

合伙人出门找餐巾纸。

三十分钟的面试，话还没说上一句，五分钟没了。

我一直道歉，合伙人也尴尬，面试在僵硬的一问一答中结束。

我暗暗想，合伙人都好严肃啊。

可是转眼，我就看见他在金发男孩 Noah 的玻璃房里开怀大笑。

他们两个人，像元首会面一样握手，轻微躬身，请对方入座。

马上又谈笑风生，气氛好得我隔了几层玻璃都能嗅到。

我的心沉到了水底，再没有起来，面对后面的两个面试官，也结结巴巴。

我和 Noah 的差距表演，才刚刚拉开帷幕。

公司管午饭，我们由三个员工带着，去一家装潢华贵的意大利餐厅。

好吃的太多，我点了一盘招牌虾蟹意大利面。

Noah 只点了一小盘扇贝，我默默地嘀咕："太不会吃了，真辜负这么好的餐厅。"

一开吃我就发现不对了。

我的面得用叉子卷起来咬断，我不得不又低头又俯身，吃相难看不说，叉子上、嘴上都沾着酱汁，我不停地擦嘴，员工跟我说话，得等我先忙活半天。

而 Noah 时而高谈阔论，时而活跃气氛，间隙里叉一块小扇贝放进嘴里，闭上嘴咀嚼几下，像个贵族。

一顿饭吃下来，别说嘴巴，连叉子都还是锃亮的。

我这才明白了什么。

虽然一上午的高强度面试叫人肚子咕咕叫，但**这一顿饭，员工是来进一步了解面试者的，Noah 是来展现自己的，只有我是来吃饭的。**

等我反应过来的时候，吃嘛嘛香的形象大约已经深入人心，已经没人打搅我吃东西了。

他们聊得热火朝天。

我为了不被发现不知道他们在说什么，只好更认真地吃。

服务员送来饭后甜点菜单，Noah 摆摆手，说："不用了，谢谢。"

我说："一块提拉米苏，谢谢！"

没错，我此行最大的收获八成就是这顿饭了，吃点好的吧。

我挖一勺提拉米苏放在嘴里："太好吃了！"

"再点一个？"

员工们笑眯眯地看着我。

"可以吗？"

他们笑着点头。

"公司请客，你们上午都辛苦了。"

说得好。我默默鼓掌。

新蛋糕端上来，我看见 Noah 一脸震惊地看着我，索性彻底放弃治疗。

我飞到旧金山蹭了一顿午饭，得拍照发微博才算来过。

员工看出了我的渴望："拍吧，年轻人都喜欢这一套。"

Noah 也掏出了手机。

他说："是啊，我也喜欢拍，我们拍个合影吧，纪念这顿珍贵的午餐，我从你们每个人身上都学到了很多！"

气氛终于从尴尬转为活跃。

再然后，我再也没有见过他们。

6

一年后。

我在普华永道的面试等候室。

小冬坐在我身旁，怯生生问："你的西装好漂亮啊，一点都不皱，很贵吧？"

一瞬间我回到了一年前的旧金山。

我刚上大三，雄赳赳气昂昂去面试，被竞争对手闪瞎了眼。

临走还要追到电梯里，向 Noah 表达敬佩之情。

我说："你好厉害呀！我看你跟面试官都聊不完，而我半天找不到一个话题……"

他笑着说："面试通知里不是写了面试官的名字吗，我在领英和 Facebook 上搜索过他们，对他们的学历啊，经历啊，去过哪里玩啊，有一点基本了解，来之前设想过聊什么比较容易。"

我惊讶："居然还有这种操作！你怎么这么神？！"

他说："我大四了嘛。"

只比我大一岁啊。

像隔了一辈子一样。

我最好奇的还是那身西装。

我继续问："一进来就注意到你的西装了，太有质感了，什么牌子？"

他答："H&M。"

我看看自己身上输掉的 3000 美元，不敢相信。

我追问："H&M 板型这么好？怎么会一点褶皱也没有？"

"熨的。"

我忽然想起来了。

我见过他，就在早上，我迷迷糊糊下楼，向 KPMG 给我的威斯汀早餐冲刺的时候，他在我隔壁的房间。

我路过，看见虚掩的房门里有个修容整齐的金发少年，半裸身子，低着头认真熨烫一件衬衫。

我还停下来看了好一会儿的。

我记得他身后的旧金山清晨的微光，和他一样不疾不徐，从容不迫。

7

小冬还在看我的西装。

我问她："从今天早上起床到现在，你都做了什么？"

她说："八点起床，刷牙，洗脸，买早餐，赶地铁，路上吃完早餐就给我妈打电话。我昨晚没睡好，今天还是紧张，我妈一直安慰我，叫我别把面试当回事，就当是历练人生，我刚挂电话就遇到你了……"

我说："我八点起床，把西装和衬衣熨了一遍，之后吃早餐、化妆，然后才来这里。而且我出远门的时候，一定会把西装装进西装袋，拿在手上，不塞箱子，所以它不会太皱。"

小冬睁大眼睛。

她说："你就是那种起点很高的白富美吧！果然是不一样，我连西装都是拿到这个面试之后才急急忙忙买的。打理什么的，根本一窍不通——你说的这些，从来没有人教过我。"

我说："现在有了呀。"

我又一次看见 Noah 最后的背影。

他挺拔，西装合身且服帖。

我那时以为好西装就是贵西装。

那道背影，让我明白罗伯特·科利尔的话。

"All power is from within and is therefore under our own control."

所有的力量都来自内部，因此由我们自己掌控。

衣服能有多衬气场，比起它本身的好坏，更来自我们如何对待自己，如何对待它。

那道背影至今清晰。

我记得我望着他，又嫉妒又感慨。

我心想，我要是能有他一半派头就好了。

于是他的谈吐、着装、礼仪和举手投足，全部深深刻在了我的脑海里。我每回想一次，就尴尬癌病发一次。

我想学。

我抓耳挠腮，无从下手，很长一段时间，我所有的尝试和努力都没有结果。

每一天都对自己又失望又绝望。

但是。

当我拿到亚马逊全球总部的金融分析师面试，向员工学长丹尼陈讨教经验。

忙碌的丹尼学长只回一句："最近天天加班到凌晨，没空细讲，你把STAR Method 掌握就差不多了，这是题库链接。"

只这一句，我已经心领神会。

我对着题库写故事，发现大部分都已经有现成的了，准备工作一个周六已经搞定。

8

我悟到的越来越多。

比如，面试不是演讲，面试更像相亲。

故事背得结构完整、情节跌宕太次要了，面试官更想知道，他以后想不想和我坐在一起工作和交流。

一场成功的面试，多半应该是一次愉悦的聊天。时间到了，面试官还与我聊得依依不舍，才是最成功的面试。

所以，我不再奋力讲故事了，我把注意力放在听者的反应上，及时回馈，舒适地聊天。

比如，花里胡哨的经历和出国计划，你觉得自己厉害极了，可跟这份工作有什么关系呢？

他若问起了，一两句话简述，重点放在无关经历对毅力人格的塑造、处事态度的培养，而不是事情本身。

所以，我不再长篇大论回答我如何成为一个作家、NBA 主播或者旅行体验师，而是绕过问题，说我为什么来到这里，我对这份审计师的工作有多热情，多期待。

比如，我不再恐惧那些头顶哈佛、牛津、清华高帽子的竞争者，出现在同一场面试，说明大家水平差不多。

我也不再对没有学历光环加持的对手掉以轻心，他们能站在这里，才是真正的出众和有本事。

身边的人是否打乱我的阵脚，不在于他们厉害还是脓包，在于我的心态。

我说，没有人能够影响我，就没有人能影响我。

比如，我不再惧怕大公司。

我需要他，他也需要我；他挑选我，我也挑选他。这是和恋爱一样相互匹配的过程。

不是我努力就合适，不是我合适就能在一起。

一份 offer 是能力，更是缘分。

所以，每一场面试，我尽人事，不再强求。

比如，我意到，所有公司加持的待遇和光环都不是自己的。

没有我的城，我只能像摩天大厦里的其他职业人一样，小小地依附在某个平台，蛰伏，学习，积累，用双脚走出一条对得起自己的路。

比如，我在一次又一次的尝试中，越来越知道自己想去哪儿，不再海投。

…………

我整个人，就在这样源源不断的领悟中，渐渐褪去了自命不凡。

爱美如我，当然恐惧年华流逝，容颜衰老。

可是当我看着镜子，里面那个人眼里有故事，举手投足都是年华打磨出的进步。

因为这些进步，比起毛毛躁躁的十八岁，我更喜欢如今的自己。

9

我收到普华永道的面试通知的时候，即将期末考试。

我考完试，搬完家，距面试只剩一天半，还要赶路，丝毫没有时间准备。

又有什么关系呢？

我已经练习过太多次，面试应该是什么样，我脑子里有清晰的概念。

我看了一遍面试官的领英、人人和微博，稍稍构思了一下话题，提前把资料查好。耗时一小时。

我经历过的，都不知不觉地有用了。

人的成长，如此润物细无声。

面试轻松顺利得像一场闲聊。

回家的路上，我复制粘贴发送过无数遍的感谢邮件。

"感谢您的时间，我学到很多，希望有继续向您和团队学习的机会。"

二十天后，朋友圈传来消息：
另维好命哟，都没见她准备，随随便便就进了普华永道。

后记

又是一年毕业季，学姐上台介绍经验，学妹排队求秘籍。

我周围门可罗雀，因为所有人都去围卢娜了。

卢娜扎马尾，微胖，涂大红唇，一身黑色裙装。

她大三在德勤咨询实习，从西雅图转到纽约，如今还没毕业，已经收到了麦肯锡的全职 offer。

据说录取比例是二百选一。

我见过她。

四年前，食堂面试结束后，我难过地坐在矮楼外的台阶上发呆。

她坐在我旁边。

她说："我是个傻子。面试官问我人生最印象深刻的困难，我说中学跑 800 米。

"从小不爱运动的我跑得胸口剧痛，要晕倒了，连老师都叫我放弃，但我的字典里没有'放弃'，我坚持挑战自己，突破极限。

"我见面试官一脸蒙，连忙解释中国的中学不重视体育课，成绩好的大都体育差。

"面试官更加蒙，我想把故事圆回来，上升到人格魅力的高度什么的，她老打断我，害我到最后都没圆回去……

"太惨不忍睹了，人生第一次面试，我全程都在反复讲这个故事，她全程都在奋力岔话题。而且，我现在反应过来了，三明治包装员是体力活儿，我上来就讲个我跑 800 米都能出人命的故事，谁敢要我啊？"

我说："我才是傻子，我直接让面试官当众说我裙子太短，very distracting。"

我们互相笑了一会儿对方的傻，心情好多了。

那个时候，我们都只有十八岁，还不知道经年之后回头看，像那样每一次总结过失，意识到差距并付出行动，都会是人生的一座里程碑。

我们不知道，因为人生在朝前进的时候，是那么潜移默化，稀松平常。

四年过去了。

卢娜在人群中演讲，一身西装，老练，稳重，自信。

原来面试这东西，原本就该是从大一练习的能力。

而四年足以使人百炼成钢。

<<<<

这里是临近圣诞节的旧金山渔人码头。

废弃的老公交车停在街角，被志愿者市民改装成了小站点。

天冷的时候，他们在里头煲汤，煮咖啡。

节日的季节，他们在里头发放圣诞帽。

路过的流浪汉和难民见者有份。

加拿大有个社会心理学研究，给你 5 美元，怎样花最快乐？

花给别人，哪怕是陌生人。

试试吧，5 美元买给自己买一杯咖啡，或者给陌生人买一杯咖啡。

哪一种快乐更强烈。

糊弄过的，早晚要还

1

我在普华永道的时候，有一天临到下班，组长来了。

张口就问实习生要一份金融分析。

我们组两个实习生，我和一个记不住大学名字的姑娘。

她刚满二十岁，单眼皮，话不多，看起来也不出众，眼睛里隐隐有股狠劲。我叫她小 K。

组长说："我们组在投标，一个大客户，刚刚客户打电话来，希望大老板去讲讲行业分析和 Why PwC，老板已经在飞机上了，你们快把 PPT 做出来——明白我要什么对吧？我要一份 PPT，老板下飞机翻翻就能拿去给客户 present 的那种。台词写在 note 里，口语一点，全英文。"

我和小 K 立即心领神会，就是咨询嘛。

商学院每学期都有商业案例挑战赛[1]，平时上课类似的作业也不少，我虽

1　Case competition，一种商学院里流行的校际比赛，参赛者组好五人团队报名，收到一个商业问题之后，需要在四十八或七十二小时内想出解决方案，做成 PPT，并在规定时间内完全 Presentation，由评委进行打分和淘汰。比赛过程和内容完全模拟咨询公司的日常。

然不爱好这个，也早已耳濡目染得一听就懂。

我一做起来，就不敢装江湖百晓生了。

我想好叙述思路，搜出许多资料，乍看都沾边，细细一读，没一句是我想要的。

瞅一眼左边，小K已经开始做PPT了。

我心想，难怪她上来就说"行业分析让我来！"，原来这么简单，真会挑分工。

我东摸摸西摸摸，迟迟动不了笔。

努力回想学校里类似的小组作业，好像我从来都是抢开场白和总结，没沾过金融分析，知道是知道，具体怎么做还真不清楚。

我连忙翻作业，想起存储作业的云盘Dropbox国内打不开，急得出汗。

再瞟一眼小K，她已经完工了。

她屏幕上的PPT清晰漂亮，我自诩快速学习能力惊人，连忙偷学。

哦，复合柱状图，分离型饼图。

我也会。

我偷偷对照着她的成品，不明白的功能到处点击试一试，百度一下。

进展不错，只是速度提不起来。

小K问我需不需要帮忙。

我说："我这部分不像你的行业分析，到处都是现成数据，融资渠道好多都不是公开信息，根本没法儿下手。"

可是她又一会儿就做完了。

她只看了一眼，没有思考就有了答案："你绕开啊，稍微夸一下他很好，但是现在行业里有更好的，然后重点讲讲行业标杆的做法，我们如何学习嘛……"

我还是疑惑："你怎么知道谁做得最好？"

她不以为意道："《财新》里有个深度报道讲过，我无聊刷手机的时候翻到过，有印象。"

PPT 交上去，组长带着酸奶回来。

"老板很高兴！说咱们的 PPT 思路好、数据支撑好、页面好，说了三个好！太难得了，来来来，请你俩喝酸奶，不愧是美国名校回来的！"

小 K 说："没有啦，只有另维的学校比较好。"

我的脸瞬间滚烫，仿佛挨了一耳光。

真丢人。

我连忙说："小 K 你水平比我高多了，参加过商业挑战赛吧？这效率一看就是练过的。"

美国商学院里的商业案例挑战赛，从拿到题目到讲演，常常只有四十八到七十二小时。

小 K 说："嗯，参加过六次。"

我惊讶："上大学到现在每学期一次啊？"

她说："对啊，我学校不太理想嘛，只能自己多补补课。前四次都在打酱油，上来就被淘汰了……不过，我觉得这次 PwC 要我，可能跟我刚刚拿了 PwC 的商业挑战赛美国中部赛区前三名有关系，我同学跟我其他条件差不多，申请实习完全没有回复。"

我想了想自己。

新生的时候，我听说商科生一定要经历商业挑战赛，兴致勃勃地报名。

作业没写完，我心想，怎么能因为课外活动本末倒置呢？还是下学期做好准备再来。

我很会找理由退赛，觉得自己小小年纪懂取舍，真有智慧。

然后，我下学期没参加，下下学期又忘了，下下下学期已经想不起来这件事。

反正是课外活动，没人说我，我过了这么久不参加挑战赛的生活，也挺充实的，而且到毕业都没参加过的人也很多啊。

一腔热情就这样不了了之。

最早的时候，我也是对自己有要求、有想法的人，不相信自己会有平庸的未来。

就这样一步一步，小小地妥协，小小地放过自己，许多小事想做没有做，想成为的人没有成为。

而时间一转眼就过了。

差距都写在脸上的时候，也是为时晚矣的时候。

商学院重点培养 Presentation 的能力，几乎每门课期末都有小组 Presentation，占分 15% 以上。

虽然不如挑战赛要求高，但内容相同，都是拿到一个题目，组员分工，各负责一部分 PPT 和讲演。

第一次我被随机分配了开场白和总结任务，讲演都练完了，金融分析同学还在找数据。

我深深记住了那部分最费事，从此以后每次作业盯住开场白抢，抢不到也坚决避开金融分析。

小组作业，分数全组一样，我每次都十分同情那些吃力不讨好的同学。

就这样顺利活到今天。

2

组长让我们讲一遍 PPT。

每一个细节都讲懂，以防老板提问。

小 K 快速完工。

轮到我时我只能说："这个数据是小 K 帮我找的，啊，那张图是小 K 做的。"

我准备弄懂的，只是时间太仓促，还没开始。

于是变成了组长和小 K 的两人对话。

小 K 没提她帮了我的忙，组长始终两个人一起夸。

但是下班后，组长突然来电话，SOS！

只打给了她。

我们一起走在回家的路上，我回头目送她冲锋上阵的背影。

明明都是从零开始的崭新生活，我只能站成一个旁观者，感叹别人。

果然人有没有能力，说得再怎么天花乱坠，一旦开始做事情，都藏不住。

而你怎样度过青春，下半生就拥有怎样的开场。

3

我想起刚见小 K 的时候。

她说："我知道你们学校，你们商学院很厉害啊，之前微软必应的营销方案挑战赛，你们拿了全国第一。"

我说："我知道啊，那个团队里有个中国人，叫 Luna Guo，内蒙古人，她是我最好的朋友，我们一学期同桌两三门课。"

小 K 立即羡慕地"哇"了起来。

好朋友拿第一名这件事，我可骄傲了。

校际决赛时，卢娜叫我帮忙录像。

就在我的镜头里，老师看着她，当众大声说："你们代表了 Foster 商学院的水平！"

全场鼓掌，我与卢娜相视一笑。

我们一起开庆功派对，那感觉，像是自己得了第一名。

我对小 K 说："卢娜他们后来被微软请去总公司讲演，微软说希望她把微软列为毕业后的考虑之一，不过她已经决定去麦肯锡了，她的故事我在《那个不会穿的女孩的面试》里写过。

我还说："对了，你说的那个 presentation，我电脑里有录像，你感兴趣的话我问下她，看能不能发你一份。"

小 K 满脸崇拜："谢谢！你好厉害啊！来四大真好，认识这么多厉害的人！"

我嘴上谦虚，心里得意极了。

此刻，自己动手做得一塌糊涂才觉悟。

别人的厉害，并不关我什么事。

回想起来，学校，真的太好糊弄了。

搞不懂的，死记硬背到考试万事大吉，平时攒攒人缘抱抱大腿，再不济让教授知道你真的尽力了，都可能成为 PASS 神器。

后果一时半会儿体现不出来，那日子一眨眼全过去了，还以为自己和脚踏实地的人结局一样。

然而没学会的，不会因为时间流逝就自动变成会的。
糊弄过的，早晚都要还。

它们一个一个匍匐在并不遥远的未来，争先恐后，等着做打在脸上的耳光，前行路上的绊脚石，随手关掉你一扇命运的小门。

二十多岁的同学、同事，就在这一扇又一扇小门的差距里，拉开了整个人生。

4

没几天，我又被自己早年的糊弄坑了一次。

A2[1] 交代："证券发行说明书上要备注加权平均的算法，另维你检查一下我的 word 里的文字描述和 excel 公式有没有出入。"

我说："啊？"

我中学数学不好，大学学公允价值一类的全新知识还行，一遇到标准偏差、加权平均等带点数学基础的概念，立刻先天性理解无能，一律考前强记公式，PASS 即大吉。

我连加权平均是什么都说不清楚，怎么给算法叙述检查错误？

我默默把这项任务留到最后，打算下班回家求助楼上的投行学长李

---

1 四大会计师事务所的职位名称，Associate Year 2，指在事务所工作到第二年的人，一般第三年晋升为高级审计师。

凯文。

快下班的时候，A2 说："另维你还没开始？小 K 你帮她一下！"
就这样取消了我的任务。

没有了压力，下班回家我就不想动了。
可不动的结局是什么呢？
明天，来年，没学会的依然不会。
有朝一日再被它绊倒，又只能追悔莫及地叹一声，那次搞懂了就好了，然后哐当一声，摔倒。
就这样，由一个追悔莫及的数学概念、一个追悔莫及的单词，渐渐堆积成追悔莫及的一生。
我来人间只走一趟，我应该看看太阳，应该伸手拥抱一切可能与渴望，不能让悔恨堆积成山，埋掉生活的希望和光芒。

深夜一点，李凯文出差回家，我拎着一袋水果打着哈欠敲门。
"我给你带了礼物，你给我讲讲加权平均吧！"
李凯文一脸鄙视："你不会吧，初中数学啊，四大用人标准这么低？"

初中数学，是初中学会了才会的数学，又不是初中年龄过了就自动明白的数学。
而不管是初中还是大学快毕业，道理都一样。
此刻的每一次放过自己，都是在给未来的自己挖坑。

我忍住摔门的冲动，老实承认："我初中数学不好，后来也没补这一块，所以至今不会，特来请教。"

李凯文问："你的 GPA 怎么算的？"

我说："我每门课的分数乘以学分占比？"

李凯文说："学分比例的分母统一拎到下面。"

他随手打开一个数据库，演示 excel 的 sumproduct 功能。

我重述两遍，确定了技能已解锁，高高兴兴告辞。

他继续嘲笑我："你们老板知道自己的金融组里混进一个不会算加权平均的人肯定晕倒，还好意思开心。"

那又怎么样，我知道今天回家，我会因为终于没有糊弄自己了，睡上一个好觉。

有朝一日再撞上这个知识点，我也不会失眠。

今天少给自己挖一个坑，未来就少一次措手不及，少一次悔不当初。
二十多岁的年月，我因为又朝前走了一小步，更加喜欢自己了。

5

实习生经常交流。

Vivi 是银行组的，圆圆的脸蛋很可爱，在英国留学。

她跟我抱怨："你们组真好，小项目人少，每个人都接触好多。我们组六个实习生，我基本分不到活儿，偶尔分到也都是粘数，什么有用的都没学到。"

粘数，就是把 excel 里的数字，复制粘贴到 word 文档里。

她坐邻桌，我说："你们组人多，趁机来我旁边坐吧，我会的都教给你。"

四大里互相帮衬，彼此教授的氛围极浓，我受了太多人的提点，自然想回报。

Vivi 坐到我旁边来，我尽心尽力回答她一切问题。

手续费收入要改，她拿了新数字，来来回回翻了五分钟。

我瞟一眼："你怎么在资产负债表里找手续费收入？"

她："那应该在哪儿？"

我："P&L 啊，损益表，然后对着大表上的编号翻明细。"

她说："哇，你果然学到好多。"

我愣了一下，没吱声。

会计四大表的基本科目，入门课考过一百遍，大一学的。

就是想进商学院学人力资源，这些也是必修内容。

她又惊叫："这个损益表做错了吧！收入写成负数，支出成正数了！"

我看了一眼："借正贷负……"

她："借正贷负什么意思？"

我很想讲，但借和贷是现代会计的本源概念，大家各自有工作，讲授都是两三句话说清楚的，她上来甩给我一个如此巨大的命题，我实在不知从何说起。

她的小老板来了，问："粘个数要这么久？"

Vivi 答："我没接触过这家公司，而且我不是会计系出身，好多东西看不懂，比较慢。"

小老板："没关系，耳濡目染就懂了。你还剩多少？Josh 手上活儿完了吗？帮下 Vivi。"

我也没接触过客户公司，但我拿到一个会计科目，就大致知道它应该放在哪儿。

我也不知道他们会收入记负支出记正，但当我看到报表是什么，我便理解为什么。

一门学科，谁刚接触都是一头雾水。

所以我们交学费，上大学，在里面完成必要的积累。

Vivi又没事做了，百无聊赖地刷起了朋友圈。

长大后的世界真的不一样。

高中的时候，你不会，老师管教你。

大学的时候，你不会，老师回答你。

到了工作，你不会，没关系，别人会，别人来做就好了。

你学到多少，能不能在这里活下来和走下去，和我有什么关系，我只希望你能帮上忙。

听说实习生拿return offer易如反掌，Vivi打听全职。

经理说："我们希望实习生体验完这里，也去多体验其他工作，把机会留给还没体验过的人。听姐姐一句话，四大是金融民工最底层，你条件这么好，来这儿亏了！"

他们不得罪你，用漂亮的场面话拒绝你。

你不会痛，也不知道自己有亟须摘除的瘤。

6

我也忽然懂了，我为什么总觉得刚工作就接触了好多。

第一天上班，组长丢给我两个excel，叫我参照去年的格式，把数据整理出来。

个把小时后他问："做完了吗？"

我说："其他都好了，有一个公式写不出来。"

于是他凑过来看了看那个公式，说："哦，这里换一个词就行了。"

他边改边教，两分钟搞定。

如果我问的问题，不是"都做好了除了这个……"，而是"你去年 excel 里的公式都是什么意思"，那么他需要放下手中的工作讲上几天几夜，还不确定我能不能学会。

我帮不到忙，他肯定宁愿自己做了。

如果我没有独立完成公式表，就不会成为全组最了解它的人，组长也不会说"那干脆让另维去尽职调查吧，避免沟通成本"。

如果去企业尽调的不是我，样本出问题，需要和总公司沟通的时候，组长就不会带着我。

这所有的学习机会，如果第一天我写不出那百八十个 excel 公式，全都不会发生。

我想起大三，第一次学习用 excel 公式处理庞大的数据，怎么也理解不了是什么东西，上课大眼瞪小眼，下课哭天喊地求帮助，在图书馆看教学视频看到天亮，夜夜冥思苦想着睡着，苦思冥想着睁眼……

万事开头难。

幸好那时逼了自己，把自己从高中生小白逼成了有准备的人，才会有后来。

工作中的学习，大概就是这样子了。

和学校截然不同，更多的是查漏补缺，见缝插针，在会的基础上有所提升。就连培训也充满针对性。

而系统了解一个行业，建立知识体系，看懂术语，它们是基石，应该交学费，在学校里学。

Vivi 说，在哪儿实习都一样，在公司里吃着零食等人喊你打杂，混个实习证明。你又不可能像正式员工一样做事。

小 K 说，正式员工也就比我们大一两岁，现在不赶紧学，一两年后我们还是不会。

小 K 粘数，一边粘一边改格式。

组长很惊喜。

她说，她大一暑假在毕马威粘了一个夏天的数，对四大对格式的要求和标准有所了解，就顺手给后人省省事。

她做事的时候，身旁的正式员工会停下手中的活儿凑上来，说："我学习一下。"

一个初入职场的新鲜人，他是如何度过大学四年的每一天的，都写在他展现出的工作水准里。

工作间隙，组长和小 K 闲聊。

组长问："你还有多久毕业？来我司吧！"

小 K 说："我想去投行，渣打。"

组长继续问："那怎么不去？"

小 K 说："我投了，没理我。他们应该只要清北复交常春藤吧。"

组长说："那也要看实力，我大学一哥们儿在那儿，让他介绍一下，弄个面试应该没问题，剩下看你自己的造化……不过以我对他们的了解，你这水平可以的。"

小K说："龙哥你怎么这么好！"

组长说："没事，进去了你就是龙哥的甲方了，罩罩龙哥，别叫他们欺负我。"

…………

原来人脉是这么来的。

实力做衬，别人觉得帮你一把，就是帮自己一把，是划算的投资。

7

我从前也听职场故事，听过许多关系户走后门的故事，愤愤不平。

如今自己走了进来，置身其中，才终于有了自己的理解。

原来，进门这件事，实力、运气、上一代的积累都管用，但学校也好，公司也好，都不是进去就结束了，它们是新生活的开始。

生活能过成什么样，一看前期积累，二看后期努力，自己的。

好工作都是倒给钱的学校。

能学到多少，和世间的任何一所学校一样，在于自己。

本文为通读版，另外还整理了一篇干货版，对金融、会计和四大感兴趣的读者请扫二维码。

那个想太多的高中生

我刚上大学的时候，常为自己的360度全角落后，恐惧得做噩梦。

在那之前，我在小城襄樊，一直为自己的人生规划能力沾沾自喜。

那时候的我，一个高中生，暑假里闲逛伯克利大学网站，意外发现了许多课堂视频，按学科分类，类别多得令人咋舌。

我在上面玩了一个暑假，半懂不懂听完了好几门大学基础课，提前知道了自己不喜欢经济，对编程无感，而会计和诸多人文科学很有趣，想再多知道一点。

就这样，突然有了期待学习的专业，期待走进的课堂。

"我要上一所好大学"——前所未有地，人生目标也顿时清晰明确了。

于是，我这个游手好闲的混日子学渣，如沉睡的巨龙般苏醒，摇身变成奋斗的学渣。

我的方向感明确，每一天都被目标叫醒，再也不用被老师和家长管教着学习。

就连早已破罐破摔的高三数学，也因为认识到它涵盖的统计是好多有趣学科的基础，被我捡起来，不吃不睡，津津有味地恶补。

这就是我的逆袭故事。

1

我一度觉得，我基因变异式的开窍，开过光一般的超前意识，会奠定我闪闪发光的大学四年。

很快我发现，从前我自信，是因为见识太少。

原来，大学的课堂视频，根本不用跑到学校官网里挖地三尺。

所有的视频网站，美国的 YouTube、可汗学院，中国的新浪、优酷、A站、B站、人人……都有"大学公开课"的专题板块，按学科分，按学校分，一个比一个精细完整[1]。

而美国的高中生，别说提前搜索大学公开课看着玩了，他们可以提前选修大学的功课，或者参加一场考试。

考过了，将来不管上什么大学，都能把学分带过去[2]。

以为这样就完了？

这连入门都不算。

在中学阶段，提前接触感兴趣的专业，实地考察梦想的大学，思考总结，是西方的中学生们必须完成的重要作业。

比成绩单还重要的作业。

1　中国的大学公开课做得实在是好。牛津、剑桥、耶鲁、哈佛、印度理工等外国大学的有字幕，国内大学更是品种丰富，从台湾大学、中山大学，到清华、北大、浙大、武大，从应用数学、机械工程到博弈论，从人类学、社会学到心理学，一切课程可缓存，可下载。我最近喜欢的 App 是"新浪公开课"，最喜欢的课程是耶鲁大学的心理学导论。

2　其实高中生提前拿美国大学学分这件事，2009 年算新鲜，如今在国内也很普及了，基本早有留学打算的中学生都会考，许多国际高中也都设有 AP 课程。AP 就是一场考试，满分 5 分，考过了就能免修大学的相应课程，直接兑换学分。分数线因学校而异，一般是 3~5 分。AP 一共有三十多门，以至有"坚决不输在起跑线上"民族文化的中国学生，大一刚入校，许多人按学分来算都快能当大三学生了。

2

考试容易。

探索自我这么虚无缥缈的东西，可是个漫长的过程。

陈空给我讲过这个过程。

八年前，他在执信中学读高一的时候，沉默寡言，成绩不好，是典型不闹事，也不知脑子整天在哪里信马由缰的学生。

头发乱糟糟，走路低着头，一身和别人一模一样的青蛙装，没有特别好的朋友，作为发光孩子王身后不起眼的小跟班，一张邪恶版杨洋的脸都拯救不了他的存在感。

邻居要出国。

陈空爸脑门一拍：留学？排场啊！把我儿子也捎过去吧。男女搭配，上学不累！

陈空不明不白做了留学生，由学校安排在寄宿父母家，每个月 650 美元。

寄宿父母是一对退休的律师，空巢。

一场缘分。十五岁的小陈空叫一声爸妈，寄宿父母配合学校要求，严格执行父母的义务。

陈空十年级的寒假，年年在夏威夷过冬的寄宿父母不去夏威夷了。

宿爸要求陈空罗列一张大学清单，稍感兴趣的都写上。

他们一起，挨个儿登录这些大学的官网，申请 Campus Tour，规划路线。

从东海岸开始，每个长假考察一批大学，顺便全家自驾游。

用陈空高中余下的三年，筛选出他梦想的大学，确立明确的目标。

几乎所有的美国大学官网，都在很明显的地方，有一个 Campus Tour

按钮。

点开，是一张任何人都能提交的申请表。

选择日期。

整整一天，学校负责分团，配讲解员，准备比萨，和提供宿舍夜宿。

让高中生全方位感受这所大学。全免费。

只需要按时现身。

三年过去，陈空在寄宿父母的引导下，考察了二十多所大学，基本确立了建筑师的梦想，目标是华盛顿大学建筑工程系。

他奋力学物理，学数学，立志把必要的学术基础打牢实，一有空就看建筑大师纪录片，还做了学校写生社社长。

日子过得马不停蹄，每一分努力都有意义。

再也不是那个，每天起早贪黑去学校，却不知道自己在干什么的广州小少年。

我听到这里，已经十分羡慕陈空凭空而降的家庭教育了。

陈空说："这一套早就被社会高度认可的高中生必修课，家庭只是其中一环，更厉害的是高中和大学之间的配合。"

3

美国大学的录取通知书，大约是从高四[1]的十二月开始，陆陆续续寄进家门。

二月份便大概到齐了。

---

1. 美国高中有四年。

然而，陈空高中最忙碌的时光，竟是大学录取通知书到手后的三个月。

和填报志愿一样，美国大学需要学生主动申请。

步骤复杂得多，好处是数额没有上限。

因此，大多数毕业生都手握许多录取通知书。

陈空拿了七个。

这厢，陈空在抓耳挠腮、夜不能寐，痛苦地七选一；那厢，大学们也在绞尽脑汁，攻打生源争夺战。

陈空开始隔三岔五地收到邀请函。

都是来自那些录取了他的大学的。

他们使尽浑身解数，比着赛地诱惑陈空：

"亲爱的陈空，欢迎你来参观你未来的学校，我们为你安排了为期三天的豪华体验套餐。"

"住宿舍，吃食堂，千万别带钱，开销是我们的！"

"你想坐什么航班？我们给你买机票！"

"这里有一份各专业基础课的课程表，欢迎随便进去，感受课堂。"

"别忘了带礼服哦，我们还为你准备了华丽的舞会！"

"亲爱的陈空同学，你申请大学辛苦了，来我们这里玩一趟吧，反正费用我们出，还送你代金券，只要是校内，想买什么都可以哦！"

"我知道你手里有许多录取信，考虑一下我们哦！"

"…………"

高中的最后小半年，陈空的教室里，是大片大片的空桌。

同学们都在全国各地的大学里，体验课堂，参加舞会。

住着学校给的房屋，使着学校买的机票。

爸妈送他去机场，高中老师远程辅导他注意事项。

每一段大学校园体验之旅，都需要请假三到五天。

每一个普通高中生，在做出最终决定之前，都会经历三到四次这样的免费旅行。

在西方人眼里，选择一所大学，和结婚一样，除了讲究客观的排名和条件，更是在选择未来生活的方式，扎根的城市。

一定要气场合，气质符，叫自己心生喜欢才行。

这一切，都需要切身相处，才能体会。

4

我越观察，越感到，美国社会引导青少年探索自我的意识，值得学习。

我听到陈空的高中生活，看见他的蜕变，十分佩服。

后来我发现，他并没有讲完。

校园邀请游在四月左右结束，高四还剩下两个月，还有作业。

那些作业，我在大学里，每年都会看到。

学年快结束的时候，我的许多课堂，尤其是小课，教室里会突然多一个小孩。

他们会在课间走上讲台，大大方方地介绍自己：

"我是附近 ×× 高中的学生，不知这里有没有学长学姐。我来做作业，感谢大家配合。"

他们的作业，是自行联络一个大学教授，获得他的许可，去听一节课。

采访教授和学生，通过切身的考察和交流，进一步了解自己未来想学的专业，写一份调查报告。

我至今记得，我第一次在教室里见到这些学生的情景。

成本会计课，一个十七岁的金发男孩在讲台上大声说，他计划读会计专业，将来做一名会计学教授，专攻成本会计。

美国人见怪不怪，我和我的台湾友人 Lydia 大眼瞪小眼。

我说："十七岁知道自己要做会计学教授是一种怎样的感觉？"

Lydia 答："大概，会有一个……比我们的十七岁麻烦很多的十七岁吧。"

西方人认为，**找到自己的热情所在，比高考重要，也比高考难。**

因此需要花更多时间以及更多帮助，比如全社会的共同配合。

5

我不是在说，这一系列的高中生传统完美无缺，适用于所有人。

我见过许多它可笑的地方：

我的室友凯特琳，当年参观三天，爱上帅帅的导游学长，在宿舍衣柜里献出贞操，然后选择了这所学校。

一年后她恋爱失败，谈起那该死的校园体验游就咬牙切齿。

阵雨哥的妹妹安娜，当年去参观她梦寐以求的耶鲁大学，碰上连绵阴雨，淋得她莫名沮丧，家人说什么，她都不肯再去。

一年后路过耶鲁大学，又见耶鲁大学风和日丽，美如古堡，后悔得直想打自己耳光。

我还见过好多美国人，大三了，还常常伪装成高中生，蹭各地大学校园参观日的免费宿舍，穷游全国。

…………

青春太迷茫了。

每一天都是变数。

再先进的理念，安装在还满手青春的人身上，都能被玩出五花八门的效果。

再好的引导，也不是所有人的解药。

西方人知道。

所以，"探索自我"这项作业，并不会随着高中毕业而结束。

在大学里，换专业，双学位，三四五六七八学位，转学，休学，都是开放的，任君选择。

他们统计过，美国的本科生，平均每人换 3.6 个专业。

好多学分修完了，人的想法就变了。

没关系，算了，修别的。

青春就是用来拨开迷茫的雾，遇见真实的自己的。

弯路，谁也不能替谁走。

探索自我，本就是贯穿一生的话题。

6

在倡导个性化教育的西方国家，一切早已约定俗成。

祖国落后了吗?

并没有。

我去上海的高中做讲座。

文学社的讲座，教室里坐了不少年纪稍长的人。

原来，已经毕业的学长学姐经常回来蹭讲座，他们有的去了英国留学，有的留在了本地的复旦、交大，顺口就解答了高中生们对大学的疑问。

老师也鼓励："启平，下周末你带学弟学妹们逛逛复旦，把你在学校里有趣的经历都给他们讲讲，帮助他们树立方向。"

我来自北京四中的同学也说："我们虽然不硬性要求，但班主任天天鼓励我们，把周末利用起来，好好了解一下北京的各大高校。

"知道自己将来想在哪儿生活，就知道要朝什么分数努力，人就更有动力。"

在北京，就连五环外的农民工爱心小学，都在组织学生去北航体验生活。

我去支教，一问孩子们将来想去哪儿读大学，各个争着说要去北航、北农。

因为北航有 ××，北农有 ××……

说出一堆我不知道的东西，他们见过。

一线城市的教育理念已经很先进了。

但是我的家乡，还在要求高中生"两耳不闻窗外事，一心只管高考分"。

想上什么大学，大概说得出来就行了，咱们有空还是多做两道题，提高分数，才能改变命运。

也是大实话。

于是我终于明白，教育资源分布不均，并不是有些城市比起有些城市，哪道题思路更好，哪个单词发音更标准。

而是对性格的塑造，对自我探索意识的培养，以及，在人生规划的迷雾里，犹如指明灯一般的循循引导。

人生的路，每一步都算数

1

周小顺是逆袭之王。

2

有一回，台湾友人 Lydia 吐槽他们的基础教育，拿出了一张在台湾热传的图片。

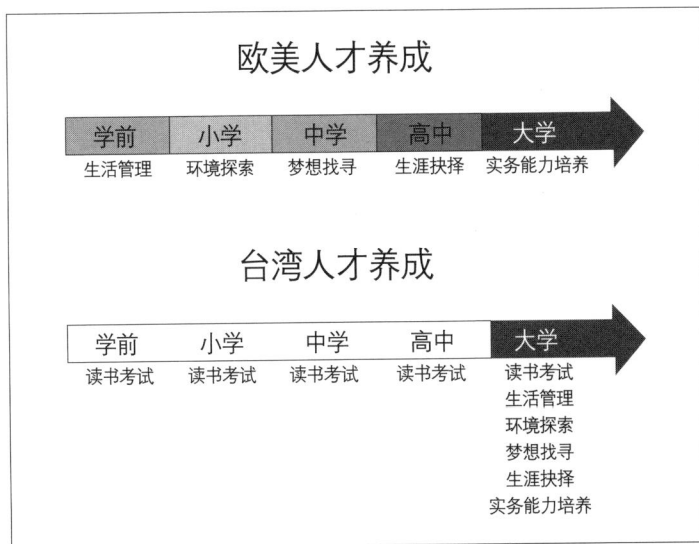

我感叹：果然是海峡两岸一家亲！

好多人义愤填膺：愚蠢的应试教育，落后，死板，把人一生都毁了！看看人家西方多人性化！

每天埋日日怨，说得自己深信不疑。

越发觉得世界黑暗，生活绝望。

于是真的越来越不行。

周小顺不。

周小顺问我："另维小朋友，你上回来吃烧烤的时候，讲的美国中学生的故事我很感兴趣——我没有条件去美国留学，怎么能像他们一样呢？"

3

周小顺是我家巷口烧烤摊的儿子，原名周顺。

父母养儿防老，希望他孝顺。

周小顺生在六化建大院的工人家庭，牙还没长齐，爸妈先赶了下岗潮，支起一家看见城管就跑的三轮车烧烤摊，踏夜营生。

又为了帮周小顺树立考取襄樊五中的远大理想，把摊子支在学校对面，叫他连屁都闻的是学霸们放的。

我小的时候，酷爱烧烤，每天天一黑，就迫不及待去小周烧烤报到。

我坐小板凳，周小顺也坐小板凳。

我吃烧烤，他趴在小板凳上迎着灯泡写作业。

他那时晒得黑溜溜的，圆溜溜的眼睛，像溜溜球一样溜，嗓门巨大，小个子小头，透着一股子机灵劲儿。

我的烧烤一好，他爸妈就喊："顺儿，上菜！"

他就麻溜地起来，雷厉风行端大盘。

他还嘴甜："另维小朋友，你最喜欢的脆骨来了，我做主送了你一串，感谢你的可爱美化了这条巷子！"

那时候，周小顺一边卖烧烤，一边做留学梦。

他一把梦想说出来，就被他妈拧耳朵："给我老老实实做作业拼高考，出国，出国是你穷人家孩子想的吗？！"

经年之后，周小顺逆袭成了别人家的儿子。

就连他小时候卖过烧烤的巷口，但凡有家长经过，都要就地取材，开展一番励志教育。

——你看人家周顺哥哥，一边上学一边卖烧烤都比你有出息，人家上高中就知道搞关系，一放假就到处去大学里搞关系，你怎么就知道打游戏？

……………

鉴于周小顺走过的路，总是被乡亲父老误解，讹传成他自己都不认识的版本。

我决定把他自我探索的过程一五一十写出来，以正视听。

如果遇上还在高中里迷茫度日的有缘人，希望能帮助你。

4
网络公开课
周小顺走进网吧，交了 1 块 5 毛钱。

前头说了，周小顺原名周顺。

周顺的同桌叫周帆，成绩差不多，个头差不多，再加上一帆风顺组合，总让众人误以为他们是亲兄弟。

高一寒假，周帆被家长重金送到美国读高中，他告诉周小顺，美国高中生的生涯规划意识了得！高一就开始了解大学的专业设置，接触课程，根据兴趣程度反推高中生活怎么安排了！

周小顺也想这么有规划地过青春。

他没有想：有钱真好，一字之差，两种命运。

他想的是：我在襄樊五中里，怎么像他一样，接触大学课程，规划自己呢？

他想不出来。

所以他上网搜。

大学公开课，百度搜索结果几百万个。

周小顺看得眼花缭乱。

网易公开课，新浪公开课，猫猫狗狗公开课，有网站有 App，可收藏可下载。

根据大学分类：TED，国际名校公开课，中国大学公开课，可汗学院。根据学科分类：文学艺术，哲学历史，经管法学……一切罗列清晰。

细看，牛津、剑桥、哈佛、耶鲁、巴黎高商、印度理工，外语课程全都有字幕，中文课程，更是横跨港大、台大、清华、北大……

坐在电脑前，轻轻一点击，世界名校的无数公开课，全都为你播放。免费。

周小顺惊呆了。

网络上有这么多好东西，为什么网吧里的少年要玩游戏呢？

高一暑假，周小顺把所有零花钱都献给网吧，给自己列了个听课时间表。

上午八点，耶鲁大学心理学导论。

上午九点，斯坦福大学编程方法学。

上午十点，牛津大学经济学原理。

…………

这比周帆听从学校组织，去附近的大学旁听基础课牛多了！

周小顺足不出网吧，居然也豁然打开了眼界。

原来，这世上有这么多我不知道的好玩学科和职位。

原来，这座城市里根本不存在的人类学、心理学、金融工程、博弈论、Java……会让我意犹未尽。

原来有些学科，我会越听越入神，理解力超常，而有些学科我越听越走神，完全理解不了个中逻辑。

原来天赋和兴趣是这么回事。

而只要上了大学，我就可以丢掉那些走神的，一门心思专攻喜欢的。

…………

周小顺每天都被新发现砸中，幸福感应接不暇。

飞来横"喜"的是，再开学，曾经一听就晕的高中英语听力，居然也变简单了。

周小顺作为高中生的迷茫，是不知道每天花十六小时学习的东西，除了高考，到底有什么用。

外面的世界是模糊的，他看不见，所以老师口中他必须耗尽此刻来奋斗的未来，对他而言什么也不是。

于是，当下的日子变得暗无天日，难熬，绝望。

现在不一样了。

周小顺找到了他的答案。

原来黑板上无聊的代数题，就是他以为很高深的编程逻辑。

原来经济学也是数学，心理学也是数学，机械工程、电子工程、金融工程更是数学。

原来人工智能还是数学。

原来物理题看似没用，建筑工程、哲学，乃至宇宙万物的原理都在里面。

原来他学这些知识，不仅仅为高考，更为了高考之后，拥抱新世界里他还不知道存在的无限可能。

从前，周小顺只从宋班主任的描绘中想象大学。

那描绘包括"上了大学你就轻松了""上了大学你随便谈恋爱""上了大学就再也没有早晚自习了"……

并不太懂这样的日子到处都能过，为什么非要拼死拼活去大学里过。

周小顺现在懂了。

他想学的那些课程，和他只有一场高考之隔。

还有比这更值得奋斗的事吗?

实地考察（上）

远在美国的周帆，不仅在提前接触大学课程，思考未来想学的专业，更在通过对大学的实地考察，切身了解不同大学里的不同生活特点，思考自己将来究竟要考取哪里，确立目标。

周小顺也想这样。

周小顺的宋老班不讲。

她只讲题。

她说："做题吧，一分压万人，多会一道题，你就比几万人多一份改变人生的机会。"

"改变后的人生是什么？我是谁？我想成为怎样的人？哪里才有我想要的生活？"

宋老班从来不提。

关于大学，只有"上了大学你就轻松了"，还有"上了大学你就能好好玩了"。

这不是周小顺要的答案。

襄樊（现更名为襄阳）是小城，方圆百里只有一个襄樊学院（现更名为湖北文理学院），周小顺逃课去一探究竟。

偏僻的山脚，古色古香，进城的公交永远人满为患，整个校园没比高中大多少，节奏缓慢，宜居，宜养老。

周小顺还不知道自己要什么，但一眼已经知道，他不想在这里生活四年。

太年轻的时候，我们见识太少，没见过我们想要的生活。

没关系，我们一路走一路看，了解我们不想要什么，一个一个排除出去。

世界这么大，一定有人在过我们想要的生活，也一定有专属于我们的鲜花远方。

而所有的拒绝舒适，继续前行，都是在帮我们靠近那个值得的地方。

从前，周小顺贪玩，成绩中等。

爸妈苦口婆心："儿啊，好好学习啊，不学习没大学上啊！"

宋老班宽慰："有的有的，以目前的成绩，稳定到高考，襄樊学院没问题。"

周小顺忽然不偷懒了，他要更好的分数，换更多选择权，避开不想要的未来。

他不需要大人的管束了，他自己有足够的理由努力。

大学的官方微博和微信公众号，也许是你的桥梁

最困扰周小顺的问题是：我将来想去哪儿，读什么大学呢？

高二分科。

分科有口诀，成绩好的选理科，成绩不好选文科，文科都学不会趁早转艺术生。

同学们还陷在如此思维定式里的时候，周小顺已经学会了反推法。

他从五年后往回推。

——从大学课程来看，我编程有天赋，喜欢金融，将来想学金融工程。

那必然是理科了。

尤其要打牢数学基础。

只是，去哪儿学呢？

在襄樊五中，年级前五十名，学校把他们封为清华北大之星，照片贴在橱窗里，告诉他们清华、北大不无可能，一定要志存高远。

如果你从第五十名开始询问目标大学，问到第一千名，会发现遍地武大华科，仿佛这世上没有其他学校。

漫长三年，太多人拼命考大学，却毫不关心哪所大学适合自己，哪座城市有想要的生活。

只在最后关头，指望一本《高考志愿填报指导手册》，解决"人生的下一步怎么走"这个最复杂的疑惑。

周小顺在淘宝上买了一本《高考志愿填报指导手册》，放在课桌上的书堆里，没事就翻着玩。

看到印象不错的大学，就搜索它的官方微博和微信公众号，关注起来。

看看校园活动、校园美景、校友故事、学院和专业介绍……仿佛自己也生活在那里面。

立即就知道了，这段路的尽头全是值得奋斗的美好。

立即能量满格。

跟踪观察了一阵微信公众号和微博，周小顺渐渐对不同大学的风景、风俗有了基础了解。

他开始有新的诉求。

他留言。

不仅仅索要鼓励的话，更认真询问大学生们，如果自己想去学金融工程，在高中里做什么准备最好？

他渐渐聊熟了一些乐于助人的学长和学姐。

和他们做朋友圈里的点赞之交，策划找个假期，去大学里找他们，一起蹭蹭课，看看校园。

寒假，周小顺掏出压岁钱，买了一张 51 块的火车票。

住在学校旁边三五十块钱的小旅馆，从武汉开始，踏上了自导自演的大学校园实地考察之旅。

实地考察（下）

周小顺不喜欢武大华科，连江城武汉也不喜欢。说不出为什么。

这下糟糕了。

襄樊人就这两所女神学校，女神不是自己梦想的模样，周小顺好绝望。

不喜欢所处的世界怎么办？走出去，世界太大了，总有一个喜欢的。

他朝远处走，长沙、郑州，哪里都觉得不是自己想扎根的地方。

直到他看到上海。

他走在邯郸路上，走过梧桐树荫，走进复旦。

吃到旦苑里实惠美味的小笼汤包，耳边全是吴侬软语，整座校园在喧嚣的城市里闹中取静。

光华楼前的草坪上坐着世界各国的留学生，一切正青春。

坐几站地铁，陆家嘴的高楼直入云霄。

走进去，大厅里的液晶屏幕变换闪现着世界各国的时间和股价。

最著名的律所、银行和品牌在写字楼的名牌上乖乖排队。

周小顺从来没见过这么现代化的地方。

他安静又激动地想，原来电视里的世界真的存在。

就是这儿了！

这就是我奋斗的意义，这就是我一定要来的地方。

十几岁最好了。

有足够的时间做梦，因为生活圈太狭隘，看不见外面的世界存在多少壁垒，真心实意地相信：全世界都在我脚下，只要我努力，就想去哪儿去哪儿，就什么都能实现。

而这个国家，真的给人一次这样的机会。

只要通过一场人人能考的高考，就能换取整个人生的崭新开场。

这真的是人一生一次最好的机会。

走了这么多地方，十七岁的周小顺终于意识到了。

他回到五中，只觉得明确的目标给身体注满了力量。

他前所未有地沉心学习起来。

在湖北，高考全省前几十名，才有望上复旦，周小顺差得远。

但十七岁的好，正是它给人一切皆可改变的信心，和爆发出来，就真的能改变一切的巨大能量。

高三，周小顺努力爬上一本线，花了半学期。

最后一学期，他越战越勇，奋斗成魔了，几度冲上复旦线，惊得隔壁班主任都来请他做进步演讲。

5
可惜高考，不是一个人人都能心想事成的地方。

黑马之所以称之为黑马，是因为它少见。

全省前九十名上复旦，周小顺考了九百多名。

他的人生选择权，止于武大录取线最低的寥寥几个专业。

宋班主任手持《高考志愿填报指导手册》，匆匆开了一个家长会。要开始填志愿了。

十八岁们寒窗十二年，未来四年的生活，崭新人生的起点，就这样被决定。

周小顺说："太草率了吧。"

班主任说："就这样，后面还有很多同学等着。"

宋老班给周小顺选了武大测绘系。

周爸周妈说："我们也不懂，咱家没出过大学生，一切听老师的。"

周小顺不同意。

"我不去武大，我不知道测绘是什么，也不喜欢，我要去上海。"

宋老班教育他。

"我给学生报过的志愿比你吃过的饭都多，你搞什么特殊？

"我带了你两年，你的情况我最了解。我给你分析一下。

"第一，上海的生活费一个月要 1500 块，而同样是上大学，武汉 500 块管够。你的家境不适合去上海读书。

"第二，上海的金融行业竞争多激烈，你去读个二流大学，拿什么竞争？

"宁当鸡头，不当凤尾，你与其去上海被复旦、交大、同济压得抬不起头，不如在武汉傲视群雄。

"第三，测绘你不学怎么知道不喜欢呢？

"大多数同学在进专业系统学习之前，都是不了解那个专业的，你不知道不落后。

"………"

周小顺说："我要去上海财大学数学，再想办法修金融二专。我查了，我的分数够。"

班主任说："报志愿选专业这么大的事，你小小年纪懂什么？你见过上海财大什么样吗？"

这一刻周小顺准备很久了。

周小顺静静看着她，回答：

"我见过。"

他反问宋班主任："你见过上海财大吗？"

班主任闭上了嘴巴。

6

周小顺高考结束的时候，已经对许多大学的地理位置、特色专业如数家珍，"Research"[1] 水平，比起在美国学了三年 Research 的周帆，一点也不

---

1 Research：老师布置一项作业，学生需要利用图书馆、论文簿、网络、询问、讨论等一切方式"research"，做调研，思考角度，找到属于自己的答案。你会发现 research 是大学里挂在教授和学生嘴边最多的词，你问他什么，他都先问你 research 到了什么，或者讲完之后提醒你去 research 什么。在这样的成长环境下，大部分学生 research 的能力非常强。高中生查找、申请、实地考察大学也是 research 的过程。我曾在比尔·盖茨的小学看到老师们对小学生 research 能力的培养，连上历史课都是课题布置下去，学生带着 research 成果来教室讨论交流，老师只做引导。可惜的是，同一个西雅图，我在中东难民区高中做志愿辅导的时候，发现高中生们有吃不完的汉堡和薯条、喝不完的牛奶，设施完善的球馆衣柜和浴室，却不具备 research 的能力。如果不告诉他们怎么做，他们就不知道怎么做，也不会想方设法去做。

落后。

周妈说："你的努力爸妈都看见了，我们确实懂的没有你多。"

好多人年少的时候，只听从，不规划，到头来发现日子不顺意，就怪罪别人操纵了自己的人生。

似乎很少会问自己，人生的选择权这么重要的东西，我当初为之奋斗了吗，用力捍卫了吗？

如果没有经历努力的过程，又凭什么要求结果呢？

人生规划，本来就是一件很难的事情。

再早开始，都不嫌早。

周小顺离开襄樊，开始他早早就规划好的大学生活去了。

7

周小顺刚上大学的时候，价值观遭受强烈的冲击，性格变了很多。

我路过上海，约他晚饭。

他说："我晚上都在上海大剧院看话剧。"

那些日子，高中里博闻广识的周小顺聪明地发现自己原来很狭隘。

一见钟情的女同学鄢冰喜欢话剧和音乐剧，说的东西他一句也听不懂。

他说："我想约她看音乐剧，一查，票1000多块一张，居然是我一个月的生活费。"

他说："别说我是烧烤摊长大的，就算我是有钱人家的小孩，在襄樊也接触不到她那些玩意儿。"

他说："是不是当初听了宋老班的话，今天的日子就会过得容易一点？"

他说："都是我自己作死选的，没别人怪罪。"

他不仅自卑自己的家庭，还自卑自己出生长大的城市。

大一，不同地区和阶层突然涌入一处，世界第一次露出真实的面孔，是人心理健康最危险的时候。

我担心他，想找他聊聊天。

他没理我。

他所有的时间，都用来追赶前十八年积累的差距了。

学习，打工赚钱，陶冶艺术情操，马不停蹄。

他那时候，在上海大剧院兼职做保安。

有时负责检票，有时负责领路，一天 100 块，可以站在远处看节目，出门还有直达学校的地铁站。

我说："你累不累啊！"

他说："我的工作一可以挣钱，二让我接触社会，三培养我的艺术修养，一石三鸟，开心都来不及，累啥？"

8

再联系已经是三年后。

我想帮朋友转简历，在朋友圈打听贝恩咨询。

"万票圈，谁认识上海贝恩的人？推荐个有颜值还有能力的名校小美女。"

周小顺默默出现："我。"

他居然已经在贝恩咨询实习了半年，正负责帮老板粗筛实习生简历。

他的目标太明确了，高中就知道自己大学四年的目标，是在陆家嘴、金融街上的大厦里，每天穿着西装进出工作。

他进入大学，首先搞清楚了，他毕业后想要的工作是投行或者咨询。

都是高门槛行业。

好在，他才十八岁，有四年的时间规划和准备。

周小顺四处找走通了这条路的学长，研究他们的养成路线。

差距很大。

没关系，想要什么生活，就管住自己，迈开双腿，一步一步朝那里走。差距在哪里，就补哪里。

高考没考上商科，他就去申请金融二专。

校内挤不进，没关系，二专外校也能学，金融抢不上，小事，学经济。经济加数学的背景不比金融差。

在同学们还在迫不及待回家乡，约高中玩伴通宵开黑的大一暑假，他留在上海实习。

名声响亮的企业不要他，他就从名不见经传的小企业做起。

大一试了咨询，大二试了小银行投资部，大三已经明确目标：未来找工作，首选咨询。

周小顺每天刷一遍学校 BBS、微信公众号、人人和微博的实习信息，等他要捕的兔子。

故事讲到这儿，你应该已经知道结果了。

贝恩咨询的实习招聘放出来的时候，他那份为之准备了三年的简历，实在是比复旦、交大、同济的许多人合适太多。

机会来的时候，大家都扑上去。
随手试试的人，随手就做了垫背，衬托别人的价值。

9

周小顺大学毕业了。

他实习表现优秀，顺利拿到全职。年薪二十万。

和上海的同行比，这不过是个正常年薪而已。

但周爸周妈得到消息，好长时间都认定儿子是碰到骗子了，不敢相信有人能一毕业就挣这么多钱。

过年，周小顺把爸妈接到上海，一玩小半个月，又买上一大堆礼物，一家人一起，拎着大箱子坐飞机回家。

爸妈喜笑颜开，合不拢嘴。

三年过去，周小顺升职，涨薪，带团队，成了新人口中的小老板。

本该日渐老去的父母，有了周小顺的孝顺，竟逆生长起来，尤其是周妈，看起来一天比一天俏皮和年轻。

有起有落才是人生。

周小顺卷入办公室政治，做了牺牲品。

周小顺绝望了。

——多年的奋斗化为乌有，积累脆弱得不堪一击。没背景的人再努力，也不过是权力者手中的蝼蚁。一朝就能回起点。原来真是这样。

处理结果出来，老板给他两个选择：一是介绍他跳槽去一家同类的公司；二是公司资助他进修，去美国或者英国读 MBA，读完回来。

周小顺这厢还在受宠若惊地挑选，那厢，手机已经被猎头打爆，各个都在热情地助他另谋高就，保证薪水和福利都上涨。

周小顺这才意识到，他的起点已不是记忆里的烧烤摊店小二。

这些年走的每一步都算数。

周小顺终于领悟了。

原来，人生的起点不是一成不变的，它随着学历、工作能力、经验和被放大的视野，一直在水涨船高。

一时半会儿的倒霉，拿得走他的工作、积蓄，却拿不走他的人生履历。

周小顺在纽约读完 MBA，没有回上海。

他经由 MBA 的同学介绍，去了硅谷的咨询公司重操旧业。

领英张贴出来，每个月都有后辈锲而不舍地发私信，求教经验。

还有猎头隔三岔五打听他的换工作意向。

这一年，周小顺常常去金门大桥。

高一的时候，周帆在 QQ 空间建立了一个叫"美国生活"的相册，上传的第一张照片便是他站在金门大桥上。

每一张照片周小顺都记得。

说不上羡慕，年少不懂那种羡慕。

他只记得，他坐在网吧里看大学公开课的时候，休息时间干的最多的事，就是一张一张翻那些照片。

一边看，一边觉得那个世界好遥远。

远到连朝它努力的想法都没有。

十年了。

生活天翻地覆，整个人脱胎换骨。

周小顺如今的样子，哪里是那个刚刚冒出规划高中生活的想法，在百度里输入"大学公开课"的高中生能想象的。

而一切居然只过了十年。

他还这么年轻。

周小顺眺望金门大桥通红的轮廓、金黄的灯光，水面延伸的尽头是旧金山城，全是他根本没想过能亲眼看到的风景。

真感谢当初那个下狠功夫学习的自己啊。

10

周小顺二十九岁这一年，他最欣赏的一家创业公司 C 轮融资 7000 万，创始人请他去做 COO 兼合伙人。

周小顺作为被引进的人才，在全公司的期待下，海归了。

我在北京实习，相约吃烧烤，去他的公司等他下班。

前台领着我，轻轻敲他的门，说："周总，您的客人来了。"

我简直没认出他。

精致的西装，修容整洁的面庞和发梢。

桌子上摊着供应链总结报告，电脑屏幕显示的是金融分析，密密麻麻的数字和中英文，看起来十分高端。

气质更是完全变了。

哦，他也不叫周顺了，老板桌上的石刻名牌写着 Sean Chou。

这些年，我想起周小顺的时候，总是在深夜游荡街头，看见路灯下的烧烤推车的时候。

可是坐在我面前的人，一招一式，举手投足，分明活脱儿是个海归高富帅。

我说："功成名就了呀你，最近什么打算？"

周小顺一说起最近打算，又开始了他的反推法式人生规划：

"我计划五年后做到 ABCD，所以四年后我至少要拥有 ABC，三年内达到 AB，两年完成 A，这样算下来目前的时间很紧了，这周我必须搞定 A 的准备工作的 15%……"

附言

我为什么一定要把周小顺的故事写出来呢，因为邻居妹妹的一段懊悔：

"姐，我上高中的时候真的只觉得提高分数最重要，没有想过专业和学校的问题，大学选专业也是那个学校英语最好就选了英语，现在真的很后悔。

"大学四年学校专业的选择太重要了，比如我现在找工作，很多工作我可以做，但是申请有一个硬门槛，本科学位必须是统计经济之类。

"我现在想申 applied econ（应用经济学）博士，也是因为没有经济或数理背景不太好申。

"回头想想，如果高中的时候有人引导我发掘爱好，根据个人发展选专业和学校而不是一味看分数，现在会好很多。"

许多人花了太多功夫在高考上，忽略了选专业和报志愿才是下一段人生真正的开始。

我的邻居妹妹小宸，从小生得"排场"，弹一手钢琴，走路扬着脖子，像一只骄傲的天鹅，小伙伴都敬称她为宸妃娘娘。

她成绩一直不错，我们是四中校友。

这些年，她从四川毕业，出国读研，留在华盛顿 DC 工作，一路高歌猛进，越来越知道自己爱什么、要什么。

她走那么远了，还在为十八岁之前，没有花在研究志愿的时间买单。

好多父老乡亲说起周小顺，都说他后来几年连撞大运，跑得很快，平步青云。

哪儿有什么平步青云。

无非是他数年如一日，坚定不移地日积月累的时候，漫长的寂寞时光外人看不见。

他也不是后来撞了大运，才逆袭的。

从他十五岁思考想要怎样进入大学，并付诸行动的时候，就已经走在逆袭的路上了。

因为面对未来，一直主动出击，选择生活。

他再也没有被生活选择。

青春都是迷茫的，规划是贯穿一生的指路灯。

我希望你早点出发。

金门大桥

02

>>>>

Self-discipline

成功的人，是自律的普通人

The successful men are average men, self-disciplined. —Unknown

成功的人，是自律的普通人。——佚名

悔恨录：只长年龄，不长见识的人

你想过自己四十岁时候的样子吗？

我常常想。

今天懈怠了，今天很舒服，今天会让四十岁的自己变成什么样子呢？

今天奋斗了，今天很辛苦，今天会让四十岁的自己变成什么样子呢？

凯尔特人的场馆里挂了一句话：What hurts more. The pain of hard work, or the pain of regret?

哪个更痛，奋斗的痛，悔恨的痛？

1

我有一天目睹了一场自杀。

跳楼。

我路过的时候，人已经被 120 搬走，警察在调查取证，周围全是窃窃私语的居民。

除了"活着才有希望啊，怎么能这么年轻就选择死呢"，居然有不少声音在说，理解。

四十多岁的中年男人，孩子叛逆期，老婆更年期，父母开始频繁生病，自己的身体和精力明显变差，一大家子要养。

失业大半年不敢告诉家人，每天早上装上班。

虽然这些都不是自杀的理由，但实在是压力太大了。

我想起大三修变态心理学，教授讲，现在就连社会福利相对完善的美国，自杀率第一名的年龄段，也从十几年前的六十五岁以上，变成了四十五至六十五之间的族群，他们所面临的生活压力已经成为社会问题。

亲眼看到，才真正触目惊心。

我的图书编辑家明也是一个四十岁的人。

我去图书公司沟通新书进度，在办公室门外迎面撞上他。

面色枯槁疲惫，佝偻，穿得很旧，四五十岁模样。

我与男人擦身而过，溜进 CEO 办公室。CEO 西舟姐三十五岁，是《我们都是和自己赛跑的人》的营销编辑，辞职创业，和我很亲。

我知道她正着急组团队，随口问："来面试总监的？"

她答："文学编辑。"

我"咦？"了一下，我以为文学编辑是大学刚毕业的人的职业。

她说："你以为的没错，所以我现在心情挺沉重，看着一个年纪比我还大的人低声下气面试入门级工作，一副快被生活压垮了的面相。但是聊了一下，他真的不行，履历、能力和想法都跟不上，这个年纪发展空间也实在不如年轻一点的，没教头。替他难受。"

我聊完书稿出门，男人还没走，蹲坐在办公楼外抽烟。

他跟我说话："我看他们对你怪好，你是作者吧？我年轻时候也是个文学青年，可惜没抓紧写点东西……"

他大概很想倾诉，越说越多——

他年轻那几年缺乏规划，上班混日子，下班只顾玩，没学到什么硬本领，没想到时间这么快。如今活得只剩责任，一屋子人巴望他巴望不上，天天着急，其实他最着急。

他吸一口烟，说今天是他的四十岁生日，他跟他姑娘同天，姑娘读初中，还不知道回家怎么面对她。

我想起张爱玲的话："人到中年的男人，时常会觉得孤独，因为他一睁开眼睛，周围都是要依靠他的人，却没有他可以依靠的人。"

心里难受。

我对西舟姐说："你不是缺人缺得吐血吗，就家明吧家明！"

还搬出心理学背景忽悠："我以学费担保，他现在濒临崩溃，你以为你只提供了一份工作，其实你是救人一命胜造七级浮屠！而且我的书不是要出了嘛，刚好安排给他，我肯定积极配合工作绝不拖稿！"

西舟姐白我一眼，说："你以后千万别当老板。"

2

我的书进入制作程序，联络我的文学编辑是家明。我倍感亲切，认真合作。

很快我有点崩溃。

审过的稿子细节不符合出版规范，连我妈都能看出来，他没有；

西舟姐随手翻一翻，又找出好几个错别字；

更要命的是，书稿里所有的英文都被他一句一句改成了 Chinglish，百度翻译的那种，折腾得阵雨哥加班回家还得帮我一起连夜改句子。简直是在帮倒忙。

安排他负责别的事，沟通媒体，他说不清楚需求；

盯校园活动，二十多岁的女人们踩着高跟鞋全场跟，一个营销编辑，主持人迟到了她拿起话筒就顶上。

整个团队健步如飞，唯独家明一个人慢吞吞的，看着像在动脑子，张口问的全是"我能不能早点走，家里有事……"

工作没做完，有突发状况，下了班从来联系不上，都是很迟地解释："家里老人有事，在陪孩子……"

顾家是好事，他又是个长辈，我说不出"尽量工作时间把工作完成呀，不然团队的工作会卡住"之类的话，只好默默当背锅侠。

我这才意识到，从前在工作中接触的四十多岁们，也会留很多时间给自己和家人，但他们要么有手下负担具体执行，要么业务极其娴熟，不需要多余的时间。

我也第一次亲眼看到，**原来人的工作能力和社会能力，真的不会和年龄一起增长，早年没锻炼过，四十岁当真能依然什么都不会。**

干着二十多岁的活儿，知道的不如他们多，体力还跟不上。不敢想象经济状况。

叫人看着心疼，想帮忙，却实在找不出他擅长的东西。

家明的收尾工作，是我付了我的助理加班费，拜托她帮忙处理的。一个 1995 年的小姑娘，三下五除二就把家明怎么教都出错的工作做了。

我的书一结束，团队就马不停蹄制作其他书去了。

不知道家明后来的命运。希望他好吧。

3

我又想起金 Tina，那真是个狠角色。她三十出头，在普华永道做经理。

普华的非名校生不多，他们因此总被扣帽子，要么是"虽然看着工作拼命，其实后期发展潜力十分有限"，要么是关系户。金经理带着这样的"被成见"空降。

我们组交工，61 页的审计报告，她圈出 23 处错误：这份阐述主标题和副标题间多空了一行，那张表格的数字没对齐……

我们抓起表格左看右看：齐的呀！

我们打开电子版，放大好几倍，惊了，确实有一丁点没对齐，有违四大倡扬的专业精神。

六个人轮流放大缩小加电脑画线，来回检查没发现的错误，她用肉眼翻纸质版翻一个周末，居然成群结队地无所遁形。

我们凌乱了，这是为什么。

"大概她看过的审计报告，比我们吃过的饭多吧……"

我们肃然起敬。

她说："客户也是从这儿跳槽出去的，不管他跳到哪儿去，能耐丢不了，我能抓出来的错误，他也能抓出来，你们小心检查。"

我们都被吓到了。

于是那个周五，下班时间、加班时间依次过去，全组人马谁也不走，公司在成都专门有个"检查格式部"，专业部门确认了没问题，我们依然不放心，又重新检查了六七遍。

金经理有一回讲笑话。

早几年的审计忙季，她凌晨四点下班下楼，滴滴司机看不下去。

"哎哟喂，您说您一女同志，怎么也加班到这个点！"

经理大手一挥："大爷，我们这儿不分男女同志，都是牲口。"

众人大笑。

我不提倡加班，但也忍不住默默佩服。

因为如今我看到她三十二岁的样子。

我请教的财务问题她随口解答，清晰明了；

我做不出的效果，她看一眼就会；

面对客户，我不知所措地博弈，她点拨一下，我马上就能处理。

我跟着她一个月，简直胜读一年书。

哦，她也迷茫，生活陷入瓶颈，停滞不前，但她面临的选择，是继续工作，或者返校读书弥补第一学历的不足。而且稍微开门一张望，门外全是挥舞着更高薪水的猎头。

人的际遇最说不准，可能今天是经理，明天就失业、跳槽。但无论在哪儿，展现出来的工作能力都在举手投足里。碰到我震慑我，碰到别人，也同样震慑别人。

历练过的，当真都被时间沉淀成了本事。

而刚毕业就上班混日子，下班只顾玩，经年之后除了一事无成和中年危机，还能有什么呢？

4

我十九岁的时候，在一所社区学院里，偶然修一门心理学导论。

好些人不听讲，教授是个高个子的黑人大叔，停了讲座，突然提问。

"我今年四十岁，是不是比你们大很多？"

我们纷纷点头。

"可是我觉得，我和你们之间的年龄差，特别快，特别短，我现在闭上眼睛，我十九岁在橄榄球场上跟大块头们干架的日子就在眼前飘，好像昨天一样。"

我们配合演出，哄堂大笑。

教授换了个坐姿：Believe or not, one day you will wake up, YOU will be 40 years old.

——你也会有这一天的：睁开眼睛，又是一个一模一样的清晨，而你四十岁了。

You will ask yourself, what has happened in my life? If you don't have a solid answer for that. Trust me, that moment, will be the saddest moment of your life.

你会忍不住问自己，这些年我做了什么？

如果你连个说得出口的答案都没有，那个瞬间，会是你人生最痛苦的瞬间。

你会抱头痛哭。

大半生过去了，最有勇气、力气的时光全没有了，这场最重要的考试该交卷了，你才发现自己还没开始好好答题。

把你送入大学的高考有许多反转，因为年轻，有时间。

可是人生这场考试，每一笔落下去，都是刀刻的，没有橡皮擦用。

活到七十五岁，一生也不过 900 个月，27375 天，而大学四年加起来，不过是其中短短的 1460 天。

这奠定你日后人生基调的 1460 天，一觉醒来少一天。

你知道吗?

在你又随手浪费掉一个过一天少一天的 1460 的时候，在你满不在乎的时候，在你看不见的地方，有许多人正在冥思苦想，怎么让那一天更有意义。

在你们共同的四十岁那天，你面目全非，后悔得哭的时候，他们拿起镜子，对着他们少年时梦想成为的模样，会心一笑。

而你只能哭着回想，你也有机会的。

你面前也有过一张人生的考卷，那时你手里有笔，有充足的时间答题，答好了你就也是自己梦想的样子。

可是一转眼，你只能看着别人实现理想，回想自己当初是哪根筋抽了，要瞎糊弄最该奋斗的日子。

你的十八岁、十九岁，宝贵的大学时光，正是答题的黄金年龄。

你每天几点起床，几点睡觉，偷了几分钟懒，做了几分钟事，都是在给那份四十岁要交的考卷写答案。

你现在手里拿着笔，一笔一画写出来，都是自己人生的答案。

怎么会不想好好写呢？

你就只写这么一次。

全班鸦雀无声。

5

我总有一天会四十岁的。

从那一刻，我的脑子里常常响起这个声音。

它左右我的许多决定。

比如，我那时想修心理学双学位，打听一番，热情灭了大半。

课多，费事，时间成本不划算，经济成本更不划算。

于是我闭上眼睛，想象我的四十岁，和她对话。

我问:"另维,这是你四十岁的清晨,你从床上坐起来,回想已经过去的大半生,想起你遥远的十九岁,那时你有机会学一个心理学学位,你因为嫌费事放弃了。往后的二十年你一直好奇这个学位会带你去哪儿,没有答案。你会后悔吗?"

会。

我光是想一想,就已经悔恨得咬牙切齿了。

于是我爬起来,忙不迭申请心理学院。

六年过去了。

现在我二十五岁,心理学塑造了我的思维方式和价值观。

还有好长的路要走。

我也渐渐养成这个习惯。

我已经进步很多了,但每天还是有很多时候,一"葛优瘫"就不想动,对自己说,"列好的计划明天执行也没差啊",无法熄灭刷手机的欲望。

我管不住自己的时候,就闭上眼睛,去我四十岁那天的清晨。

我因为得过且过,经常偷懒,对自己说的"明天吧"比"必须今天"多许多,"算了吧"比"再坚持一下"多许多,写出一张烂透了的答卷。

考试时间结束,我抓着头发捂住脸,后悔得痛哭。

阿拉丁看我可怜,抱着神灯拍拍我。

他愿意给我一次机会,仅此一次,让我重新活一遍。

我跪下来哭着谢谢爸爸,发誓我绝不辜负他给的机会,绝不辜负自己只有一次的一生。

睁开眼睛，真好。

我二十五岁，命运的画笔还在自己手中。

6

我写答卷去了。

成功的人，是自律的普通人

最近自律很红。

我有个叫塔塔的四中学妹，是自律教的忠实信徒。

签名是"越自律，越自由"，看到一篇《成功人士都是这样自律的》，绝对转发。

结果，文章再也没有点开，继续抱着一堆作业去图书馆玩手机。

玩完了又生自己的气，打越洋电话跟我哭诉时间都浪费了，生活好苦恼。

一哭又哭掉一个下午，更加崩溃。

1

世上有这么一群人。

上班主要思考吃什么，下班吃完了无所事事，收藏夹里全是明天开始执行的瘦身秘籍。

发现自己又胖三斤，还嘲笑每天健身打卡的同事：看到你努力了也这么胖我就放心了。

你放心个啥？

半年后同事往你面前一站，瘦得跟P的一样，而你已经又胖了不知多少个三斤，你很爽吗？

是的，你很爽，顿时浑身充满正能量，觉得自己和理想身材也只隔了小半年。

可是好几个小半年过去，你还和你的肉一起躺在床上刷手机。

营销号发了"懒癌晚期的日常"和"拖延症都是这么写作业的"，你一刷刷走两个小时，还要转发自黑一轮，"就是仙女本人了"，觉得自己很有幽默感。

你的评论获赞好几百，网友纷纷说找到了组织，要和你紧紧抱住，你瞬间觉得世界充满拖延症，想自律和做到自律之间有不可逾越的鸿沟。

人性的一部分，大家都一样。

你找到归属感，loser 得更加心安理得了。

终于有一天，你彻底忘记了那个也渴望过上进的自己，还没非凡已经相信平凡是生活唯一的答案，看到新闻里的最牛毕业生四年考了多少证、去了多少地方、拿了多少奖学金还 GPA 全满。

瑟瑟发抖地问，优秀的人都没有拖延症的吗？

是的，我负责任地告诉你，优秀的人没有拖延症。

2

说说我和塔塔共同的女神——茹比。

虽然她是网红脸，还不红。

和我几乎同龄，心理学和应用数学的本科双学位三年不到拿下[1]，冲浪、攀岩和滑雪都是好手，满身奢侈品，男朋友也很厉害。

1　上一代影响最深的就是年少时期的教育资源了。茹比国际学校毕业，带了十几门 AP 上大学，跨进大学校门时已经是大二学分。我 2010 年出国，高中在襄樊四中，连 AP 是什么都不知道。而我的很多中学同学，连 SAT 是什么都不知道。

我本科还没读完，她已经牛津大学心理学博士毕业，做了一名科学家。

时不时去 Facebook 硅谷总部驻扎小半年，神不知鬼不觉做左右网友情绪和行为的心理学实验——世界第一批社交媒体心理学实验。

塔塔在北京读大二，心理学同门，见过茹比，因为茹比偶尔会回国开学术研讨会。

塔塔听我提过茹比，想方设法结识本尊。

然后塔塔就跪了。

茹比身材健美，生活极度规律。

每天早起跑步，扎个马尾辫，转眼就坐在咖啡厅或图书馆，旁若无人地看书、翻文献或者回邮件。

在工作场合说话，每次都是有备而来，从穿着到说出口的每一个字都不捅娄子。并且感觉永远不紧不慢，有条不紊。

有一天下大雨，塔塔想，终于不会跑步了吧，结果茹比在健身房里挥汗如雨，引体向上一做好多个，旁边的肌肉男全看呆了。

又一天，茹比抽空跑了个马拉松，全马，跑完了回学校讨论学术，跟没事一样。

塔塔终于鼓起勇气约茹比聊天，请教学习，茹比说下午四点有一小时的时间。

她们坐在咖啡厅里聊得正忘我，茹比忽然开始收东西。

塔塔看手机，一小时还差两分钟，茹比说完再见转身离开，刚好一小时。

原来自律的人是这样的。

每一个小时都安排得清清楚楚，永远不打乱仗。

明明事情又多又难，却像是手里牵着木偶线，一切都打理得井井有条。

而只把自律挂在个人签名里的人刚好相反：生活掌握着木偶线，自己是被动的木偶，永远是在气喘吁吁追赶进度，不知什么时候是个头。

掌握了每一个小时的效率，就把生活完全掌握在了自己手中。

那种气场真迷人。

原来世上真有这样的人。

塔塔说："另维学姐，难怪他们说人和人的区别，比人和动物还大。"

3

我认识茹比的时候，她也就是个长得好看一点的普通人。

她那时和塔塔一样年纪，十九岁。

那一年，我们都在加州伯克利大学读夏季学期，碰巧合租了同一套公寓，又修同一门心理学。

开学前一天，我们一起去夜店跳舞，第二天进教室才发现昨晚居然有网络作业要交，教授邮件通知过，我们忙着搬家和熟悉新室友，都没看到。

就这样课还没开始上，先把4.0丢了。

我还在悲痛，她已经给教授写了好几封恳求邮件。

教授回复"成年人要为自己的过错负责"，拒绝。

我自责难受了一整晚。

那一整晚，茹比把自己关在房间里奋笔疾书。

她把每次考试、交论文和作业的日期写在行程日志上，在旁边标注分数目标，附一句"再丢分一辈子不买包！！！"，三个感叹号。

那门课每节新课前，都要在网上做一套预习题，我们说好先做完的截图发给对方。

第一章漏做之后，她每一章都提前一周预习完。我当时的目标是上课前预习完。

我说："你有必要提前那么久吗？"

她说："我就喜欢惩罚管不住自己的我，你咬我？"

我们去图书馆自习。

学累了休息十分钟，一起玩那年流行的《愤怒的小鸟》。然后一晚上嘻哈快活，都没再看一眼课本。

第二天刚一坐定，她把手机塞给我，叫我收进书包，她打死我也不要在学习任务完成之前还给她。

她本科院校不是最好的，该有的坏习惯也都有，没想到博士考那么好还读完了，还继续一路开挂，挂到塔塔不叫她老师，叫"茹比上神"，挂到我每回稍微介绍一下她的光环，朋友都不信这等牛人会被我认识。

其实也不奇怪。

她十九岁时，每天都在想方设法惩罚自己的坏习惯。

对生活中的每一次不满意，都有不放过自己的决心和行动力，同样的错误绝不犯第二次。

如果每天管住自己一次，现在八年过去，她至少管住自己 2922 次。

习惯成自然，她应该早已成精。

我想起 Helen。

伯克利的公寓，其实是 Helen 租下的，我和茹比都是她在论坛招募的室友。

开学前一天，我们三个屋檐下的新伙伴联络感情，Helen 提议白天逛街，茹比提议晚上夜店，我们玩得好开心。

第二晚。Helen 又来叫我去夜店，我知道再玩功课就彻底跟不上了，想拒绝不知怎么开口，磨磨蹭蹭化好妆，看到茹比连卧室门都不开，隔空甩出一句"不去，没学完！"，就不再说话，我才敢试着说，"要不……我在家陪她好了？我也还有作业"。

Helen 后来一周里三四天都要浓妆艳抹着半夜出门[1]，最后几次考试不及格，早早退掉了夏季学期。

她毕业之后没找到工作，离开美国，回到泉州，每天在朋友圈直播刷剧，宣扬留学无用论，看不出在做什么工作。

如果我想知道最近哪个男明星红，就去她朋友圈看看她在叫谁老公。

后来，Helen 叫我登录她的微信，发西雅图定位的朋友圈。

我发了几次，发现她在做美国代购，只好关掉她的消息提醒，再也不回话。

4

都说世上有个二八定律，20% 的人掌握 80% 的资源。

不管我们愿不愿意，我们这一生，都是在爬梯子，爬上去了就是二，没爬上去就是八。

爬上去的人，全都自律又高效，各有各的经验窍门。

因为成功过，他们全都知道努力的意义，相信生命的无限可能。

然后，他们渐渐在各自的领域崭露头角，形成强大的人脉圈，强强联合让他们的事业和生活越来越得心应手。生下的后代，因此各个含着金汤匙。

1　美国不准二十一岁以下的人喝酒，进夜店。

而 loser 们放眼一望，世上全是年轻时轻易放过自己的人，心安理得地想，果然大家都一样。

要是有人能收获不可思议的成功，简单，长得好就是一路睡过去的，长得不好就是爸爸厉害。

他们没见过其他可能性，所以不相信。

二十岁左右是个神奇的年龄。

二十岁那几年，因为变数大，二和八的边界最模糊。

每一次考试的结果；

每一次走到舒适圈边缘，选择突破还是"算了吧"；

每一个周末，选择早起干活儿还是"再睡一会儿"；

每一个小时，选择背单词还是"再来一局农药（荣耀）"。

都是在画下半生的"二八线"。

我们爬的那个梯子，看似长，实则短，好多人爬着爬着就停了，任一生最好的机会和青春一起从指缝流走。

一辈子停在那里，以为人生就该那样，到死也不知道，其实他年少时有一刻，离突破真的不远，再坚持一下下就到了。

那个突破原本应该改变他一生。

天赋和家境固然难以逾越，可是大家来到世上，都是不知自律为何物的婴儿，谁也没比谁多会一点。

而人的最终，正是这些生活的好习惯——时间管理、自律、效率，把同一间教室里的人慢慢分开，送进截然不同的生命轨道。

这些明明再努力一点就能掌握的东西，凭什么他能养成，你就不能？

心理学：如何快速学会自律

你听说过 mental energy 吗？

中文翻译成了"心理能量"[1]，听起来像玄学。翻译得不好。

人类的大脑在最近的 200 万年里，体积增加了 1/3。新长出的地方有一个叫额叶，我们的自律能力就在里面[2]。我们使用自律控制行为的时候，额叶高度活跃。

自律成功的同时，我们在消耗心理能量。

大脑很像手机，心理能量是电量，有限。

白天使用了，晚上还不充电，第二天就别想开机。

如此一来，道理很简单了：人的自律过程，其实就是消耗心理能量的过程。

这个过程学术界叫 ego-depletion，自我耗损[3]。

人的自律力，也随着心理能量的消耗，慢慢减弱直至彻底失灵。直到

---

1 Mental energy，心理能量，其实和物理学中能量的概念很像，只是后者客观存在，可测量，前者是一个心理现实，也被认作人的生命力、活力值。心理能量是从弗洛伊德时代就有的概念，心理学鼻祖级大师荣格也讲过，可惜弗洛伊德只是提到，并未加以解释。心理能量和自律联系紧密。弗洛伊德极具争议性，他曾三十二次被提名诺贝尔生理学或医学奖，却到死都没得到，至今不被美国学术界认可为心理学家（弗洛伊德生平内容来自《变态心理学》课本）。

2 额叶，frontal lobe。内容取自《生物心理学》和《发展心理学》课本。

3 自我耗损，即 ego-depletion，由美国心理学家 Roy F. Baumeister 及其团队提出。用以解释人意志力和自制力的降低。

他们通过高质量的睡眠充电成功，能量满格开启新一天。

我们都经历过的。

我们决心减肥，很有毅力，一整天都没怎么吃，好不容易挨到最不该吃的晚上，却忍不住大吃大喝起来。

因为一整天的劳作之后，我们用完了心理能量，自律比白天困难了。

好多人每天起床，第一件事是摸手机。

看微信，看朋友圈，有时再把知乎、微博甚至微信公众号刷一遍，床还没下，眼睛先累了，大脑更是已经疲惫。

在每一个充足睡眠之后的新一天里，心理能量如此有限，怎么能一天还没开始，先在没用的事上狠狠花一笔呢?

同理，迟早散去的流言蜚语，已经改变不了的考试成绩，再也不想携手同行的前任。

放在脑子里不停想，不会产生任何积极结果，还占用的全是你花在别处就可以无限作为的心理能量。

不划算。

让我基于心理能量，说五个科学有效的自律办法。

1
把最重要的事放在最前面

关于自律力的研究，西方心理学有几个经典实验。

比如，实验者按照科学家的指示，观看动人的电影并忍住情绪——忍住哭，忍住笑，然后开始解数学题。

结果发现，同样的数学能力，已经使用过自控力的人，即使是用在了和数学思维毫无关系的忍住哭泣上，他们的解题效率、注意力和自控力也都下降了。

心理能量有限。

这个秘密也由此揭开了面纱。

所以，人清晨的自控力普遍比下午好，下午的自控力比晚上好。

你撞见前男友和现女友秀恩爱，表现得大气自如一百分，转头发现自己背不进单词，还打破了节食计划暴饮暴食，这不是你还爱他，是因为你的心理能量在"大气自如"的时候，消耗过度了。

所以，我们最好把最重要的事情，放在刚起床时做。

那是一天中自律力最好的时候。

把刷剧、刷微信公众号文章和那些可有可无的事情尽量忍到后面去，反正就算到时累了算了，也伤害不到你的未来。

刷手机的欲望，是说忍就能忍的吗？

当然了，有方法的。

每一次忍不住了，想偷懒了，马上问自己一遍：你真的要把好不容易充满的有限心理能量用在这里吗？用完之后，你就做不了别的事了哦！一整天又浪费了哦！

还管不住？

想想这些：

你上一次自律失败遭遇了什么？

构思好的论文，因为不得不在最后一夜写完，写得乱七八糟；跟着室友开黑导致自己错过面试／女朋友／复习考试，你捶胸顿足对天发誓不会再犯……

记住这种悔恨、自责，再也不想体会第二遍的痛苦，在管不住自己的边缘，把它们拿出来，细细咀嚼，好好回忆。

久而久之，悔恨的痛苦和自律失败，这两件原本没有直接联系的事情，经过你的思维训练，在你的大脑里形成了因果联系。

每当你稍微想偷懒一下，立刻被偷懒之后的悔恨痛苦折磨。自律自然而然就更容易了。

这便是巴甫洛夫的经典条件反射理论[1]。

就像失恋男在吃拍黄瓜的时候被女友甩，从此看到黄瓜就心酸，很多年无法吃拍黄瓜。

最后，重要的事情说三遍。

早上起床不要先玩手机！

早上起床不要先玩手机！

早上起床不要先玩手机！

2
目标越具体，越容易控制自己

你觉不觉得，上课的时候，如果你对一个知识点，只理解了宽泛的概念，事后很容易忘记。

而如果你记住的是老师举的具体例子，它可能会在你脑子里存很久，将来能讲给孙子听那么久。

1　Classical conditioning，经典条件反射理论，更著名的说法叫"巴甫洛夫的狗"。一百多年前，苏联著名生理学家巴甫洛夫喂了几只狗用以医学研究，有一天他发现，狗听见自己的脚步声会流口水，心想：这是为什么呢？让狗流口水的应该是食物啊！他由此受到启发，做了一系列实验，证明人和动物经过训练，会对本没有联系的事物产生反应。《生活大爆炸》中，谢耳朵曾用同样的方法训练过佩妮，而引起了莱纳德的不满。

自律力发挥起来，是一样的道理。

我们的大脑对具象化的东西印象更深。

自律计划越具体，执行起来就越容易。

这是社会心理学家鲍迈斯特的自我调控理论。

比如，不要再把计划列成这个样子：明天学习一天，周末两天要全用来学习！

对自己说：明天八点前要坐进图书馆，下午六点前不能出来，十二点可以外出吃饭，一小时内必须坐在座位上，继续刷题。

如果你还没有这样做，试试吧，你会发现管住自己比过去容易了一点。

因为你知道该从哪里下手了。

3
实验说，只要视线里有手机，哪怕是别人的，也会影响你的注意力

心理学家做了个调研，问人们，觉得怎样杜绝手机的影响最有效。

人们普遍认为不看手机，或者屏幕朝下就可以了。

心理学家在华盛顿 DC 做了个现场实验。

发现不仅不玩没用，屏幕朝下也没用，只要手机在视线里，哪怕不是自己的，注意力都会受影响，而人们几乎意识不到。

更有趣的是，两个不太熟的人谈话，如果桌子上有手机，哪怕全程没有人用它，仅仅是手机的存在，也会降低人们的亲密度、同情心和信任感。

茹比学完这些，坚决要改掉学习时摸手机的习惯。

她把手机静音静振放在看不见的地方，每想摸它一次，就问自己一次：

你想拿宝贵的心理能量刷手机吗？

对自己说：你不会只查单词不刷微博就把手机放回原处的，别自欺欺人了。

现在，好多人问茹比博士："你是怎么做到学习的时候完全不玩手机的啊？为什么我也控制自己，却还是不停地想玩？"

她说："你和我身为人类，大脑里都有一个叫镜像神经元的东西，它负责不断有意识和无意识的模仿，让我们看过、做过的事情越来越容易。

"所以，你每摸手机一次，下次摸手机就更容易；你每成功抵制手机的诱惑一次，下次也会更容易。

"因为神经元活动大都是无意识的，你觉得难的时候，只感到一切遥遥无期，并不知道自己其实已经在慢慢变好了。

"你甚至不会发现，自己已经失去了玩手机的欲望，直到别人睁大眼睛问你，'天哪！你怎么做到学习起来完全想不起手机啊？'

"你这才意识到，你居然神功已成。"

4

保证高质量睡眠

前面解释过，我们的心理能量要靠睡眠充电。

我们只有在深度睡眠中才能缓解疲劳，加强新陈代谢，得到能量积攒。

深度睡眠也被称为黄金睡眠。

如何提高睡眠质量，一直是个火爆话题，众说纷纭。

心理学家证实过几个。

大概是尽量排除睡眠干扰，比如在安静和全黑的环境里入睡，如果环境不够黑，可以戴眼罩。

于是眼罩公司笑了。

比如睡前不要看电子屏幕，因为屏幕上的蓝光会扰乱大脑的睡眠信号，所以看书或者 Kindle 更好（有些手机的睡眠模式就是除蓝光模式）。

好多公司都笑了。

人体的个体差异太大，比如光线就影响不了我的睡眠质量，我听声音才睡不着。同时，许多人开灯睡不着，要听音乐入睡。

所以，我不爱盲信过于笼统的意见。

每个人都是特别的，了解自己最有用。

我通过对自己睡眠质量的长期监测[1]，发现在我大脑疲劳的时候，睡半天还是醒的，在身体疲劳时进入深度睡眠很快。

我经过长久的对自己的观察，如今喜欢睡前放松，不喜欢睡前工作和学习。喜欢身体累了再睡，如果不够累，我会在睡前跳运动量很大的健身操。这让我基本掌控了自己的睡眠质量。

这一段没有科学依据，是我的个人经验，只用来说明最好的方法是探索到适合自己的方法。

对了，我们如果直接从深度睡眠中醒来，会感到大脑疲累，这和睡眠长短无关。

而且，并不是每个人都需要每日七到八小时的睡眠才健康。深度睡眠平均占总睡眠的 25%，有些人更短，有些人更长。先天基因和后天训练都有影响。

1　我喜欢做数据分析，一直在戴监测睡眠时长和质量的手表。

我在《用喜欢的方式过一生是怎样的感觉》里写到的 R 教授，活到八十五岁，他每天只睡四个小时；李凯文说他必需保证九个小时以上的睡眠，第二天才能工作。他们成绩都很好。

我还在课本里学过每天只睡一个小时，健康活到七十多岁的极端案例。

个体差异是一件神奇且有趣的事。

总之，关于如何提高深度睡眠的比例，花时间了解自己，比学习别人有用。

你睡好之后的身体，头脑清醒，疲劳感归零，精力充沛，思维变快，注意力和记忆力提高，心理能量满格。你一定感受得到。

认真想想那样的一觉是怎么睡出来的，把它变成睡眠习惯。

5
不要跟不自律的人一起学习

这个有点残忍。

我告诉你为什么，你就会原谅自己了。

我们从 1962 年的电梯实验说起。

如果一电梯人都面对着墙壁，唯一一个面对电梯门的人会不知不觉转向墙壁。

同样的套路，心理学家又尝试拿下帽子，戴上帽子，连转三面墙壁，全都屡试不爽。

从众的远古人更容易活下来，因此我们身上都携带从众基因。

于是心理学有了著名的社会影响理论。

甚至，家里有肥胖的人，其他家庭成员肥胖的可能性也会更高。

我们每个人，都逃不开身边的人对我们的影响，这影响很多时候是无意识的。

更不要说有些人，自己玩手机就算了，还动不动就跟你聊闲天，你装没听见，他们就马上开始胡思乱想你们的友情怎么了，或者回过头嘲笑你清高。

前者你回头还得负责开导他的玻璃心，后者让你明明在做想做的事情，还要自我怀疑。

这样的朋友，叫你自习一次，第二次你就找个借口推托了吧。

不是今天不出门，就是学完了再回微信说不好意思今天出门没带手机，总而言之，绝对叫不出来。

不用担心会因此失去朋友。

如果你科学地学过人类情感，会知道"相似性"[1]才是友情和爱情的长期黏合剂，学习习惯不好的朋友，你在他面前好好学习，反而会叫他不舒服。

我有很多不爱学习的朋友，我们不一起学习，不妨碍我们一起打球、拍照、逛街、旅行、吃饭。

最后，让我再说一个心理学的经典实验——棉花糖和孩子。

实验者给一群四岁的孩子棉花糖，告诉他们，如果能等上十五分钟，他们就能拿到两颗棉花糖[2]。

1　异性相吸不符合科学现实，已经证明。

2　Delay gratification and instant gratification，即延迟快感和即时快感。棉花糖实验是心理学经典实验，后来延伸出了很多种变体。美国心理学家 Walter Mischel 写过一本 *The Marshmallow Test*，我的教授推荐给我的，非常耐读，推荐给你。Mischel 教授目前执教于美国哥伦比亚大学，主要研究性格心理学和社会心理学，是 20 世纪被引用最多的二十五个心理学家之一。

这是在测孩子延迟快感的能力。

延迟快感，delay gratification，就是在知道现在付出，未来会收获更多之后，愿不愿意放弃即时的享受，选择付出。

这种行为习惯从孩子的幼年开始，展现在生活的方方面面，比如作业写完了再去玩；好吃的留到最后吃；只要学习机会好，愿意承受低薪工作……

心理学家跟踪观察了棉花糖小孩们几十年，发现能等十五分钟，有能力"延迟快感"的孩子，不仅普遍高考分数更高，而且不管进入什么领域，几乎都比选择"即时快感"的孩子成功。

延迟快感的孩子更有天赋吗？

四岁，大脑里掌管自控力的部分几乎还没开始发育。

比起盯着棉花糖看，很快就忍不住吃掉的"即时快感"的孩子，"延迟快感"的孩子们有的闭上眼睛不看棉花糖，有的转头给彼此扮鬼脸。

如果非要说天赋，他们最多的天赋是面对问题，知道想办法、找方法。

你看。

懂得寻找合理方法，从而学会自律的人，真的会拥有更好的一生。

心理学：工作和健康，真的需要二选一吗

"宋叔叔去世了！"

那天，我妈连夜打来越洋电话，叫我赶快别工作了，快出去玩。
我一脸蒙。

我妈大学毕业就回了襄樊，而她的高中兼大学同学宋叔叔，考了上海交大研究生。

宋叔叔研究生毕业之后，留在上海打拼，三十多岁就做了基金公司合伙人，浦东浦西好多房，早早把一双儿女送进了学费30万一年的国际学校，一度是家乡父老羡慕的对象。

宋叔叔面庞英俊，学生时代是足球好手，也没有家族病史，这样一个身体健康的上届男神，五十岁生日刚过，就心脏病抢救无效去世，惊得一众老同学措手不及。

"医生说……"
一连好几周，我妈每天夜里十一点准时来电，一边哽咽一边吼。
"医生说，你宋叔叔的死因是长期压力巨大、焦虑引起的心血管疾病！你还在工作吗？马上停止！"

我爸更夸张。

"都说隔壁院子那个好吃懒做的胡小宝不成器，新西兰留学九年，大学毕业证都没拿到，回襄樊开个饺子馆，还睡醒了才开，睡过了随便——现在看来，人家那才是大智慧！

"人就活一辈子，要那么多压力干什么？健康最重要，生命没了什么都没了！千万别学你宋叔叔！"

1

好多人稍微努力一下，精神萎靡，天天犯困，身体像台劣质机器一样不是螺丝脱落，就是局部生锈。

于是马上下结论：不是我不努力，是身体吃不消。还是别给自己太大压力，健康第一，其他随意。

碌碌无为了半辈子，梦想都被别人实现了，不如他的老同学纷纷比他见多识广。

没关系。

他对自己说，虽然别人成功，但是我长寿啊。

真的是这样吗？

不奋斗，没顶过大风大浪大压力，就真的会更健康长寿吗？

2012 年，威斯康星大学健康心理学系公布了答案。

科学家们追踪 30000 个成年人的健康状况八年，把他们分成三类：常年承受巨大压力的人、一般压力的人和很小压力的人。

看看谁先死。

结果发现，**死亡率最高和最低的，居然都是压力巨大的人。**

真奇怪。

于是，科学家把压力巨大的人分为两类：一类相信压力有害健康，一类不这么认为。

压力对人体影响的真相，就这么揭开了。

坚信压力就是慢性自杀的人，死亡风险最高，比第二名"生活压力适中"的人群，死亡风险增加 43%。

觉得压力助人成长、给人动力，是件好事的人，别说死亡风险增加了，他们是最长命人群——超过生活压力最小的。

是的，你没看错。

科学家说，能慢性杀人的不是压力本身，而是人们面对压力的负能量。

如果你读过报纸上铺天盖地的"四大员工猝死办公桌前""高三学生不堪重压跳楼身亡"，并且的确因为压力大而头痛失眠，效率低下，身体越来越差，连个小感冒都半年不痊愈，你一定很难相信"压力无害说"。

你一定更难相信，世界上真的有一种人，他们喜欢压力。

面对压力，他们看到的是一次突破自己的好机会。

——我要从这机会中学习，我要战胜它，擅长它，并因此变成一个更强大的人。

然后，他们真的爆发出了惊人的能量。

不仅仅是工作效率更高，效果更好，更有创造力。

他们还在和压力相爱相杀的过程中，精气神越用越足，越发健康了。

这可能吗？

我的营销编辑西舟姐，几年前刚与我交上朋友，便与我诉苦。

她喜欢做书，但她不得不为了工作任务，捏着鼻子哄眼睛[1]地给她不认可的内容写推广策划，而且宠爱她的大老板跳槽了，她的直属上司一直在奋力刁难她……

她说，我如果是一个刚毕业的新人，磨炼一下无妨。但我入行快十年了，天天重复作业，学不到新东西，也看不见发展空间。三十一岁的人了，状态越来越差，身体也不好了，今年一直在感冒，吃了小半年中药，还不见好……

她说，想辞职休息一段时间。

西舟姐就这样，由一个中国最好的图书公司的资深编辑，摇身变成独立策划人，也就是自由职业者。

她一边调养身体，一边在家给喜欢的书做推广策划。

独当一面，可比负责大公司流水线里的其中一环艰难多了。

西舟姐反复碰壁，被媒体跳票，被合作公司坑，走投无路，到处找路。

从前的同事都叹气，好端端的，干吗没事找事。

西舟姐咬着牙，三百六十五天不停歇地琢磨图书推广，做出好多畅销书。

她就这样，跟着感觉任性了一次，跌跌撞撞了五年，不小心证明了自己的实力和资源。

五年之后，碰上一家图书公司重组，被请去做了 CEO。

现在的西舟姐比五年前忙碌太多，上上下下的开会，招聘，学习企业

---

1 武汉当地人常用口头禅，多用于自嘲或调侃，与成语"自欺欺人"同义。

管理，还抽空帮我看这本《每一天梦想练习》。

看到这一篇，她很激动。

"你记不记得我辞职之前，不是头疼就是胸闷，每天喝中药，还以为真像网上说的那样，女人过了三十就是不行了，承受不了那么大工作压力了。可是现在，我事情更多，责任更大，压力更更大，人反而一天比一天精神！感冒都没有了，跟你说得一模一样！我还正在琢磨这事呢，太奇怪了！"

不奇怪。

这是人体的正常现象。

我们的身体感受到压力的时候，会唤醒大脑的交感神经系统（SNS）。

交感神经系统有两种反应机制：我们因此要么进入恐惧状态（threat），要么进入备战状态（challenge）。

这是怎么一回事呢？

我们都知道，生物的进化是以百万年为单位的[1]。

我们身体的许多功能，还是为了在草原上和野兽抢食物而存在，交感神经系统就是其中之一。

我们遇到危险的时候，交感神经系统会迅速做出判断。

如果觉得能打赢，它会把人体所有的能量调集起来，进入最佳状态——备战状态。

备战状态里的我们，外围血管变宽（peripheral vasculature），心脏的做功效率增加（cardiac efficiency），我们浑身充满血液和氧气。

1　如果对人类进化感兴趣，强烈推荐尤瓦尔·赫拉利的《人类简史》。

我们感到精神百倍，思维敏捷，简直眼观六路耳听八方。

这些都是大脑在为更好的表现做足生理准备。

这也是最有益身心健康的状态。

在这种状态里，别说日常效率明显提高了，武松打虎、女童搬石救母之类的奇迹，从生物学角度讲，都是有可能的。

人体这种惊人的状态，现代生物心理学把它翻译成"充满勇气"和"信心十足"。

相反地，如果交感神经系统判断我们会输，就会提前启用保护机制。

我们的外围血管变细，血压增加，心脏做功效率大幅降低。

我们会感到缺氧，不舒服，脑子跟不上。

这就是恐惧状态，好处是我们被打倒在地的时候，流血量会相对少。捡回一条命的概率增加。

可是我们在现代社会里面临的压力，早已不是被豹子追着跑，和狮子抢食物了，我们不会大量失血，恐惧状态变成了伤害身心健康的祸首。

——我们不仅临场表现变差，身体不适，长此以往，还容易患心血管疾病 [1]。

2

我们可能都偶尔经历过备战状态。

高三的时候，每天十六个小时疯狂刷题，不走神不懒惰，一年学完三年功课。

如果再注意锻炼、休息和饮食，简直天天都跟超人一样。

---

1 我不是叫你讳疾忌医，有病当然得上医院，我说的只是日常心态调节对身体产生的影响。

多少年后回忆起来，都忍不住感叹：那真是我的人生巅峰啊，效率最高，知识量储备最大，吃得没牛多，还比牛卖力，简直不知道是怎么过来的。

当然了，也有人面对高考，精神萎靡，注意力涣散，越睡越困。

这真是个悲伤的故事。

坐在同一间教室里，面对同一场挑战，别人的脑子越转越快，如有神助，超常发挥。

你坐在那里思考：我为什么发抖、缺氧，我是不是身体都被高考拖垮了，应试教育太可怕了，是我这种不擅长考试的人的噩梦……

我是谁，我在哪里，为什么大脑一片空白，这道题明明老师讲过，为什么想不起来……

因为在恐惧状态里，身体根本就没有给你足够的氧气和血液。

因为你面对压力所选择的"我会输"的情绪状态，已经提前让你的身体进入了 loser 模式。

同样是上高考战场，别人是吃了伟哥的施瓦辛格，而你就是去挨打掉血的。

网络时代，社交媒体一打开，千篇一律的"你要与正能量同行""你要远离负能量人群"，被争相转发。

可是有多少人真的相信，精神力量的强大？

正能量，负能量，我们面对一切事物的态度，都比我们以为的强大。

我们的意志、行为，甚至健康状况，时时刻刻都在被它们左右。

而我们作为人类本身，毫无意识。

3

你问：我知道面对压力的态度很重要，但是我就是控制不住害怕呀，负能量呀，能改变吗？

能。

哈佛大学健康心理学系公布过一个震惊学术界的研究结果。

他们安排水平一致的三组人考 GRE。

考前，他们对其中一组人进行密集培训，让他们了解备战状态：

"身体一旦进入备战状态，交感神经系统会把你浑身的血液和能量都调动起来。

"如果你在考试中心跳加重，那是你的心脏在为解决问题做准备；

"如果你呼吸加快，发热冒汗，非常正常，那是身体在给大脑输送更多氧气，以帮助你更敏捷地思维！"

不出所料，备战状态组考得最好，没有进行心理干预的第二，恐惧状态组最差。

科学家们追踪观察备战状态组，发现了更厉害的。

他们不只在那一次 GRE 考试中提高了成绩。

后来的期末考试、体育比赛甚至工作面试，他们的表现也都有了明显的进步。

也就是说，一旦学会了这种思维方式，人们可以主观地把备战状态召唤出来，用在生活的方方面面。

我们只需要在每一次感到压力的时候，有意识地告诉自己：

没必要恐惧，我心跳加速，那是它要运转出更多血液；我呼吸加快，那是大脑在收集更多氧气，我的身体正在为战胜这件事做出最好的准备。

你让我再说具体些?

好。

首先,闭上眼睛,放松全身肌肉,把呼吸拉长到每分钟四至六次。

这会增加我们的心率变异性(HRV)。

就是心电图上每次心跳之间的细微波动,一个预测心脏问题的重要指标。

增加心率变异性帮助我们适当放松大脑、身体和情绪,暂时从令人窒息的紧张中逃离出来。

所以人们爱说:"别紧张,深呼吸!"

然后,是时候对压力好朋友说声 hello 了。

告诉自己,别怕,去抱一抱她。

她不是来看你搞砸,再顺便伤害你的身心健康的。

如果你喜欢她,相信她是好朋友而非敌人,她会把你的身体调整到最佳状态,好让你能更好地处理手中的一系列任务。

谢谢她。

最后,看看你的 to-do-list,是不是已经按照重要程度排好了先后,此刻在做的事,就是对此刻而言最重要的事。

好了,别再管昨天和明天了。

昨天你改变不了,明天的问题自有明天的自己解决,不需要此刻操心。

集中注意力,沉浸进此刻。

这个策略叫 mindfulness,正念[1],是目前西方心理学最热门的东西之一。我们下本书细说。

---

1 Mindfulness 翻译成了正念,翻译得好奇怪,很容易引人误解,在英语里,mindfulness 原指留心、小心、注意。

总之，压力使我们心跳加快，大脑发闷，额头冒汗。

这是正常现象。

而它是化为焦虑，像个恐怖分子残忍地伤害我们的心血管，还是化作勇气，像善良的好朋友温柔地保护我们的身心健康，取决于我们看待它的眼光。

我们面对压力的方式，比压力本身更强大。

4

今天我又收到好几条微博私信。

想辞职的，想放弃考研的，认为高三就是世界末日的，每个人都觉得是压力把他们折磨得体无完肤。

我曾经也在同样的痛苦里无法自拔，直到我为了我的心理学学位，不得不修习压力的最新科研成果。

也就是我觉得有必要写出来的，这篇文章里所说的一切。

好多人有这样的疑虑。

——我将来选择压力大的工作还是轻松的工作？我把健康搭进去值得吗？老了之后会后悔吧？

这个问题，前半句我没学过，每个人都有自己的人生路。

后半句，健康心理学已经研究出了权威答案。

成年人最健康的生活方式，绝不是一味逃避压力。

那是什么呢？

斯坦福大学的压力研究专家凯丽教授这样说过：

One thing we know for certain is that chasing meaning is better for your health than trying to avoid discomfort.Go after what it is that creates meaning in your life, and then trust yourself to handle the stress that follows.

我们已经确定的是，追求意义比逃避压力更有益健康。

最健康的生活方式，是做那份让你觉得有意义的工作，然后找到面对随之而来的压力的方法。

减肥是最简单的自律练习题

我真的减肥成功了。

两个月，没花一分钱，没吃一粒药，没耽误一天上班。

用零碎的时间，完成了一场和自己的简单决斗。

写了日记，送给也在路上的你。

7月1日　北京　骤雨　今日关键词：决心

1

我拉肚子了，耶，我心花怒放。

我很喜欢拉肚子，忍几天不适，再一看镜子，三五斤肉没有了，人瘦下一圈，小腹平坦，腰线婀娜。

在我的记忆里，我一直是这样的美好体质。

不仅仅是拉肚子，不吃早饭或晚饭，连喝几顿汤，或者拉一泡分量充足的屎，我都能眨眼瘦。

所以我不信什么少油少盐、过午不食，我大口吃奶油，大口吃消夜，忘记运动没关系，稍微胖几天也没什么了不起，我知道我能在关键时刻眨眼瘦。

直到今天，我第无数次面对拉了一周肚子依然圆溜溜的自己，终于不得不承认，我不是我记忆里的那个人了，我没有那种美好体质了，什么时候失去的都不知道。

前些年我看到街上的不起眼大妈，赘肉松弛又下垂，肥胖臃肿，满脸粗糙，总觉得她们离我很远，根本不是同一种生物。

相熟一些的大妈看到我，喜欢动手动脚。

一会儿摸摸我的胳膊，一会儿捏捏我的腰，酸溜溜地说：真瘦，我年轻的时候也这么瘦，年纪一大就不行了。

我心里想，呵呵，拉倒吧，自控力缺失，管理不好自己的身体，怪什么年纪，我可是看见自己有发胖征兆，就马上控制食量的人。

可我发现大妈们不仅控制食量，还又狠又坚持：高胆固醇不吃，碳水化合物少吃，坚持广场舞……

我又想，拉倒吧，老天爷不让你当瘦子。

这些年，断断续续地，我发现自己手臂长拜拜肉了。

小问题，收藏夹里存点视频，有时间跟着做做手臂运动就没了。

想运动挤不出时间。

没关系，暂时先穿带袖子的衣服就好了。

好像有小肚子了。

不用担心，小肚子是最好减的，几顿饭不吃就下去了。

小肚子没下去，腰还跟着粗了。

拉个肚子就好了吧。

还是没瘦。

那……可能要好好运动一下，瘦回来之前暂时先穿遮肚子的衣服吧。

就这样，我学会一肚子时尚圣经、遮胖大法，能穿的款式却越来越少。

好久没有人捏着我的胳膊酸溜溜说我瘦了，有一天终于惊觉，我已经和记忆里的自己判若两人。

2

那个时候在环航太平洋的船上，我与旅行体验师网友会面，半天不敢认。

她在微博上是个瘦子，可是在我面前，简直是一块正方形。

胖姑娘是摄影师，好多胖女孩找她拍写真，经她妙手，全部摇身变成直逼郑爽级别的瘦子。

我佩服得五体投地："你简直是 PS 之神！收我为徒吧！"

我跟着胖姑娘学艺。

她果然专业，我们拍完照，坐在甲板餐厅里一边聊天一边修图，她三下五除二修完风景，打开 Photoshop 精修人像。

然后，照片里的她就在我眼前，一点一点从贾玲缩成郑爽。

我渐渐发现，胖姑娘不怎么交朋友，她甚至不怎么动。她的修图工程太浩大了，从头到脚每一块肉都要调，一张接一张。

她只能一坐大半天，修得无聊了，就一边说话一边修，一边吃东西一边修。

修完了朝天疾呼：明天一定要少吃多运动！

不可能的，明天的照片一照，又是一场浩大而漫长的修图。

我跟着胖姑娘看了两天 P 图，又坐出几磅肉不说，眼睛都要瞎了。

她能这样生活，也当真毅力了得。

胖姑娘和男友总是吵。

他给她拍照，拍完了她就闹：他把她的 ×× 部位拍胖了，没有用心找她显瘦的角度，没有把她框进容易 PS 的背景……

有一天胖姑娘的男朋友发飙了。

"你怎么又把我拍这么胖！"

"你本来就这么胖！"

我们旁观，笑作一团。

陈雨哥笑得最开心。

"哈哈哈，简直就是你的重现！"

我不服气："我 P 图不花那么久吧！"

"你两小时内吧，没她久，不过她 P 的效果比你好。"

"那也浪费很多时间啊，你都不管管我？"

"我说过好一阵子啊，我说你埋头苦 P 那么久，P 得再瘦，又和你本人有什么关系呢，充其量做个见光死的假瘦子。你没听进去，你说都什么时代了，现在的女生都 P 图。"

我每发一条九图微博，都要一张一张把美图软件们使个遍，这儿推推，那儿缩缩，一不小心缩失真了，推倒重来。

我的自我要求可高了，一干起来就两耳不闻窗外事，没半个小时绝不抬头。谁质疑我，我就教育他，这是网红必修课，你不懂。

我一天只有二十四个小时，花在了这里，就不能花在别处。

年轻的时光过一天少一天，读书、看风景、看电影、运动、交朋友、写作，干什么不好，我为什么要捧着美图秀秀每天一耗半小时呢？

得不到任何积累和提升，最多不过练就一手快手"推背"——还并不能真的把自己推瘦。

这真是个可怕的恶性循环。

我越来越胖，越来越依赖美图软件，砸进去越来越多的时间，去换一个和照片相差越来越大、越来越难 P 的自己。

然后嫌弃那个辛苦拍照的人，为什么要拍显胖的角度，为什么要抓显胖的姿势。

并不是显胖好吗。

我瘦的时候，很自信，没这么多戏。

我特别轻盈，特别灵活。

我记得十九岁的时候，我在夏威夷路边的地摊上随手买一条沙滩裙，冲着玻璃窗一照，真瘦啊，心情好得跳来跳去。叫路人帮忙拍照，路人随便一通狂按，都瘦都长都好看，想 P 都无从下手。

因为瘦过，更知道身上肉多，有多不舒服。

伸个懒腰会被肉挡住，很容易热，更容易饿，穿高跟鞋马上会累，照片怎么拍都不好看。不轻盈了，不自信了，不爱拍照片了，衣服懒得搭配了，买都不想买了。告诉自己瘦了好好买，然后没有然后了。

体重一天比一天难以控制，装扮得一天比一天邋遢，整个人陷入一个没有出口的恶性循环。

3

我从前安慰自己，我条件挺好的，如此放飞自我地想吃就吃想喝就喝，也没有胖成立方体，那些每天哭着运动的人，好多比我努力还没我瘦。

我这是目光短浅，还是自欺欺人呢？

最早的时候，我是个人见人捏"好瘦哦"的小姑娘。

后来他们说"你这身材刚刚好，不胖不瘦"。

再后来变成"微胖是最好的身材"。

现在他们说"像您这种圆润可爱型的……"。

我虽然心里不乐意，嘴上已经开始时不时自黑"我们胖子都是潜力股"，觉得自己是不惧恶意、内心强大的现代女性。

青春都快没了，还好意思自称潜力股？

这样的发展趋势，加上越来越大的年龄，我离正方形还远吗？

大妈们已经在安慰我了：年纪大了是这样的，发胖是自然规律，不可能一直跟十八九岁的小姑娘一样。

我还有科学依据呢。

我在《生物心理学》里学过：青春期的女人可以轻易消化一大块奶油蛋糕，不长胖，但是随着年龄增长，新陈代谢减缓，脂肪含量逐年增加，肌肉质量逐年减少。

二十五岁是坎，三四十岁是坎，生育和停经都是坎。

然后呢？

我的新陈代谢一天比一天慢，我在无限发胖中过完所剩无几的青春时光，每天拍打着自己的赘肉散步，看到细瘦的十八岁们，忍不住上前捏一捏，回味一下瘦的触感，巴巴儿地说：

"好瘦哦，我年轻的时候也这么瘦。"

十八岁看一眼我的模样，在心里回答，呵呵。

4

我忽然明白，女人恨老，恨的不是老，是随老失去的美丽、活力、自信。在她们眼里，是老让她们臃肿和丑陋。

十八岁的时候，面庞圆润，肢体细腻，身子里里外外恢复力超强。因为来得太容易，每天理所当然地拥有，理所当然地挥霍。

丝毫察觉不到也不会相信，一切都是年龄使然，会很短暂。

花完了才明白，青春当真是老天给予的最好的礼物。

就这样了吗？

当然不是了。

越到后来，越不会存在不好好管理身体，还能保持身形的女人。

美就这样，由天生丽质，变成了一种本事。

这不是很好吗？

小时候的美，因为与生俱来，我们那么无能为力。

如今的美，因为要投入，要付出，好与坏的选择权都在我们手中。

5

我选择瘦。

这一天，我对着镜子，认真下定决心。

7月4日　北京　晴空万里　今日关键词：方法

我给自己出一道题，为期两个月。

用暑假时间，从实习开始到实习结束，把每天健身塞进时间表，看看这一剂崭新的六十天生活小挑战，能给人多少改变。

决心很重要，可是决心没有执行等于零。

执行相对简单，扎下头一股脑向前跑就行了，难的是找到一条好跑道。

我要减肥了，健康减肥，从健身开始。

可我怎么健呢？

最简单不过找私教，然后吃喝训练全丢给他指挥，可是好贵。

几十人的健身课便宜，可是我马上要去四大朝九晚到不知几点，下了班顶着晚高峰去上课，再一身臭汗回家，听起来就不是长久之道。

自己在家练？我要买跑步机吗？我管得住自己吗？

…………

我稍一思考，脑子马上乱成一锅乱炖混煮的猪肉粉条，人都饿了。

我找不到头绪，烦躁不安，忽然想起商学院策略思维课里学过的 Alternative Analysis，选择分析表。

——思维混乱不堪的时候，画一个表格，把可能性罗列出来，试着客观地一一分析利弊和可行性，答案自然浮出水面。

首先，我需要知道"参考标准"，即我要做决定，应该先考虑哪些影响因素。换句话说，就是问自己一个问题。

How does this alternative impact ＿＿＿ ？

这个选项会影响 ＿＿＿＿。

填空。

我根据自己的情况，填了十一个空。

①经济成本：健身日渐昂贵，学费是一笔大开销。

②通勤：北京的交通阻塞严重，每天多一趟通勤，容易使人身心俱疲，严重影响坚持。

③健身器械：大部分健身项目需要借助设备，尤其是对特定肌肉的训练。

④健身频率：健身次数，每周多少次，每次多少小时。量变才能质变。

⑤健身节奏和计划：如果不制订计划，知道每天练什么、练多久、练到什么程度，如果不脚下走一步，心里想十步，做什么事都是在抓瞎。既不知自己在哪儿，也不知自己要去哪儿，更不要谈健身成效了。

⑥教师指导：车往南开，永远也到不了北面，除非你绕地球一圈。有些努力毫无价值，老师能带你穿过弯路，付出正确的努力，比如纠正动作。

⑦健身陪伴：有时候光靠自己死磕，痛苦又难以长久，找朋友一起互相监督，互相鼓励，路会走得快乐得多。不过益友比赛进步，损友比赛松懈。拉朋友一起健身，效果看运气，看眼光，看自己是什么样的人。

⑧饮食调配：减肥是"管住嘴，迈开腿"。每天吃什么也很重要。

⑨自我坚持：成年人的生活已经够累了，下班回家一躺就不想动是本能。如何不放过自己，不说停就停，是成功的关键。

⑩习惯养成：把健身养成一个不做就难受的生活习惯，像吃饭睡觉一样平常。

⑪社交打扰：人都有社交需求，而健身要花时间、花精力，自然会打乱原本的社交节奏。如何不受他人影响，也是一门学问。

参考标准 Criteria	重要度 Importance	选项 A 私教	选项 B 健身房大课	选项 C 自己在家
经济成本	高	−1 几百块一小时，如果想每天练一小时，健身开销比工资还多	0 价格适中，可以接受	+1 零成本，不花钱！
通勤	高	−1 下班累到不想动，还要顶着晚高峰去健身房，想想就觉得不会发生	−1 同上，大课还要社交，除非课上有暗恋的小奶狗，不然实在毫无动力	+1 直接回家很爽
健身器械	高	+1 钱花到了，器械想怎么用就怎么用	0 有，但不能随便用，比上不足，比下有余	−1 没有任何器械，投资起来贵还占地方，不如去健身房

参考标准 Criteria	重要度 Importance	选项 A 私教	选项 B 健身房大课	选项 C 自己在家
健身频率	高	0 有专人管加分，价格太贵减分	+1 有人带加分，价格适中不减分	+1 不要钱加分
健身节奏和计划	高	+1 有专人制订计划，加分	−1 买一节课是一节课，没人管整体计划	0 全靠自己，是好也是坏
教师指导	中	+1 一对一的私人订制教学	0 老师主要起示范作用，不管效果	+1 初中在体校篮球队进行过专业训练，十多年舞蹈基础，有身体训练和如何防受伤的基础知识。可能过时，需要再学，但不至于让自己陷入危险
健身陪伴	中	+1 有人从头到尾陪着指导，是不会寂寞的	+1 约或者交几个朋友互相监督一下	−1 自己在家练，太容易懈怠了
饮食调配	中	+1 我见过不少好私教，每天给学员安排健康饮食，还盯着检查	−1 没人管	−1 全靠自己
自我坚持	高	−1 过于依靠别人，没有训练自己的毅力	0 没什么显著的正面或者负面影响	+1 过程最艰难。但坚持下来了，我就是一个更有毅力的人了
习惯养成	高	−1 靠管的人省事，但是自觉不是自己的。而习惯靠自觉。	0 没什么显著的正面或者负面影响	+1 养成的习惯，都记在我自己的神经元里
社交打扰	低	−1 一天只有二十四个小时，和私教过就不能和朋友过，影响其他社交	−1 影响其他社交	−1 影响其他社交
	总分	0	−2	2

结果很明显了。

大课对我而言，最鸡肋。

最适合我的是自己在家练，可是有许多"负分"待解决。

我把问题一一罗列出来，思考解决方案。

健身器械：器械针对性强，主要用于训练具体部位。我作为初学者，首先要练体能，这两个月可以先不考虑器械需求。解决。

健身节奏和计划：市面上有许多制订健身计划的 App，比如 Keep、耐克，以及各式各样的视频健身操系列课程。进程监测有智能秤，比如云麦好轻、Fitbit、小米。我认真比对之后，下载了 Insanity 健身操，免费；网购了云麦好轻体脂秤，99 元；一块瑜伽垫，50 元。解决。

健身陪伴：自己在家练，上哪儿找能每天互相监督的伙伴呢？

网上。

我写了号召帖，建立微博健身打卡群，扬言要每天定时直播健身操九十分钟，连续两个月。

一两千人的打卡群，总有人记得互相提醒和打气。而且，我大摇大摆立 flag，丝毫不给自己留余地，既可以和读者一起进步，又能获得免费的互相监督，比花钱找私教还狠毒和有用。劣势变成优势。完美解决。

饮食调配：减脂餐一类的健身博主大把抓，还选择繁多。解决。

社交打扰：一天有限的二十四个小时里，我不可能抓住全部。必须放弃一些。成长就是不断拾起和放弃的过程。重要的是想清楚对自己而言，什么最重要，什么可放弃。

和朋友逛街和吃饭固然享受，我为了瘦，愿意暂时放弃两个月。解决。

你看，但凡是问题，一定有解决方式。

只要你知道问题是什么，认真思考它。

人类这么柔弱的种族可以统治地球，因为我们有其他一切生物都无法比拟的会思考的美妙大脑。

生而为人是幸运，千万别浪费。[1]

我的问题都解决了，该怎么执行完全明朗。

我每天下班回家，打开一直播，按照 Insanity 健身操的课程表跳操九十分钟。我有一个网络打卡群互相监督。我将根据健身效果调控饮食。直播每晚九点开始，为期六十天。

挑战要开始了。

生活真好玩。

9 月 10 日　北京　天凉好个秋　今日关键词: 执行总结

第一天，太久没运动，身体负荷不了，直播健身，变成了直播呕吐。

第七天，距离直播时间还有五分钟，赖在床上不想动，手机不停振动，屏幕上全是"另维姐姐人呢人呢?""我们都准备好了你人呢!"，烦躁得想砸手机，没事干吗给自己找罪受? 无奈 flag 立得太飘扬，只能爬起来硬扛。

第十天，体重不减反增，人更是不见瘦，开始控制饮食。少油少盐，用沙拉代替米饭。

第三十天，体重突然开始直线下降，连续十四天一天掉一斤，我一度以为是秤坏了。

第四十五天，坚持不难了，时间一到身体自动进入状态了，生物钟形成了，身体不练不舒服了。

1　关于人类大脑是多么美妙和特别的存在，推荐修心理学，如果不想上课，推荐尤瓦尔·赫拉利的《人类简史》。它们都是会让人感到"生而为人真幸运"的，提升人幸福感的好东西。

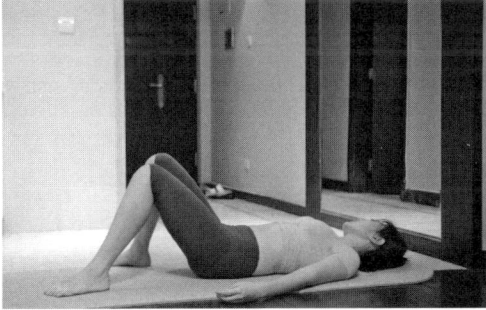

第六十天，我瘦回了最喜欢的自己。

其实人做任何事，路无非两条，过程也都大同小异。

放任自己，度过轻松的当下，回过头来后悔，自我厌弃。

管住自己，咬牙挺过艰难的当下，变成一个更好的人，一天比一天自信。

这是一道送分的选择题啊。

一定会遇到刺耳的插曲。

路人笑话：就这身材还来直播健身啊，膀大腰圆，脱我也不看。找点正经事干吧，别炒作了，火不了的。

恶毒的人讽刺：真正健身的人，流汗的时间都嫌不够；作秀的人，八字还没一撇，先急着自拍甚至直播。他们什么时候才能从幻觉中醒来，明白自己没什么好演的，他们没有那么多观众。

善良的人建议：你先排练好了再来直播吧。不忍心看你出丑丢人。

我告诉自己，我的目的不是表演，是练习。别人那样说，因为别人不懂我，别人也没有义务懂我。

我不可能叫所有人都懂我。

我的时间有限，别人不负责任的话，他们自己说说也就忘了，我又何必纠结。我知道自己要去哪儿就好。

耳边的风迟早会散，随他去吧。

也惊讶地发现，好多以为解决不了的大难题，其实根本不是问题。

普华永道在中期审阅，我每天九点上班，八点下班到家，九点开始直播健身，结束已经将近十一点，洗澡看书写作睡觉，再怎么一气呵成也能忙活到夜里十二点半。

每一天如此结束，注定了我几乎所有的时间都在独处，我以为我会彻底变成一个不合群的人。

事实是，朋友理解，他们在朋友圈里看到我每天直播，甚至避开在那个时间段联系我。

偶尔小聚，我饭没吃完，他们先着急：赶紧回去啊，你不是要直播吗。加油啊，别打脸！

他们甚至时不时到我家里来，在镜头外与我一起跳健身操。也要活动活动筋骨。

我没有因为每天在家直播，不出门会友而失去朋友，一来我没那么重要，二来人是能相互沟通理解的动物。

更发现每天九十分钟不间断超出我的极限，顿顿吃草也使我崩盘，于是每周给自己一个 chat day 和 chat meal，玩好吃好。

适当放松没有影响故事的结局，还让小生活有了小盼头。

我就这样慢慢摸索着自己的玩法。

原来，好计划不是提前设计出来的，而是一边执行，一边调整。慢慢摸索最适合自己的平衡。

两个月太快。

反正两个月一定会过去，荒废着过也是过，对自己狠着过也是过。

狠一狠，人就习惯了。

这一套"决心—方法—执行"的流程，越玩越上手，越练越容易。

我又快放假了。

这一次我想用一百天读十本书，用三十天精进 excel，或者每周学会一道菜……小生活里好玩的太多，以后的日子还没到，先被我迫不及待排满了。

这些阶段性的限时小目标，就这样把人生分割成了一个又一个好玩的游戏。

把每一天都变成一道有趣的练习题。

后记·一小节关于减肥的心理学小知识

从脂肪细胞说起。

脂肪细胞一旦成功长在人身上，是不会减少的。唯一的方法是物理地把它们抽出去，比如抽脂。

可为什么我们健身、节食之后，会瘦呢？

运动和控制饮食不会减少脂肪细胞的数量，但会缩小它们的体积（size）。

瘦的人初次长胖，通常需要漫长的时间，漫长到他们会误以为自己是不胖体质。

一旦脂肪细胞长出来了，你再怎么运动节食瘦下去，胖回原来都是转眼的事。

数量已经在那儿了，随便不运动和多吃一点，就会长回来。

糟心吗？

别急，还有更糟心的。

你身上的脂肪越多，身体就需要越多营养摄入来维持健康。你的身体会命令你吃更多。

你好奇为什么那个瘦子饮食控制得那么容易，而你常常饥肠辘辘，那是因为她真的确实没你那么容易饿。

试想一下，她身体里有 1000 个脂肪细胞在求喂养的时候，你身体里有1000000 个脂肪细胞在呐喊："快喂我快喂我！"

你比她胖多少，你的饥饿感就比她强烈多少，你就需要多吃多少供给你的脂肪细胞。

然后，你吃得越多，就越胖，你的身体就会散发更多饥饿感逼迫你吃更多以养活更多的脂肪细胞。你就这样恶性循环直至死亡。

解决办法？

管住嘴，迈开腿呗。网上都说滥了。

你以为现在的你已经胖到尽头了，但事实是，你每拖一天，你的减肥之路就会比昨天更艰难一点。

所以逻辑是这样的：现在已经很糟了，但没有作为的话，只会更糟。

来一盘好玩的心理学

在上一节里赠送了一个好玩的心理学小知识，关于脂肪细胞。

心理学里好玩的知识千千万万，可远远不止脂肪细胞。

这里再来一道拼盘。

1
两性关系和相处之道

幸福夫妻在生活方式上究竟有什么不同，两性心理学研究很久了。

说一个我喜欢的研究结果。

我们认知他人的行为的时候，大脑会自动问，他为什么这么做？

是因为他本身就是这样一个人，还是环境所致？

前者叫内部归因，后者叫外部归因。

Internal attribution 和 External attribution。

生活幸福的夫妻，会把配偶好的行为归因给人本身，把他坏的行为归因给环境。

比如，他今天带我看电影了，因为他是一个如此注重生活情趣的男人；他接我下班迟到了半小时，因为下雨了。

关系糟糕的夫妻刚好相反，他们把配偶好的行为归因给环境，把坏的行为归因给人。

比如，他今天带我看电影了，因为他一直超级想看那部电影／因为他是彭于晏的超级粉丝；他接我下班迟到半小时，因为他心里没有我／不够爱我／还想着前女友。

在这些丁丁点点对琐事的归因中，前一对越来越相爱，后一对越来越彼此嫌弃。

你是哪一种？

要不要试着改变一下？

从这里开始怎么样？

把这本《每一天梦想练习》作为礼物送给他。

他没看：因为他在工作，老板一双阴森森的眼睛就在后头盯着，他找不到机会看，不是不想看。

他看了：不是因为我写得好，而是因为他爱你。

怎么样，有没有瞬间觉得他更好了，自己更喜欢他了？

当然，万事有度，世上一切形式的心理治疗也是，心理学认为过于极端的行为是不正常行为。

比如他一刀捅死了隔壁老王，你不能为了夫妻关系归因给环境，觉得那是因为隔壁老王该杀，你应该报警。

2
事后诸葛亮是病，得治

卷子发下来，那道题你本来就想选 A 的，差点就写上去了，还是选了 B。

如果早上没有出门，就不会弄丢小狗，就不会因为找狗迟到，错过老师的点名，而影响期末成绩。

如果早上不排队买那个并不好吃的煎饼果子，就不会迟到，就不会错过老师的突击点名。

排队的时候眼皮就一直跳，应该注意这个提示的。我怎么这么蠢。

太后悔了，肠子都悔青了，恨不得给自己两耳光。

醒醒，这些都是 Hindsight bias，后视偏见。

"我早就应该知道的"，是人类的一种认知错觉。

一件事在发生之前，没有那么容易被预测到结果。

我们的生活充满偶然性。

有些东西你回头看觉得是线索，事实是，在结果到来之前，它们什么都不是。

珍珠港被日本人偷袭之后，他们找到了无数线索，每一个线索认真想来，都在暗示珍珠港事件的发生。

9·11 也是一样，很多人很气愤，本·拉登劫机搞过演习，纽约捉住过反恐分子……这么多线索，我都看出来了，为什么美国军方没有提前预防？

不是美国军方比你蠢。

是你的事后诸葛亮，是一种叫后视偏见的认知偏见。

怎么应对呢？

当你为过去的事没做好而懊恼得直跺脚时，放过自己。

告诉自己，我站在当时的位置上的时候，不会看到我现在看到的线索，我现在的感受是一种叫后视偏见的错觉。

这个本没有那么容易预料结果。

我尽力了，我没有错。

选项 A 和选项 B，坐在考场里的时候其实根本无法决定。

别把时间花在后悔和自责上，把那道题彻底搞懂。Move on.

3
关于差生为什么也可以是成功人士的科学证明

我们有一个思维偏差。

我们觉得在一起很久，分手很可惜；成绩好的人没有笑到最后很可惜（或者解气）；我们因为中等生甚至差生长大后变成成功人士，感到震惊和不解。

这是因为我们判断事物的依据，是我们自己觉得哪种结果更合理，而不是去看大数据，不是看真正的统计结果，换言之，事实。

比如，心理学做过一个研究。

他们追踪记录了哈佛商学院一批在读生的各项指标——成绩、身高、体重、智商、对课外活动的热衷程度、受欢迎度、家庭收入、找到第一份工作的速度、生活幸福值，想知道究竟什么东西最能预测学生未来在社会上的成功。

研究结果发现，唯一和成功显著正相关的指标，竟然是身高[1]。

感悟？

①差生别气馁，科学证实过了，你未来取得成功的概率和你们班第一

1　身高显然是一个无关的巧合数据，这里起讽刺作用。统计学里会遇到不少相关性（correlation）巧合，它们是纯粹的数据巧合，和事实无关。美国专门有一个网站收集这些数据巧合，叫 Spurious correlation，相关性的骗局。内容全是一组一组严谨真实的数据相关性分析，但结果让人大跌眼镜。比如，数据显示，美国投入在科学技术研究和发展的经费和人上吊自杀的数量正相关，r=0.9979；历届美国小姐的年龄和热物体（比如蒸汽）谋杀率正相关，r=0.87；日本车在美国的销量和美国的机动车自杀率正相关，r=0.93……网站是一个叫 Tyler Vigen 的哈佛法学院学生和他的朋友建立的，是著名的数据控书呆子游乐场。Vigen 后来还出了一本书，就叫 *Spurious Correlations*，一出我就收藏了，平时拉粑粑的时候当笑话书看，很有趣。推荐给数据相关学科的学生，是对学习有帮助的趣味读物。网址是 http://tylervigen.com/spurious-correlations。

名一模一样。在校成绩和未来成功没有必然联系。

②如果那个当初成绩比你差的现在比你成功了，别浪费时间想不通和不服气，告诉自己，没什么不正常的。

本来在社会上的成功和在学校里的成功，所需因素就不是完全一样。

对了，据统计，在所有现存专业中，学统计的人思维偏差最少。其次是建立在统计学基础之上的心理学，以及其他以统计学为基础的专业。[1]

这种思维偏差叫 Simulation Heuristic，模拟性启发。

4
没有关系

抛硬币一百次。

结果 A：正反反正正反

结果 B：正正正正正正

哪种结果的概率更大?

一样。

因为每抛一次硬币，你都有 50% 的概率收到其中一面，这一次的结果不受上一次影响，也不会影响下一次。

但是赌博的人总觉得，输了这么多把该来运气了吧，不可能再输了吧，或者"趁现在连赢，再来一把"，然后越陷越深。

这便是 Gambler's fallacy，赌徒谬误。

很多事情前后没有联系，我们需要把它们分开来看。

1　高三的同学们，统计改变一生，统计塑造高级、睿智和客观的思维，千万别荒废人生第一次接触统计的机会。统计之美就躺在你的数学书里。

5
自由意志

斯宾诺莎说:"自由意志是幻觉,不存在。"

你想吃冰激凌,于是你出门买冰激凌。这说明你的行为和意志都是自由的,你是你自己的主宰。

但是你想去吃冰激凌的想法,或许产生于你刚刚看到的广告。换句话说,你以为自由的思想,其实是被广告控制的。

我们五十岁时做出的决定,很可能取决于我们十九岁时被恋人改变的观点。

我们哪儿来什么自由意志,我们是彼此思想的操控者。

6
活得太自我好吗?

自我强大的人更容易成功。

弗洛伊德认为,人都有本我、自我和超我。本我是你的本能渴望,你想要睡懒觉 / 贪玩 / 性……自我是你对这些渴望的控制能力。

自我强大的人有如下特点:

1. 看中长期目标而非短期目标;

2. 极度自律;

3. 天天自我批评;

4. 对自己要求极高;

5. 因为目标感强,不容易受到其他声音的影响;

6. 因此容易忽略他人感受,从而影响亲密关系,其他社会关系;

7. 更容易焦虑和抑郁。

乔布斯有几段名言简直是"自我"强大的字典级释义：

【你的时间有限，所以不要为别人而活。不要被教条所限，不要活在别人的观念里。不要让别人的意见左右自己内心的声音。追寻自己内心的直觉，其他一切都是次要。】

【时间宝贵，不要让别人的意见淹没了你内心的声音。】

【我坚信，区分成功与不成功，一半因素就是纯粹的毅力差别。】

强大的自我使人成功，也赠人后果。

命运的礼物都有价格。

03

Choices

他们为什么长成了儿时梦想的样子

It is our choices that show what we truly are, far more than our abilities. —Dumbledore

最终决定我们人生的，是我们的选择，而非能力。——邓布利多

他们为什么长成了儿时梦想的样子

1

发小离婚了，二十七岁。

我们陪他撸串喝酒。

他衬衫不合身，大腹便便，头皮屑若隐若现，已经有了油腻中年的征兆。

不仔细看，真看不出他是个五官精致，瘦下来应该很英俊的人。

我记得他小时候，是班里最受欢迎的小男神。

一头软绵绵的自来卷，五官仿佛张艺兴和吴亦凡的合体，因为刚上初一就蹿到 187 厘米，外号 187。

187 的妈妈管教儿子，是出了名的严格有效。

初中日日接送，高中日日送饭，一切行踪了若指掌。

良苦用心的回报，是 187 常年年级前一百，985 板上钉钉，乒乓球全市拿奖，还拉一手小提琴。活脱儿校园王子。

我因为两家妈妈是发小，经常被女生们套近乎，打听 187 的童年私事。

我说，搞定他不难，会背《名侦探柯南》就够了。

187 是《名侦探柯南》的狂热粉丝，海报贴满卧室。

八年级开化学课，他兴奋得手舞足蹈，整天意淫自己是福尔摩斯，报刊亭里的《推理》杂志一本不落地看。

他的理想精准明确。

"苏州大学，犯罪心理学系。"

在除了考试、自习、八卦，群众屁都不懂的小城高中里，我对187十分佩服和看好。

前年看《他来了，请闭眼》，霍建华的颜值360度无死角，我还是出戏。薄靳言是我想象里187长大后的样子，不是霍建华。

我和187在高中毕业时分别。

我对他的最后印象，是他的分数足以上苏州大学，可他妈妈把他的第一志愿改成了上海一个二本院校的金融系。

他妈妈说他不懂事，坚称"上海学金融＋混出头的老同学宋叔叔负责安排工作"这套黄金组合拳之珍贵，别人求都求不来。他将来步入社会，自然领悟。

187不高兴，谢师宴上闹别扭，被他妈妈拉到角落数落了一顿之后，红着眼睛一桌桌敬酒，很乖很好看。

再见面。

187大学毕业第三年，考上家乡公务员，准备离开上海。

聊起黄金组合拳。

他说："我还没毕业，宋叔叔因为积劳成疾，突发心脏病去世了。我妈深受震动，觉得高处不仅不胜寒，还生病。背井离乡奋斗一辈子也就那么回事，说没就没了，还是回襄樊考个公务员，一辈子健康平安最好。"

187也争气，指哪儿打哪儿，打哪儿哪儿中。

回家乡没两年，适婚年龄过了，他妈妈连忙张罗相亲。

恋爱买房结婚，一年之中一气呵成，只是没想到第二年小两口就打架闹离婚。

187的守护神老妈迅速降临，调和矛盾：过日子嘛，年轻气盛谁没个小打小闹的，忍忍就好，你看我跟你爸……

187乖了二十七年，到这一刻，终于自我意识觉醒，顶撞他妈，说什么都要自己做主。

事后他感叹："可惜醒悟得太晚，活到这个年纪，最该自己做决定的事都被爸妈决定了。

"父母顶着'都是为你好'的帽子，把自己的过时思想强行附加在我身上，我自己想活成的模样，始终没有机会争取。

"人生原本无限风景，就这么提前葬送在了中国式父母手中。"

我记得小时候，187煞羡街坊邻居的乖巧样子，充满梦想眼里有光的样子。

看到他十年之后的蹉跎，我心疼又惋惜，很想为他去教训教训他的专制妈妈。最近网上不是都这么说：不是所有父母都知道怎么为人父母。

仔细想一下，又不能自圆其说了。

有中国式父母，就不能拥有自己的人生了吗？

一个有手有脚有脑袋的成年人，仅仅是面对来自父母的阻碍，就轻易妥协了吗？

那是他自己的一辈子啊。

2

我想起我的一个网友。

她圆溜溜的眼睛，圆溜溜的脸，扎两个小辫子。人如其网名，宝宝萌。

高三时，宝宝萌读我的杂志专栏——《武大自主招生二三事》，私信我。

"你写的自主招生我也去了，可惜没有遇到你，现在高考结束，我被录进了政治系，想知道你的去向，交个朋友。"

我没通过自主招生，高考也不做指望，正独自窝在北京新东方附近的地下室里，狂学英语，期望靠托福和美国高考重生。

前途未卜，一无所有，不好意思回复这条私信。

一年后，我想起这件事。

回复："恭喜你，我在西雅图读书，有机会过来玩。"

宝宝萌回得很快。

"真巧，我在芝加哥附近，不远，明天怎么样？"

原来，宝宝萌的政治系，是高考失利的调剂结果，她梦想学经济，所以她的大一目标明确。

——查询转系要求，全部做到。

大一入学，她像高三一样早起晚睡，努力学好专业课，将严苛的转系要求各个击破，积极和学校沟通，想确保自己在大二之前转系。

这条路走到一半，宝宝萌感到校方负责人闪烁其词，心里一天比一天没底。

她去珞珈山论坛求助，帮助没找到，意外发现美国大学接受转校生。门槛是成绩单、学校背景和托福等。和校内转系要求大同小异。

还好没有因为对环境不满，放低对自己的要求，不知不觉就多了一

条路。

宝宝萌当即把考托福写进计划表，在美国大学官网上查询转校生要求。

两条腿走路。

大一结束了。

"虽然你所有硬性要求达标，但每个人都想转系就转系，学校还不乱套了。"

武大给出这样的最终理由的时候，宝宝萌手里已经握了好几份美国大学录取通知书。

我想到对专业连个说话权都没有的187，由衷赞美："有开明的父母真好。"

"别提了，我爸妈听说我一个大学生想转学，以为我在发神经，整天隔空给我开电话讲座，什么'人要脚踏实地'，什么'成年人了，别净瞎想，姑娘家耽误不得，读完大学按年龄都该嫁人了'……这不怪他们，我站上武大的台阶之后，才看到转学的可能性，父母不了解所以不支持，很正常。"

宝宝萌在武大一年，GPA3.9（满分4.0），带着美国给的转学奖学金去了普渡大学。

进入日思夜念的经济学专业之后，发现美国专业申请没有上限，尝试了几门机械工程基础课，很喜欢，加了个双学位。

宝宝萌在普渡四年，机械工程和经济学双学位毕业，甩了我的会计叠加心理学十条街。

我再见宝宝萌，约在方尖碑。

她在乔治·华盛顿大学读博士，我们聊起她十八九岁的固执，那些相信命运在自己手中，为之行动，一往无前、誓不罢休、非要转学的日子。

我问她转学最大的收获是什么。

我说："是学到了梦想的专业吗？"

她说："你不提我都忘记这一茬儿了。"

她已经学会化精致的妆容，穿高跟鞋，卸下了不修边幅的辫子，褪去了土萌。举手投足都是女神范。

她说："我生长在文理分科的国家，十九岁还在围绕'我是文科生'的枷锁规划人生，二十岁居然变成了工科生。**从此我意识到，许多当时认为的不可能，不过是视野限制造成的无知。你问我最大的收获，我最大的收获是发现了世界真大，每个人都有无限可能，只看你舍不舍得下功夫挖掘。**

"大一时天天在学校论坛上学习大神经验帖，**原来，心里怀着小目标，做好眼下的事，一步一步朝前走，真能走出一片广阔。**"

我看着这个二十四岁的圆脸姑娘，因为如此相信自己的无限潜力，说起话来，眼睛里光芒四射。

我很感慨。

六年前，她不过是不肯接受高考小失利的现实，一根筋的非要转专业的人。

不肯放过自己、得过且过的人。

每一天都在为之努力的人。

你在路上看到她，看不出任何特别之处的人。

宝宝萌和187同龄，二十七岁了。此刻在北京一家企业研究金融模型，同事大都是三四十岁的留洋博士。

她高薪，连户口都一站式解决。企业为了方便她适应北京生活，月租两三万的酒店公寓租了好几个月，她下飞机拎包入住。

我问："奋斗了这么大一圈，人生终于 happy ending 了？"

她纠正："是 happy beginning，这里平台好牛人多，是上好的学习机会，我先积累着。"

哦，她和 187，中学成绩应该差不多。

他们还同样高考小失利，想法得不到家人支持，不满现状，抱怨生活。

只是，面对着一模一样的阻碍，一个除了把症结归咎给父母，别无作为；一个做了孤独的战士，积极探索各种可能性，争取改变。

就这样以截然不同的方式度过每一天。

十年之后，她过着他后悔没去争取的生活。

宝宝萌回顾过去，她说，十八九岁最大的幸运，就是武大给她设置的阻碍。

不让她心想事成地转系，不仅没有堵住她的路，反而把她带去了一片更广阔的天地。

你挡不住勇敢者踢开石头，一往无前的脚步。

阻碍，只能伤害把阻碍当终点的人。

3

前行路上，我渐渐结识了许多宝宝萌式的人，他们有显著的共通点。

比如李同学。

我第一次见李同学，十分眼熟，想了半天，是在报纸上看过。

李同学是 2010 年的北京理科高考状元。

状元年年有，他格外引人注目。

因为他斩获状元的同时，还收到了十一所美国大学的拒信。

你现在百度李同学的名字，还全是"中国状元为何被美国名校拒绝""高考状元李××申请美国名校被拒分析"之类的文章，网友更是群嘲他高分低能。

嘲笑完他，嘲笑中国教育：反思！填鸭式教育下的中国状元，在国际上得不到丝毫认可！

李同学接受了一次采访，分析自己被拒的原因，从此消失在公众视野。

我认识李同学的时候，他大三，是美国麻省理工学院的转学生。

当年，他选择了清华和港大的合作项目，学习电子工程，安静用功。大一在清华，大二在港大。

港大流行大三去欧美国家做交换生。

他死去的 MIT[1] 之梦又蠢蠢欲动了，可是他很快发现，港大和 MIT 没有合作项目。

李同学想：那我就自己申请呗。

他给 MIT 写邮件，辗转联络到录取办公室，对方听完他的情况，问："你为什么不干脆转学过来呢？"

李同学一脸蒙："还能转学？！"

1　MIT：Massachusetts Institute of Technology，美国麻省理工学院，位于波士顿，和哈佛大学一街之隔。相当于中国的清华和北大。

不知道当初嘲讽李同学和中国教育的人怎么样了。

李同学在香港读大二的时候，没玩转香港，也没吃遍广东。

他考托福，写转学申请，办签证，终于在大三做了 MIT 的本科生。

他加入兄弟会，去非洲做义工，还申请了剑桥大学的交换项目。

就这样在英国剑桥度过大四。

李同学十八岁时，全国人民见证了他十一所大学申请的全军覆没，留学梦碎。

可那是他生活的开始，不是结局。

他步履不停，居然实现了大学四年，每年一所顶尖学府的神奇经历。我认识他之前，根本不知道，也想不到，大学生活还能有这种纯手动自定义玩法。

李同学和我都喜欢大疆无人机。

我买了大疆，李同学还没毕业，已经拿到亚马逊全球总部的无人机项目组 offer，托我打听西雅图租房。

我正好在构思这篇文章，捉住他总结逆袭之秘籍。

他实在不擅长给自己贴金，抓耳挠腮了半天，怯生生说：

"我没有不忘初心处心积虑两年非 MIT 不可，我以前根本不知道 MIT 能转学，我就是在老老实实学功课而已，没做什么奇妙的事情。

"可是，不管发生什么，你的人生一直保持着前进势头，没倒退过，完全没有世人口中的'多年之后状元们会发现，那一次状元是他们一生的制高点'——你能做到这样，总有原因吧。

"比如，你想做 MIT 交换生，你发现学校没有给你这个选项，为什么不就此作罢？"

我不甘心地追问。

"网络那么发达，我有手有脚还识字，自己搜索和打听一下别的方法，不难啊。"

他莫名其妙。

原来，对生活有不满，在他的脑子里，不会被解读成"我命不好"或者"×蛋的社会"，而是会自动转化成一个问题：

我该做什么解决不满呢？

我所处的环境不给我机会，没关系，人是活的，可以跳出去，自由寻求其他可能性。

不怪罪他人，不停止脚步，想办法化解问题。

对李同学而言，这是再自然不过的思维方式。

李同学命途多舛。

西雅图的房子我都帮他联络好了。

他说："我今天收到通知，无人机被划为美国军方项目，团队不能收外国人了，去不了西雅图啦！抱歉害你白忙了！"

我愤愤不平："把你拖到快毕业，一句政策有变，就不管你死活了？"

他倒安宁："这也是机会。我之前发现生物有意思，选修了不少，还想过考医学院，刚好找到工作才打消念头，现在正好给我个机会捡回来。"

过了一年，我出差经过波士顿，李同学带我吃拉面。

他钥匙串上挂着波士顿医院的门卡，开心地说自己正在医院做志愿者和备考 MCAT（医学院考试），每一天又忙又好玩。

和百度百科上那张高考状元照片比起来，他一点也没变。

还是软糯糯的学生头，无框眼镜，白白的皮肤，高高的个子，眼睛细长且柔和，说话软软的缓缓的，听不出智商超群。

整个人温文尔雅，天杀的连皱纹都没长出一条。

我们逛哈佛和 MIT 之间的街衢，沿途碰见他好几个朋友，他跟人拥抱击拳打招呼，俚语说得一串一串，又很有些美国派。

我说："你发现没有，发生在你身上的糟糕事，最后都能变成好事。所以你的转运锦鲤是哪一条？我也要去转发一下。"

他还是不太会标榜自己，也不会油嘴滑舌地接梗，只挠挠头，实在没觉得自己哪里不一样。

但我已然看到了答案。

老天扔给他一个阻碍，他抬起头，看到的是机会。

他会下意识地，把一切悲惨遭遇和失败，进行势能转化。

不幸、不满对他而言，是需要解决的问题，是努力的方向，是能充实生活的好事。

我们天天跪求正能量，转发正能量，到底"转"以致用了多少不得而知，而他三个月发不了一条朋友圈，却把正能量活进了生活的点滴。

如此一来，任何事件的结果，好了使他前进，坏了助他成长，怎么着都无法摧毁他。

我忽然意识到，人都不是因为某一件事的差劲结果，从而命运急转直下的。

他们备受打击，自我放弃，无所作为，蹉跎了接下来的日子。经年累月之后，他们回头看不幸的人生，慨叹：是那件事毁了我啊。

其实下坡路，明明是自己的双脚，一步一步走出来的。

4

至此，我终于不再为 187 可惜了。

遭遇中国式父母的强行管制，他有好多事可以做：

积极沟通，自作主张……他有一百种方法前进，让自己靠近理想的样子，可他选择了原地踏步，选择了放弃。

大好青年，有手有脚有脑子，偏偏只过别人安排好的日子。

遇到问题，不去解决问题，只想着找个埋怨对象，好放过自己，就算没有中国式父母搅局，随便换个什么别的，一样撂倒你。

人生这条路，越走越宽，还是越走越窄，归根结底和遇到的阻碍无关。

靠的是你面对阻碍的反应。

后记·李同学现状

当初我问李同学，电子工程路子挺宽的，怎么会想起半路出家，考医学院。

他说："我想治愈癌症，让人类更好。"

换油嘴滑舌很会接梗的我接不上话了。

几年过去，我的这本《每一天梦想练习》进入校对期，我想搜一搜李同学的现状。

搜出一篇论文。

《循环肿瘤 DNA 及其在癌症液体活检中的应用》，哈佛大学医学院，李 ×× 。

斜杠青年：怎样一个人拿 5 份工资

1
社交媒体影响命运的时代

毕马威终轮面试的前三天，我领英的访客记录忽然多了两个陌生人。

我点开一看，妈呀，毕马威经理，毕马威高级经理。

我的面试官！

我一直没打理自己的领英主页，信息乱七八糟，照片还是旅行美拍，此刻急忙想把主页设置成仅自己可见，研究了半天，好像没这功能。

我点击经理们的主页，西装革履的头像，工作履历和工作内容、学历和职业技能，每一项都清清楚楚，还有各种前同事和老板的评论。很绝望。

面试结束后的几天，他们又来一次，我才想起我上回光顾着绝望，忘记趁机整理主页了。

主页还是毛坯房一般的老样子，我也没有再见过他们。

很长一段时间，我十分不服气。

我简历准备得那么好，他们又没要求过领英，凭什么三番五次来看简历上有的信息？

后来我渐渐意识到，时代不一样了。

社交媒体早已精分成各种各样的生活工具，作为社会的一部分，履行着重要的职能。

是我还把它当消遣。

不肯付出，活该在上头栽跟头。

其实社交媒体影响录取这件事，我早就见过。

宝宝萌大二时打校园工，在美国大学的录取办公室里当前台。

那一年新生录取到最后阶段，她送材料。走进录取委员会的会议室，看见一群招生老师围坐在电脑前刷 Facebook。上班时间，嘻嘻哈哈。

她失望地想，你们在决定别人一生的命运啊！怎么敢弄得跟玩一样？！

她竖起耳朵一听，马上意识到，招生办围坐一圈刷 Facebook，就是工作。

录取只剩下最后几个名额，人还很多，大家都是高中生，成绩单和履历大同小异，实在是难以选择。于是老师们打开 Facebook，输入申请人的名字，一一观看他们成绩单和申请文书之外的模样，边看边评论：

"这些应该是她去年暑假在马尔代夫做保护海龟志愿者的照片了，和她文书里写的一样有趣——转发了好多环境保护协会的文章，她真的是很喜欢海洋学——哇，还考了潜水证！"

"他的个人陈述写得相当诚恳了，的确很关注政治，看他的主页我以为我在看 CNN 政治新闻——哈哈哈，头像都是在模仿奥巴马的 YES WE CAN！——梦想是美国总统，wow，good luck！"

"她的男朋友真可爱。"

"哦，我的上帝，他可真会骂人！——居然还公然炫耀自己在 SAT 考场上作弊成功？"

"…………"

宝宝萌听得心惊胆战。

寒窗十二年，决定命运的时刻，已经半只脚踏进梦想大学的校门了，居然就这么被社交媒体上的几句话搅黄？而他们到死也不知道。

如果本科录取能这么做，研究生录取呢？用人单位呢？男朋友的家人和朋友呢？相亲对象呢？

…………

那天晚上，宝宝萌在西拉法叶，我在西雅图，我们开着视频，一条一条讨论她 Facebook 上的哪些内容该留，哪些内容该删。

是好些年前的事了。

如今，已经博士在读的宝宝萌，领英主页的照片和文字全部一丝不苟，看样子是每解锁一项新技能和职业经历，都会及时更新。呈现出的专业气息，我看了都觉得真靠谱，好想雇。

她目睹一次别人的失误，马上转化成自己的经验值。往后的几年社交媒体飞速发展，新平台层出不穷，她再也没有在上头放飞自我。

而我花了同样的时间陪她选删 Facebook，只觉得事不关己，看了一场热闹，什么也没有悟到、学到。

生活的提示送上门来，我不肯思考消化、举一反三，非要自己绊倒才肯长教训。活该人生这条路，走得比别人慢许多。

2
社交媒体是你的另一张脸
其实我们的生活习惯早变了。

想了解一个陌生人，第一反应一定是看他的微博、刷他的朋友圈，然后自以为已经大致了解了此人。

既然我们每一天都在如此对待别人，面试官查我的领英，招生办翻我的 Facebook，又有什么好震惊的呢？

社交媒体不是一日三餐，时代给了如此产物，你不喜欢，可以不享用。

但是一旦你用了，你所呈现的一切，都是你的另一张脸。

脸能减分，也能加分，全看你怎么捯饬它。

早两年，腾讯体育招募 NBA 现场记者，号召我们现役记者转发招聘启事，加速传播。

于是我收到许多问询。

有个叫周亚当的男孩子，每天给我发私信，每次一篇 800 字作文，深情讲述他对 NBA 从小到大的爱，中学逃课看詹姆斯，大学人称小库里，连选研究生学校，都是为追寻克里夫兰骑士。如今腾讯体育招募在当地的华人记者，简直是为他而设的职业。

他学材料工程，简历上没有新闻相关经历。每天按时私信，表明他势在必得的决心，强调虽然没经验，但他笃信爱能战胜一切。

我越同情，就越困扰。

我不过是帮忙转简历，也无从得知这位陌生的周亚当到底对 NBA 了解几分，能把赛事报道写成什么样子，也不可能把这些抒情作文发给上司 S 姐。

我看着他用心良苦，想帮他说话，却找不到能说的东西。

只好眼睁睁看着他梦寐以求的骑士队现场记者证，发到了别人手上。

拿证的男孩叫冬词，也是在读的工程硕士，也没有新闻经历，也是隔三岔五发私信，说虽然没经验，但是真爱大过天。

冬词多说了一句话。

"我平时真的挺喜欢看赛事报道的，看完了也忍不住自己说上两句，都在这个微博上，写了有五年多了吧，请您指正。"

我认真翻了翻，眼前一亮。

10000多条微博，几乎全都关于 NBA。转发赛事新闻和球员微博，会附上一条像模像样的短评，也有不少长长的赛事感悟。

这是个自娱自乐式的篮球评论日报啊！

于是我转发冬词的简历的时候，也多说了一句。

"这位不是科班出身，但是是个体育博主，他有个微博经营得挺用心的，里面有好多他写的球评和赛评，这是链接。"

冬词做了现场记者之后，我问他："扛得住工作压力吗？"

球赛晚上结束，结束之后有媒体室发布会，更衣室专访，走完流程至少午夜十二点。

赛事报道要得急，稿子要连夜出。不少兼职记者兴冲冲争取到了机会，都受不了工作量，走了。

冬词说："我以前看球赛，看完也会刷点相关新闻，然后要求自己写感悟，给自己的爱好来点当下记录，老了之后看——这一套流程几乎没差，只是刷网络新闻变成了现场亲自问问题，自娱自乐的碎碎念变成了写给全国球迷的赛事报道——这工作我很习惯，很喜欢！谢谢另维小姐姐！"

原来，他那个微博，不仅证明了他对 NBA 的了解，给了他有话可说的履历，更悄悄训练了他的写作习惯，让他提前适应了工作节奏。

现场记者的微信群里，常有经验丰富的科班记者切磋创作经验，顺便给一众虾兵蟹将开小灶。

冬词偷偷问我："我怎么觉着 × 哥对我格外上心来着，我可是从中学就捧着他写的周刊长大的——最近感动得都要招架不住了，我是不是得表示点什么？"

我说："不是 × 哥对你格外上心，是你写的东西最多，方便他挑毛病，做 Before & After 的进步对比，所以老拿你举例子。"

冬词获得了最多的专业指点，报道和采访的水准都突飞猛进。在陪他长大的篮球周刊上开了《现场记者二三事》专栏，微博认证"NBA 骑士队现场记者"，回国探亲还被拉去报道国内赛事，妥妥的正式员工待遇。

他硕士毕业的时候，面前已经铺好了两条人生路——工程师或者体育记者，让他纠结了好一阵。

他如今在知乎也是认证用户了，夜里是 NBA 记者的工程师，回答"做斜杠青年是一种怎样的感觉？"。

冬词和周亚当都有微博。

冬词用心经营的微博给他开辟了一条崭新的人生路，周亚当的微博我也看了。

毕业于复旦大学，头像还是复旦的毕业红毯合影。

再往下翻，就令人一言难尽了。

"苍老师威武！"，口水脸。

"这女的一看就是公交车！"

…………

3
一个人要有自己的领地，社交媒体是最好的土壤

大学毕业生抱怨前路难行，因为官二代和富二代手握大把机遇和人脉，自己连个证明自己的机会都没有。

你有社交媒体啊！

社交媒体的天然属性，就是打破壁垒，让我们越过层层关系网，直接把才华展现给世界。

从前我们的班级里，有人爱画画，有人是麦霸，有人好吃，有人到处玩，有人成天就知道穿衣打扮。

现在，爱画画的做了手账博主，爱唱歌的成了平台主播，好吃的变成了美食博主，爱玩的做了旅游博主，爱穿衣打扮的变身时尚博主。

在班里传阅的才华，只一转身，就呈现给了全世界。

而那一个账号，就是广袤世界里独属于自己的小小领地。

无门槛，零成本，因为展现的都是自己所喜爱的，吸引着天涯海角志同道合的人。

撞上好运气，再做大一点，就变成了拿爱好赚钱的斜杠青年。

社会心理学说，自我复杂度（Self-complexity）提升人的安全感和幸福值。

就是说，如果你的生活里只有工作，或者只有爱情，失去它就是失去一切，这样的压力会让你倍感焦躁、痛苦。

而如果白天上班，晚上还要经营社交媒体小领地，自我足够复杂，就不会过度焦虑单一的失去，也没精力。

所以，我们其实不需要乞求别人赐予铠甲。

找到一块领地，我们就是自己的铠甲。

我的大学室友安晚，很迷恋最近流行的斜杠青年概念。

每天问三遍：另维你哪里找的这些奇奇怪怪的工作啊，推荐我也去一个呗，我也想当斜杠青年！

她斜杠青年还没当上，相恋五年的男友先出了轨。

男友童麒毕业找工作，总在各地奔波。安晚哭诉："你怎么不理我？"

男友反问："你怎么不懂我？"

"我毕业压力大，还一周两座城市地到处面试，忙得不可开交，你可不可以懂懂事？"

安晚改做懂事好姑娘，省下买包的钱买机票回国，要给他做饭洗衣，陪他渡难关。

男友说："你怎么还这么不懂事，你知道你这样让我压力多大吗？"

男友说给不了她要的生活，一定要还她自由。坚持分手，还把安晚删了。

安晚以为又是一次赌气吵架，静静等他气消了来求自己原谅，毕竟这么多年两人都是对方黑名单里的常客。

等了两周，男友还是没音信。

她抢了共同好友的手机，才看见男友已经在朋友圈里，迫不及待公开了新女友。

新女友尚小鹿是个手账博主。

每天岁月静好地发滤镜里的蓝天白云和手账，安晚细细一翻，前男友当初忙着去找工作的城市，尚小鹿都在同一时间打了卡。

安晚气炸了。

她每天在朋友圈里直播狗男女的罪行。

"还没分手呢，渣男就带着小三到处度蜜月了！你们不怕不得好死吗？"

配上尚小鹿微博定位宁波的截图，和渣男的"童太太我到宁波啦！"。

谁要是评论一句，她立马长篇大论回复所有人，反复诉说渣男跟她五年感情，分手一周就有了新女友，肯定是老早就出轨了！

故事的起因经过结果我已经背得滚瓜烂熟了，她还在做喋喋不休的祥林嫂。

尚小鹿发一条微博，她立马回十条，还号召我们所有人申请小号，排队喊小三、绿茶婊、渣男贱女，不得好死。

尚小鹿转眼就把我们的评论全删了，还拉黑了，气得安晚在家喝酒，喝一瓶砸一瓶，把我们都喝倒了，就边哭边给童麒写邮件，骂他不是人，永远不会跟他做朋友，你就跟她重复我们做过的事情吧！

童麒不回，她就去骂尚小鹿："长这么丑还有脸当小三！"

鹿家军排队回骂："我们家姑娘岁月静好，你是哪里来的野鸡？"

"你那张整容失败的网红脸跟穿衣打扮，一看就知道不是好东西，你才是小三吧？"

安晚漂亮，长得跟整的一样，肤白长腿，加上每天花枝招展，满身潮牌，热爱杨幂式机场摆拍，的确怎么看都不像是会情场失意被出轨的样子。

这么一个女神，每天在家里做哭泣的 loser，我实在看不下去了。

我说："你越难看，越纠缠，不就越帮渣男表忠心吗？你要是大气得活得比他们都好，小三看到你比她有钱还比她漂亮，每天如鲠在喉地想渣男离开你要么脑子有病要么是被甩，肯定还念念不忘着，于是两人因为你这个阴影怎么也过不好这一生，你难道不是更爽吗？"

安晚顿悟了。

她不成天转发尚小鹿的微博，想方设法骂她了。

她旅行，健身，养狗，用功读书，研读尚小鹿的滤镜分享，把一切拍得漂漂亮亮的，发在自己的微博上。

为了整理出这些漂亮东西，她每一天都专注自己，用心生活。

安晚的生活节奏忽然变快了。

白天上课，晚上回家给她的包包衣服鞋子和护肤品拍照。因为要求自己每天发一套今日 look 和今日护肤，她不再偷懒了，每天出门 blingbling 闪，睡前香喷喷。

同学都知道她是个小时尚博主了，穿衣打扮都来找她讨教。她还在网上交了不少时尚博主好朋友，假期里互相约着串门，一起旅行，喝下午茶，交流穿搭。日子越过越顺畅。

我写这篇文章的时候，安晚第一次收到品牌送的免费手表，拉我给她拍照。

我说："你现在撑渣男贱女肯定不会孤军奋战了，你要是在微博上揭露尚小鹿的罪行，你的晚家军肯定帮你骂得她关评论。"

她哦嚯嚯嚯假笑几声："谁有那个闲工夫，本斜杠青年很忙好嘛。"

说着，修图去了。

起初安晚吵着要做斜杠青年。我说，我认识的斜杠青年，没有一个是到处找工作，找七八份工作一起做得来的。

他们通常在本职工作之外，有一个不肯放弃的爱好，这爱好漫长地吞噬他们的时间和精力，发荣滋长，长出一片崭新的生活领地。产生收益，自然而然叫他们多了一份工作。

安晚给自己浇灌出一片肥沃的领地，华丽转身成斜杠青年，充实得再也想不起那些伤害。

4
如果你一定会在社交媒体上耗时间，那就用它创造价值

我沉迷社交媒体，重度中毒。

尤其是刚上大学的时候，简直睁眼刷、睡觉刷、蹲坑刷，热门话题如数家珍。

和"七小时"小组一起自习，我稍微打开微博看几眼，他们已经又写了一屏幕代码。而我花在控制自己不碰手机上的精力，比学习还多。

请教 Tinker、卢娜和 Yuhao 学霸，人类的微博刷不停的冲动，他们到底是怎么控制的？！

他们说，我们没有这种冲动。

很长一段时间，我绝望地想，这就是我和优秀的人之间不可逾越的鸿沟了。

后来我去奥美实习，新媒体组。

我爱玩微博这件事，人生第一次受到了肯定甚至夸奖。

当时的公司，加班加得没尽头，税前日薪 50 块，每周三下午有个"大师讲堂"，时常有世界各地的广告界大牛前来做讲座。

他们总是大讲特讲新媒体营销。

我每天都在亲眼见识社交媒体产业来势汹汹。

我开始有意识地计划微博内容，像我管理的品牌官微一样，文字图片提前编辑，只在高峰时段发送。

借势营销，细细琢磨自己的关键词，思考定位。

我一点一点想明白，我是内容创作者。平台斗得你死我活，但内容是永恒刚需，内容的展现方式越来越多元，我必须不断接受和学习新的方式，才有可能避免被淘汰。

那一年，我在上海静安租房，给奥美卖命半年，积蓄都亏没了，只带走一肚子微博学问。

我的重度社交媒体依赖症没有好转，但时常回翻微博，看到自己认真编写的句子、记录的生活，会觉得花的时间也不算完全浪费。

我有了属于自己的小小领地，负罪感缓解了一些。

经年之后的现在，因为用心经营了一连串社交媒体，我变成旅行体验师，兼职收入比工资还高。

社交媒体不是叫你效率低下的罪魁祸首，它不过是个平台。

一个平台，它的属性是学习工具，交友，日记本，施展才华的舞台，还是打发时间，追踪明星出轨吸毒，掌握新型骂人套路，传播负能量的工具，全是你自己的选择。

社交媒体和毒品一样，叫你浪费生命，精神萎靡，还时不时莫名其妙和陌生人展开骂战，收获一肚子气。

你只要换一个角度看它，就会发现，社交媒体也和高考一样，具有改变命运的魔力。

多好的时代啊。

更好的是，它没有门槛。

他们可以，我可以，你也可以。

每一个认真生活的人都可以。

除了朝九晚五，这世上还有很多赚钱的方法
——年薪百万的旅行体验师

我的一个同事，最近为了炒作知名度，去了一档求职节目。

同事网名小翎学姐，长得小巧玲珑气质好，爱穿修身风衣和高跟鞋，露着小腿，一身名牌，笑容时而优雅时而俏皮，是职业旅行体验师。

小翎在节目里当众拒绝名企，选择做一名旅行体验师，年薪30万。

我去翻网络评论。

居然没有人质疑她身为老旅行体验师，去自家公司应聘旅行体验师，纯属串通炒作。

质疑的聚焦点，清一色是那30万。

"一个别人出钱给你到处玩的工作，月入过万我都不信——年薪30万？做梦吧？"

"咱炒作有点底线行吗，一年30万是多少有概念吗？"

我心里想，是什么限制了他们的想象力呢？

我做旅行体验师的时候，小翎已经两年工龄。

多的时候，我见过她一个月入账30万。

1

旅行体验师这个职业，一直存在。

前些年的状态，是旅游攻略网接单，派旅行体验师去，文章发在平台上，按稿费或者月薪算工资。再早一点是写杂志专栏或者攻略书，比如《孤独星球》系列。

都是情怀职业，不挣钱。

是社交媒体，让旅行体验师们翻身做了暴发户。

那就从社交媒体说起吧。

2012 年，小翎二十二岁，每周上课两天，剩下三天在奥美公关实习。

她申请的是时尚组，想代表品牌沟通时尚杂志广告，给明星商业活动租衣服，踩上高跟鞋雷厉风行协调现场，等等。

她从湘潭考上同济大学，放下妈妈喜欢的牛角辫子，剪了齐刘海，烫了玉米穗来上海。

时尚组是她从《小时代》里看来的光怪陆离的上海。

那样的上海在黑暗高三的巷口点着指明灯，源源不断地给予她希望和力量。

奥美门槛高，她学习和社联活动都很积极，坚持到大三，终于用还算丰富的简历换到了回音：

"你们个个想进时尚组，时尚组早满了。我们现在有个新成立的新媒体组，也在公关部，你要是感兴趣，可以给你安排一场面试。"

小翎心想，先进去呗，把脸混熟了再想办法转组。

小翎误打误撞接触新媒体，很惊讶，新媒体组的工作就是刷微博。

他们每天头脑风暴社交媒体营销方案，做成 PPT 拿给客户提案，分到小翎手上的任务，主要是联络博主，他们行话叫 KOL[1]。

小翎拿着长长的 KOL 名单，坐在格调高级的市中心 27 楼办公室电脑前发微博私信。

"博主您好，我这边是奥美公关，××品牌寻求与您的商务合作，您感兴趣的话，麻烦您给我一下报价。"

名单每次都有变化，明星、主持人、运动员、说相声的，总之谁红是谁。有一天小翎看到一个 KOL 的身份写着"旅游博主"。

不明白，搜来一看，居然是最近沸沸扬扬的，毕业后一边和男朋友环游世界，一边拍照发微博的邻校学姐——喵梨。

小翎被报价吓了一跳，而客户居然欣然买单。——太夸张了吧，一条微博而已，居然比我的全职小老板辛苦加班一个月赚得还多？

小翎只觉得被人当头打了一棒，那一棒太响，震碎了她的世界观。

在她一直以来的认知里，努力学习就能考好大学，努力上大学就能找好工作，努力工作就能有幸福的生活。

她第一次发现，努力不值钱，值钱的是不一样的思路。

更重要的是，不就是拍旅行照片发微博吗？

我也会啊！

2

小翎回到寝室，庄严宣告，她的大学生活有目标了，要做下一个喵梨。

她们寝室四人，按床位封号，小翎是温四床。

1　Key Opinion Leader，意见领袖。

黄大床、景二床和朱三床听完小翎讲喵梨，都兴奋得手舞足蹈，纷纷要求加入，走上人生巅峰。

二十多岁，头顶没责任，身后有父母，社会宽容你年轻没经验，还有学校做坚强后盾，胡乱折腾的成本为零。

人精力充沛，因为未来不确定，还相信一切皆可改变。

真好。

2012 年的一个周五深夜，旅行博主四人组在同济大学东区的 418 女生寝室茶话会里成立了。

众人斗志满满，第二天就拿出发展规划和执行计划。

旅行博主，顾名思义，旅行了才有旅行照片可发。

景二床和朱三床连夜读完上海周边旅行攻略，选定乌镇两日游，下周六就出发。

游了两天，四人累得集体睡过周一早课。

更绝望的是，她们一连换了十几个修图 App，滤镜锐化阴影饱和度全用，怎么也做不出喵梨质感的旅行图。

小翎去找摄影协会的竞一师兄。

师兄说："这个微博上的照片，都是专业摄影师的作品，哪里是你拿手机和修图软件就能弄出来的？喏，这种景深，24~70mm 以下的镜头都拍不出来，这张便宜点，50mm 的定焦能成像，不过后期肯定 Lightroom 和 Photoshop 都用了，这么一张照片的话，很有经验的摄影师也要至少折腾小半天……"

小翎很失望："这么难吗？"

师兄说:"你以为呢?你见过有人闭着眼睛随随便便就成功了?"

景二床和朱三床听说只有专业设备和水准才能拍出喵梨级别的旅行照片,不干了。

"亏我还专门去看了她的专访,她不是说照片都是手机拍摄,App 修的吗?"

小翎随口安慰:"她可能特指专访里提到的照片吧。"

"骗子!这种骗人的破网红,人设迟早崩!"

小翎不明白她们气从哪儿来,想拿出同样好的作品,研究发现了她的方法,学过来就好了呀。

小翎约她们一起学摄影,被无情拒绝。

朱三床说:"你没听过单反穷三代,摄影毁一生吗,我们穷学生拿什么钱学?"

景二床说:"而且好影响学习,我妈要是知道她把我送进这么好的大学,我天天到处瞎玩还整没用的,肯定打死我。"

周六晌午,小翎回寝室,看到还在呼呼大睡的两人,想问一句,你们不是为了学习不学摄影的吗?

为了寝室和谐,她忍住了。

3

小翎去摄影协会报名。

竞一社长问:"你的相机呢?至少要有个入门级单反吧。"

小翎搜了一晚上,单反好贵。

她说:"我先用手机学构图,或者先学后期,等相机钱攒够了再学拍照可以吗？"

小翎在奥美的半年，一直想买一个 LV。

像其他员工那样，背着名贵的包包走进巨大落地窗的华丽办公楼，才像是真正属于这里。

白色的 Neverfull，中号，她在官网看过无数遍了，只等有一天存够了实习工资，去店里潇洒把它买下来。

小翎的钱快攒够了。

——还是买个相机吧。

包只能装东西，相机是工具，工具能撬开崭新的世界。

摄影协会的周末活动不少。

小翎结束写生，竟一社长送她回寝室。

两人在寝室楼下聊得忘我的时候，一辆车横冲过来，差点伤到小翎。

竟一社长动怒了，他把小翎拉到身后，卷起袖子上前理论。

一看是个女司机，更加不客气："女司机还玩开到宿舍门前的小路这种高难？"

黄大床甩上车门，也不客气："你天黑不回家，鬼鬼祟祟拉着我寝室姐妹在楼下挨冻，本寝室长吓的就是你！你没长眼睛一刚？没看见我们小翎很尬的吗？"

竟一师兄是小翎心上的刺。

小翎大一的时候，每天在图书馆自习，竟一师兄刚巧每天坐在对面。

小翎的目标是外企，计划早早考下托福，证明英语能力。

竟一也备考托福。

小翎以为他们同呼吸共命运，都是大上海里迷失的小城少年，惊惶又兴奋地期待一个更好的自己，倍感温暖。

可是，考完试竟一约她玩，开来一辆奥迪R8，并且对法租界精致昂贵的秘密餐厅如数家珍。

他是锦衣玉食的本地保送生，长得好看，爱好足球，小时候踢过少儿俱乐部，队友是国脚，爱好摄影，是学校摄影协会会长。

考托福是他无聊找事做，高兴了还能出国。

小翎本来挺无忧无虑的，此刻忽然从头到脚地自卑了。

注意到竞一身上穿着Moschino，书包是MCM。

而自己才刚刚学会认这些牌子，还在认得之后自豪地想：我终于也是见多识广的人了！

小翎已经被温暖的心跌到了冰窖里，她回避竞一。

竞一也没有像电视剧男主角一样热烈追求，几次不回信就消失了。

竞一师兄太绅士了。

两年了，大三再去找他，他放下毕业论文亲授摄影，还很注意保持距离。

而如今的自己也不再是一年级土妞，会化妆，富民路上的私房菜了解得一清二楚，身后有名企加持。如果不是买了单反，还是要背着LV上学的人。

"下次他约我出去，一定要直视他的眼睛，很会调情地说，我等这一天两年了。"

小翎稍一想，就心尖儿颤。

4

黄大床看见小翎的摄影水准突飞猛进，也要一起学。

她背着ONA新款的人号相机包加入摄影协会，一打开，满满的莱卡机身和蔡司镜头。

影协全员把她围得水泄不通，一个两个贪婪地看着，不敢摸。

黄大床十分大方，随便借，随便拿。众人立即奉她为影协第一女神。

她热情自信，大声笑，见识广，张口就是话题的中心。

更要命的是，她第一次拍摄，就展现出了惊人的天赋，连一向苛刻的竞一社长都赞不绝口，说她是老天爷赏饭吃，前途无量，千万不要浪费。

黄大床登场没几回，已经是公认的影协甜心。

竞一的妈妈来看望竞一，黄大床全程上海话作陪，逗得竞一妈妈拉着她的手不放。

小翎学摄影，一边在技术上陷入瓶颈，一边看着黄大床和竞一越走越近。

她每看一次，心就下沉一次。

每一次她以为已经沉到海底了，都发现那下头还有无限深渊。

而且，她好不容易会了拍照、前期和后期，没有拍出喵梨般的照片，却发现自己原来不仅仅是相机的问题。

她本来个子小只又微胖，加上腰间又厚又重的长发，整个人看起来简直是挤成一坨的。

她也爱美，但爱得都不对。去奥美前挑染了黄发，时尚度加0分，土气度加10分。

对比着喵梨和自己的照片，她一个一个数差距。

衣服穿得不够鲜艳，人不够瘦，动作不够优美，去的地方不够好拍，不会找和自己颜色相符又有特点的背景……

越努力越有实力，越有实力越能看出，差距不是最初以为的那么一点点。

目标是喵梨，那几年当之无愧的行业第一。

小翎的目光放得高远，因此黄大床这个比她活泼、家世好、器材好的神级存在，也没有那么神了。

她想要活成的样子比黄大床好多了，她罗列了要提升的地方，每一天都忙得不可开交。

不够瘦，就每天晨跑，控制饮食，下载健身操跟着跳。

不会穿，就研究喵梨的配色，把那些街拍微博、穿搭公众号关注个遍，走哪儿都留心观察着装，把好的偷偷存在手机里学。

动作不优美，就存下看过的一切好看动作，每天对着镜子摆。

去不了喵梨拍的斯里兰卡和印度，就从上海拍起。

弄堂，一棵梧桐树，民国的阳光和公寓，云霄里的摩天大厦，一点一点用相机书写她对这座城市的理解。

小翎还知道，她若想养活她的摄影爱好，必须有好工作，所以成绩不能差。

她若想去国外拍摄，旅游一趟的闲钱肯定没有，最好是去读研究生，最好有奖学金。

她考 GRE，考得一般，好在经历不错，勉强进了 Top 80。

看见一百五十名开外的俄勒冈州立大学有大额奖学金，义无反顾去了。

学术和爱好两花并开，让小翎的大四比高三还紧张，她简直忘了黄大床和竞一两号人物。

他们毕业结婚的爱情传奇传开的时候，小翎在忙签证。

他们的婚礼正好是小翎飞往美国的日子，小翎匆匆语音了一句祝福，关机。

5

两周一套九宫格照片，是小翎在上海就有的习惯。

到美国后的孤独，让她有了更多时间持续这习惯。

她穷游，东海岸乘火车，西海岸公共交通落后，就在网上找几个摄影爱好者组学生自驾团，分摊汽油和 Airbnb。

两三千块走了小半个美国，拍下许多照片，在微博上整理成九宫格。

她投稿大号，收获千把粉丝和诸多朋友，大家组成摄影爱好者微信群，交流技术。

她对自己的要求越来越高，到处看艺术展，去学校画廊打工，和前来展览的摄影师交朋友，请教技艺。

二十四岁这一年，她的微博看起来已经是名副其实的摄影师级别了，足迹遍布国内外。

可她还是没有成为喵梨。

喵梨已经是众人口中的过气网红了。

真正努力过的小翎知道，**成功过的人，再过气也离普罗大众很远。**

小翎没有那么多粉丝。

所有的办法都尝试过了，投稿大号，申请认证，蹭热门……日复一日，锲而不舍，还是怎么也给不了她喵梨般的影响力。

奥美实习生梦想中的商业合作，始终没有发生。

同学们渐渐结婚生子了。

小翎研究生毕业，在波特兰一家华人会计师事务所谋了个差使，拿到 H-1B[1]，算是成功定居美国。

---

1 H-1B：美国工作签证，满一定年限后可申请绿卡。

当初信心满满要做来赚大钱的旅游博主，消耗了这三年的大半积蓄，一毛钱也没有盈利。

算了。

人有个爱好挺好的。

小翎每半年一次，把微博自费整理成一本照片书，寄给爸妈和姥姥。

同事逢年过节过生日，她这个免费摄影师最招人喜欢。

6

2015 年也过完了。

二十五岁，小翎发现微博上出现了旅游事业部，官方账号贴着大海报，招募新浪旅游自媒体联盟的第一批博主。

要求是，能不间断提供高质量旅游内容。

小翎花了两天一夜，筛选她三年来发过的九宫格，把最优秀的作品按地点分类，写成一封长长的邮件。

尊敬的新浪工作人员：

您好！

我是旅游博主小翎学姐，同济大学本科，俄勒冈州立大学硕士，目前旅居波特兰。

我热爱摄影，三年来平均每两周发布一套旅行摄影作品，几乎未有间断，符合贵司"不间断提供"要求，期望加入旅游自媒体联盟。

以下是我的作品链接，敬请斧正。

大阪：https：//weibo.com/1243771321/C7iaW486y

纽约：https：//weibo.com/1243771321/FcGORwI58

…………

两周后，一个叫李阳的男孩子发来邮件。

他言语活泼，感谢小翎作为如此优秀的内容制造者对微博平台的大力支持，新浪即将提供官方扶植计划，期待合作，期待新作。

小翎的微博终于渐渐热闹了。

新来的粉丝问她："你的微博天天在推荐位上，你是很有背景的人吧。"

小翎诚实地说："不是，我是加入了新浪的自媒体联盟，得到了官方的扶植。"

粉丝又问："怎么加入新浪自媒体联盟呢？"

小翎继续诚实："让时间倒回三年前，每两周发一条摄影作品。"

再看微博，吓了一跳。

众人排着队骂她：

"咱们能不能好好说话，人家问你问题，你装什么装？"

"原来你是这种恶心的货色，我真是眼瞎这么喜欢你，取关！"

小翎读了十遍方才的顺手回复，终于读出讽刺意味。

连忙删除，道歉，又不放心地把微博全部检查一遍，从此谨记谨言慎行。

广告商的私信来了。

小翎对流程一清二楚，合作很顺利。

小翎的第二条广告发出来，失联两年的黄大床出现了。

"亲爱的，你最近怎么突然发达啦？老实交代，是不是在美国傍上了什么有门路的人，要做茶茶小妹第二了？"

小翎说了旅游自媒体联盟的事。

黄大床很兴奋："推荐我也进一个呗，我也是混过影协的人。"

小翎翻黄大床的微博，一年多没更新了，为数不多的照片毛病一大堆，水准好像一直停在她初进影协的时候。

小翎后来学了好多复杂的手法，黄大床看都看不出来，只记得自己天赋异禀，而小翎连个好镜头都没有。

——黄大床太业余了，也没什么系列作品。自媒体联盟的成员好多都是职业摄影师。这种程度怎么通过得了。

小翎苦恼地想。

果然。

李阳说："你这个老同学的作品不过关哦，我们想要你这样的博主！"

黄大床追问了几次，小翎不知道怎么说，没有回。

竞一师兄破天荒找她了。

"小翎，你们不是一个寝室的好姐妹吗，她第一次见我的时候那么保护你，连我都一直记得呢。你现在成功了，你帮帮她呀！"

小翎没回。

竞一又补一句："不要忘恩负义哦！你在我心里可不是这样的女孩。"

再一看黄大床，她已经把自己从朋友圈拉黑了。

小翎知道，她和这家人的友谊到头了。

7

那一阵，糟心事远远不止黄大床和竞一。

私信里每周都有广告邀约，看似热闹，其实都只是询价。

一会儿索要博主介绍 PPT，一会儿交流创作要求，时间精力花了，人常常突然就没音。

二十个广告邀约，谈成一个已经是高命中，而且事前要签合同，事后要开发票，写总结，客户团队里这个满意了那个不满意，都要一一沟通修改。

哪里是一个人凭借兼职就能完成的工作量？

更何况小翎作为旅行博主，最重要的是出行、拍照、后期、撰写内容。

小翎需要商务助理。

招聘启事贴出去，引来一群跃跃欲试的孩子，各个都是忠实粉丝，迫不及待要为小翎工作室出力。

小翎开工资，怎么开呢？要缴保险吗？抽成还是给红包？

没经验，不好意思问。

应聘者更大方："我们不要钱！能和我们深爱的小翎学姐共事就是最好的礼物！"

小翎倍感温暖，那就等节日给他们包大红包吧。

真是最叫人后悔的决定。

说是兼职，真到需要人手的时候，这个要期中考试，那个的同学生病了。

发出去的资料频频出错，说他们吧，怕打击了积极性，不说吧，转眼又出错。

客户本来就挑剔，这下子更嫌弃小翎业余了。

小翎终于忍不住说了。

说了两次，群里的和谐一家人的气氛没有了。

三次四次，众人的不乐意纷纷搬上台面：

"我们都是因为爱你才走到一起的，你这样把我们当下人，实在是很寒心。"

"对嘛，你又没给我们开工资！"

小翎这边捅娄子，那边还在为内容制作焦头烂额。

博主的原创输出，认真起来，实在是个无底洞。

起初照片够专业，人在风景里养眼，就是好内容。

转眼照片没人看了，流行起了好吃好玩好去处的图文攻略。

小翎刚学会制作长图，平台又大力推广视频功能，同行们已经张口闭口 vlog ——视频游记。

小翎视频还没剪明白，拍摄视角先过时了。

博主们出行，各个头上戴着 GoPro，背上背着无人机，手里拿台全景相机，手机架在云台上。

今天不跟上，明天客户就选别人了。

就这？

想得美。

起初做博主，有微博就够，转眼商业合作变成了"双微起谈"，即微博和微信共同发布。

公众号还没整清楚，一直播、小红书、马蜂窝、知乎、今日头条、抖音、快手、B 站……全都上了必备名单。多平台开花是博主的新门槛。

一个人就算有三头六臂，也负荷不了这样的制作强度。

这根本是一个小型公关公司。

小翎昨天刚下决心，再也不吃力不讨好地请人做事了，一觉醒来，不仅商务谈判需要人手，平台的运营维护更需要。

粉丝越来越多。

小翎跟上了博主的进化节奏，有马甲线、锁骨、美甲。

她品位飙升，打薄了头发，不长不短落在肩头，穿修身的风衣和尖头高跟鞋，裸露纤细的小腿，背价格不菲的品牌包，在镜头前时尚漂亮。还时不时来一集《小翎学姐种草机：口红试色篇》。

浩瀚的扒皮和黑历史涌上来了。

六线县城的贫困虚荣女，出国读了个水得不行的硕士，收了几件不知是真是假的名牌，天天靠P图上网卖白富美人设，蒙骗无知网友。

知情人透露，此人不仅虚荣装 ×，还是个不折不扣的绿茶婊。大学时勾引室友的富二代男友，可惜真人太丑，人家看不上，后来心虚不敢出席室友婚礼，躲到美国野鸡大学，内心阴暗地照着室友打扮自己。结婚生子的年纪没人要，天天在网上作妖。

……………

那恶意，不知是什么不共戴天的仇。

朋友、老同学、父母亲人，甚至公司老板都看到了。

——你现在工作稳定，生活安逸，少挣那几个广告钱啥也不影响。受这么多委屈干什么！别弄乱七八糟的了，踏踏实实，安安静静过日子吧。你折腾这些也没什么前途。

小翎稍微寻求倾诉，四周全是语重心长的退堂鼓。

小翎只好关起门来抹眼泪，不跟任何人说委屈。

8

当初小翎立志做旅游博主的时候，脑子里的画面，是好朋友一起打扮得漂漂亮亮，互相拍照，到处玩，还有大钱赚。

她以为这一路鲜花盛开，是一群人的狂欢。

走着走着，原来盛开的是荆棘，她变成了孤独的战士。

而又为什么，渴望的成功来了，来得这么不容易。

还带来了更难的题，更累的每一天，和莫名其妙的恶意与中伤。

要就这样算了吗？小翎问自己。

以前不知道这里头有这么糟心的名堂。

小翎后来接受采访。主持人问她，你在最关键也最艰难的时候，不放弃的原因是什么？

小翎不知道。

只知道，她漫长的过去里每一次遇到问题的时候，首先不给自己"放弃"这一选项。

她只是认真思考：我的问题是什么？我该怎么解决呢？

难受？

难受就对了，难受说明人在朝前走。

哭一下，挺过去，下次就会了。

我就是个更棒的人了。

小翎拒绝流言蜚语，把手机扔得远远的，趴在床上，拿出纸和笔，规划自己旅游博主的下一步棋。

可行性一，招人，开小翎学姐工作室；可行性二，找经纪公司，签约。

那些反正控制不了的，干脆别搭理。

卧室的台灯很暖，小翎掉下一滴眼泪，她当作墨水，顺手在纸上画了一朵晕染的花。

9

有一天，一直在留意观察的小翎，捕捉到了几个博主的资料变化。

他们的个人签名都添了一句"商务合作请联系经纪人李先生"，都是同一个邮箱。

小翎把自己的微博内容和商务合作资源整理好，写信。

对方果然是经纪公司，对小翎很感兴趣，希望面谈。

小翎找到了门路，把博主们资料上的邮箱收集了一通，复制粘贴自荐邮件，约好上十家经纪公司，去北京一一面谈。

她签下了最投缘的。

公司提供她需要的人力，她交出部分收益，旅游博主这条路终于走顺。

10

2018 年，小翎第一次作为行业标杆大 V，受邀出席 V 影响力峰会。

她二十八岁，举手投足已经是个能 Hold 住红毯和聚光灯的小明星。和几百个盛装的旅游大 V 站在一起，一点也不失色。

原来有这么多旅游博主啊，小翎每见一次，就惊叹一次。

真不可置信。

许多年，同学向东她向西，同事向东她向西。原本热闹的前进路上，走着走着就只剩她一个人。

她以为自己注定孤独。

走出来了才知道。

原来这世上，在她看不见的地方，有这么多人在像她一样生活着。

孤独之后，他们相遇，一起踩上了时代的浪潮。

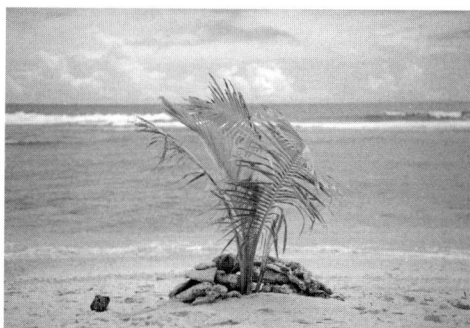

《大溪地》

＜＜＜＜

　　手指的地方，是我那一刻身在的地方。

　　——地球上最后一片没有被现代化文明喧扰的土地，南太平洋尽头的小群岛，大溪地。法国殖民地。

　　那一带好多欧洲殖民地，偶尔不是殖民地的，就是地球上最穷困和落后的国家之一，居民生活原始，还是土著人，平均寿命三十岁。

　　我起初登岛，所罗门群岛，巴布亚新几内亚，瓦努阿图，汤加王国……心想，好奇妙的岛国，整座岛上没有老人。还以为没有污染就是保养天堂。

　　我生活在现代文明里，生命漫长且无限可能，居然此刻才感到感恩。

　　大自然对这里的人残忍，对这里的植物偏宠极了。

　　遍地都是椰子树。

　　熟透了的椰子掉在地上，搁几天就自己发芽了，就地长成新的椰子树，到处都是自然生长的椰子林。

　　那么一小个岛，椰子林，香蕉林，牛油果树林，许许多多叫不出名字的果子树林，鳞次栉比。

　　所有的视线尽头都是海岸线，蓝得不真实的蓝里头，装满了五颜六色的鱼跃。

　　人类是万千物种里不起眼的一种，最伟大的是自然。

　　只有在南太平洋里还感受得到。

后记

我近来为做全职旅行体验师的事犹豫不决，总去请教前辈小翎。

我问："我知道现在全职做好了，就是第一批吃螃蟹的人，收入暴利。可是这条路真的对吗？行业变化这么快，风险又高，在保障上远远不如独立审计师。"

她说："对的路哪里是站在人生岔口上选出来的，那是选择之后，在自己的那一条上，一步一步走出来的。"

她妆容精致又疲惫的脸在对我说，没有一种成功容易。

这个时代，没有铁饭碗，也没有不务正业

大约是在 2012 年。

毕业流落进谷歌、亚马逊、微软、Facebook 的学长学姐，聊起工作，说出的话大同小异。

"我们项目组研究人工智能，具体产品保密。"

再一看，大学里也到处是人工智能讲座。

教授说，未来五到十年，今天的许多热门职业都将被人工智能取代，你们猜猜是什么？

"会计、程序员、律师、投行分析师、审计师……名单很长。"

"这些今天看来的精英职业，一二年级 associate 的工作内容，只需要一两届新生上完大学的时间，就会像今天的银行柜员和超市收银员一样，大量被机器取代。"

与此同时，我还在不断收到这样的私信。

"另维欧尼，会计专业是爸妈给我选的，说哪儿都需要会计，是个铁饭碗，以后就业有保障，我真的喜欢不起来啊。可我喜欢的都是些不务正业的东西，健身啊，新媒体啊，还有《英雄联盟》(LOL)……我是没救了吗？"

我说："现在是 2018 年，不是 1998 年。"

217

1

科技更新迭代这么快，哪儿还有一劳永逸的铁饭碗

我小时候，2004 年吧，会计供不应求。

会计有刁钻的职业技能，打算盘，快手点钞，写密密麻麻的账簿。

小公司，大企业，手工作坊，事业单位……但凡要用钱和开工资的地方，都需要会计。我爷爷开私立学校，学生还没来，先聘请两个会计。

今天，同学在北京创业，我说："我去给你们当会计呀！"

他说："我们公司没有财务部。"

我震惊："五十多个人的公司，没有会计？"

今天的大多数公司，财务业务全部外包，小会计师事务所，500 块一个月。

我在这样的事务所打过工[1]。

我一个人，一上午，能寄出十四家创业公司员工的工资单。

电脑软件问我"今天该发工资了，发吗？"，我点击确定。

一转眼，工资已经存进员工银行卡，同时自动生成账目。

我点开下一个文件夹，开始下一个公司的工资发放。

十年之前，一个小公司需要两个会计。

如今我一个在读的会计系学生，能同时是硅谷十四家公司的财务部。

因为电脑软件，我一个人，顶替了二十八个算盘手会计。

而且，我很便宜，不加班，也不忙。

---

1 即实习，在美国的国际学生在校期间有累计一年期的工作权，具体可搜索 CPT（Curricular Practical Training）了解。如果上过社区学院并加以规划，CPT 和 OPT（毕业生实习）可各有两年。如果不使用，则自动视为放弃。

我有铁饭碗了吗？

我还没毕业，学校已经开设了人工智能课，大一新生在积极选修，小学生在学编程。

2017 年，美国德勤首次试用人工智能处理初级审计师和金融分析师的工作，效率、成本和准确度都震惊业界。

那些学着人工智能长大的孩子，即将闭着眼睛顶替二十八个我。

我们看一组数据吧。

1900 年，美国 7500 万人口，38% 是农民。2008 年，人口增加到 3 亿，农民只剩 2%。因为机器灌溉和品种培育，不需要那么多人种地也够吃了，还能大量出口。

制造业也一样。

机器生产，后来干脆连工厂都不在境内开了。到 2013 年，工人只剩下 8.8%。

你说，这是美国，跟我有什么关系？

可是中国比美国还快啊。

我 2010 年出国，觉得美国好发达。

2013 年回国，一脸蒙，祖国怎么这么发达了？

2017 年，我已经不想再回美国了，跟北京相比，去美国简直是在上山下乡。

飞速完成的基础建设，让生活质量天翻地覆，也让传统行业的人工需求骤减。

纺织女工、农民、列车员、制造业工人、银行柜员、电话接线员，都渐渐被机器取代，不再需要那么多人。

他们现在研究的，是让人工智能优化教师[1]、公务员、会计、工程师、金融分析师，甚至律师和医生的工作。

20世纪八九十年代，国企工厂是人人羡慕的铁饭碗，十几年后他们纷纷赶上下岗潮，忘记了吗？

基础建设完成后，传统行业优化是必然趋势。

发展快了，技能跟不上变化也成了常态。

在西雅图，我常常看到微软总部那些四五十岁的爸爸，当年的清华北大天之骄子，如今手里抱着大学生的编程书，找儿子们推荐计算机语言网课。因为他们会的那一套，已经淘汰了。

大学里有好多中老年人，笑着对我说："I know, everyone gets back to school at their 50s[2]."。我知道，最近流行五十岁回学校读书。

科技更新迭代这么快，哪儿还有什么一劳永逸的铁饭碗。

如今，不管进入哪个行业，都要做好学一辈子的准备。

如果你从一开始就不喜欢，那儿将是多么痛苦的一辈子。

2
泛娱乐迅速产业化，哪儿还有什么不务正业

我们再看一组数据。

在中国，2016年国家体育产业总产出1.9万亿，2017年游戏产业收入超过2千亿……

1　在如今的美国学校，大量课程的教学方式已经转为了"flipped classroom"，即学生在家看书和视频学习，做作业，老师在教室里只做补充说明和回答问题。如此，老师不用反复讲一模一样的课，课堂效率和创造性提高。这和祖国近几年兴起的各类线上课程，思路和步调完全一致。

2　这一句语法上正确的应该是 everyone gets back to school at HIS OR HER 50s，第三人称单数对应。但是美国人在口语上也经常犯错，说成原文那样，这里取语法错误的原文。

我在课本上学过，美国人均 GDP 超过 5000 美元时，文化消费和娱乐消费的比重开始剧增，文娱疯狂产业化。那是 1969 年。

2015 年中国人均 GDP 超过 8000 美元，新媒体、游戏、网剧、体育等等泛娱乐的疯狂产业化，我们每天都在见证。

这个时代真好玩。

铁饭碗没了。

不务正业的概念也行将就木。

学校里还在"学好数理化，走遍天下都不怕"，职场上抢来抢去的，是自己会玩，还能教消费者玩的人。

时代发展太快，顺口溜已经跟不上了。

让我讲讲沐子的故事。

西雅图每年八月有个 DOTA 全球争霸赛——TI。

我早年开了个淘宝店倒手游戏周边，排队进货时见到她，为她的盛世美鞋倾倒，搭讪之，发现她也在看我的鞋，如此结下友谊。

Tinker 是 DOTA2 的忠实玩家，认出沐子是中国派来的 DOTA 解说团队成员，求认识。

Tinker 周末加班，我带沐子去 Facebook 找他玩。

我们坐在看得见太空针塔的落地窗前吃零食，忽然 Tinker 的同事抱着电脑找他，说起 C 语言，像是在讨论什么技术难题。

我语言不通，拉沐子去翻零食。

忽然沐子说话了。

"试试 Wireshark 呀。"

众人震惊："你懂解析网络数据包？"

沐子说："我也是学编程的呀。"

Tinker 和沐子交流专业，发现她不仅的确学编程，还学得不差。

我们于是很不解。

"做程序员又高薪又稳定，你居然去当了游戏主播？"

沐子有一头黑丝绸般的长发，圆圆脸，大眼睛，肤白貌美，笑起来酒窝一现，像春天的风吹在脸上。

她说："谁说游戏主播不高薪不稳定？现在是 2015 年，不是 2010 年。"

沐子从小到大只有一个爱好——打游戏。

中学沉迷《魔兽争霸》，爸妈想让她好好学习，要先约好，考多少分能玩多少小时的《魔兽争霸》。

高三暑假，沐子足不出户打了三个月魔兽。

大一时她那一手勤学苦练过的操作，打遍全班无敌手，简直是天津大学计算机系的贝微微。

天津市启动《魔兽争霸》比赛，全体男生怂恿她代表本班最高水准参赛，她一口气打进天津市前十。

沐子每年暑假在互联网公司实习，为程序员人生打基础。

下班后的所有时间，全部献给游戏。

从《魔兽争霸》到《DOTA2》，从《DOTA2》到《英雄联盟》。

一边玩，一边在平台上交朋友，兴趣来了，还录个解说自娱自乐一下。

她毕业做了程序员之后，没有耽误游戏解说的小爱好，时不时还能收点礼物，换成人民币，算是个有副业的斜杠青年。

大约在 2013 年，电竞产业纷纷成立了职业战队、经纪公司，大型赛事层出不穷，游戏传媒公司也成群结队横空出世。

他们要在网络上打造游戏业的"CCTV-5"，大量招募职业主播，于是找到沐子。

沐子心一横，开启了全职搞游戏的下半生。

沐子爸妈见沐子放着软件工程师不当，跑到网络电视台解说游戏，觉得她疯了，每天都觉得沐子弄的这些玩意儿，挣再多钱也不叫工作，更不可能长久，叫她赶紧别玩了，找个正经事干。

可是他们走进沐子供职的 MsTV，演播室连演播室，设备先进，人员专业，业务忙不完，规模比电视台还大。

好多年过去，父母操心的"不长久"没有发生，只看见沐子的路越走越宽，工资噌噌涨，观众很稳定。她到处出差，连去美国都是五星级酒店待遇。

爸妈终于感叹，**世界变化太快了，不应该对未知产生偏见**。

我在上海一所三本大学做讲座。

沐子刚好在上海解说比赛，来看我。

我大声说："今天有朋友来捧场，感谢她！现场喜欢电竞的人可能认识她，她是 MsTV 的游戏解说，叫沐子。沐子你跟大家打声招呼呀！"

沐子朝投向她的目光们挥挥手，露出花瓶的微笑。

还真有不少人认识她。

更有人在讲座结束后，跟踪了我们一路。

一个白白瘦瘦的小子，穿一件不合身的 T 恤。

我们拐进一家午夜烧烤店，回头问："同学你好，什么事？"

他立刻怂，挠着脑袋"那个"了半天说不出话。

他叫白然，大四。

他成绩一般，外形一般，没女友也没背景，回想大学四年，除了上课就是打DOTA，现在快毕业了，室友们要么上海户口加持，要么奖学金加持，他什么也没有，很迷茫。

他想过找DOTA的相关工作，但是职业玩家吧，水平不够；解说吧，口语表达能力不行。无从下手，很绝望。

所以他跟了我们一路，求骂醒。

他说："我妈说了，能靠打游戏吃上饭的都是凤毛麟角，老天爷没给那碗饭吃，就应该趁早找个正经工作先把自己养活……"

沐子来了气，真开骂了。

"你大学玩了四年DOTA，到头来2016年的DOTA能让多少人吃上饭，你却要去问你妈？

"DOTA全世界玩家超过1亿，一场比赛奖金池2400万美元，是多少个上市公司产值？这么大一个产业，你以为只靠选手和解说就能撑起来？

"这个产业有多大，背后就有多少工作岗位在支撑！

"你看比赛，Okay？赛事有现场导演、执行、场控，你关注战队，战队有经理人、星探、教练、公关，我们做游戏媒体的，传统电视台有的岗位都有，甚至更多！

"你看战报吗？你知道战报基本上是大学生玩家兼职写的吗？勤奋点的，收入早超过外企白领了！

"你有这么多职业选择，盯着选手和解说丧什么丧？你参加过什么DOTA比赛吗？"

白然被吓着了，语无伦次。

"我……我和几个哥们儿组织了我们学校第一届DOTA2争霸赛，但是赞助商反悔了，办得不好。两年后有个挺厉害的社团办了第二届，我和哥们儿去参加，拿了第三名，得了一面锦旗……"

沐子反问："这还不够吗？要我说，这就是电竞行业的奖学金！"

几个月后，我收到一封私信。

"另维姐，我找到工作了！我居然是我们寝室第一个找到工作的！而且待遇很不错哦，我妈都震惊了！

"我现在做DOTA的赛事场控！计划以后转型成职业经理人，和大神们一起征战世界！"

我原本也陈腐地认为打游戏就是不务正业，经常因此教训弟弟。

却原来，是我自己没看见新时代的风在朝哪个方向吹。

消费升级，泛娱乐等字眼每天在新闻上轮播。

是了。

这个时代哪儿还有什么绝对的不务正业。

会梳妆打扮的能当美妆博主，整天包包衣服鞋的能当时尚博主，会玩的能当旅游博主，了解游戏的更是有一整个产业职务等着他。

十八般武艺，只要认真付出过，早晚能给你开辟一条路。

说说我所经历的体育产业。

我从中学开始，通过网络，在腾讯NBA兼职做了四年文字主播。

我的顶头上司石大哥，当年也是个逃课看球赛的主儿。他高个子长刘海，成天穿乔丹球衣，班主任跟在后面催他剪发。

他考了武汉体育学院，每天钻研 NBA，球员数据背得滚瓜烂熟，赛事报道一篇不落。

他的学长返校讲座，提起自己当年一边读书一边给网易写赛事报道，一个月能挣四五千块。

石大哥在武汉，没听过这种工种，双眼放光地追问。

石大哥写赛事报道，写得又快又好，新建的篮球社区来挖墙脚。

石大哥很忠诚，对方说："要不咱们换个笔名两家都写？内容要求都差不多，你工资翻倍。"

石大哥越写越深谙套路，加上网站缺人，他带领寝室哥们儿组成团队，足球网球游泳乒乓球都写。

十几年前的武汉，他大三，仅抽成就月薪过万。

毕业了，别人的父母都在焦急找关系，安排儿女工作的时候，石大哥坐在家里月薪两万。

他们悄悄说，别看那小子现在挣得多，不长久。

石大哥也担心不长久，想去北京闯闯。

全班第一笑了：我四年稳居全班前三，在北京都找不着机会，你真是不知道什么叫北京。

石大哥兼职的公司都在北京，上司和同事轮流接待他。

他二十二岁，已经有四年的行业经验。腾讯网的 NBA 板块扩建，他去做了编辑。

NBA 陪石大哥长大，石大哥喜欢，同学喜欢，千千万万的青少年都喜欢。

市场这么大，腾讯 NBA 迅速从网页变成网站，从小组变成事业部。

他们从传统媒体挖主持人、前方记者和主编，自主组建网络直播团队。

我加入主播团队的时候，已经管石大哥叫大老板了。

石大哥现在跟共事十多年的老友创业去了，自己开发体育视频平台，因为融资额巨大，频频上新闻。

我如今也不做 NBA 主播了，但每年回国，早已养成了先去腾讯看一眼老同事的习惯。

这些年，我亲眼看着公司的体育频道由一个角落，变成一层楼，变成几层楼。如今楼里还有了演播室，设备专业得跟电视台一样。

办公室在北京城的黄金地段，里头到处贴着 NBA 球星的巨幅海报、球队旗帜，以及各种花里胡哨的周边。

大家的办公桌上，球员玩偶，篮球抱枕，球星签名照一个比一个齐全。

一抬头，屏幕在无声地反复播放比赛视频。

放眼望去，真是球迷天堂。

而 NBA 部门的工作人员，随便抓一个，学生时代都是 NBA 忠实粉丝，每场过去的比赛聊起来，都是一场青春回忆。

如果你回忆学生时光只想得起考试，还真融不进工作环境，也做不出如今球迷想看的内容。

一年又一年过去，NBA 部门更会玩了。

2015 年腾讯斥资 31.2 亿人民币买断 NBA 的中国转播权，工作人员越来越多，他们忙着接待球星，操办中国赛，最近又玩起了体娱结合，天天在朋友圈里发吴亦凡穿全明星赛队服的海报。

新玩法还在层出不穷。

每一样拿出来，眼前是蒸蒸日上的消费市场，身后是巨大的职业需求。

你还在嫌弃关注 NBA 不务正业吗？

3
未来世界

在我长大的过程里，世界一天一个样，可是好多人的意识形态还停在二十年前。

爱学数理化，听话读会计就是好学生，爱上网、爱打游戏和篮球，就是没前途。

他们什么时候才能明白，我们的祖国，早就不是举国上下大炼钢铁，除了生存没有其他职业的时代了。

消费在升级，生活如此多元，我们需要科学家，也需要玩家。

未来世界，我做会计，你做游戏，我们不过是从事着不同行业的职业人。

下够了功夫，我们都能在各自的领域创造价值，收获财富。

给五彩缤纷的世界再点一盏灯。

我的少年贪玩史

我童年时受《灌篮高手》影响，很爱打篮球。

我那时候立志，长大要当篮球运动员。

我十岁开始学打篮球，从体校篮球班转入体校篮球队，每天清晨体能训练两个小时，放学技术训练两个小时，觉得自己的前途比上午十点投射在篮球馆地板上的光斑还要光明。

我初中毕业的时候，还是只有 160 厘米。

教练找我谈话了，她劝我去好好学习。

我的篮球梦就这样死了。

美国人有句俗语，make the most of it，中文翻译成竭尽全力，我不喜欢。

竭尽全力指努力，而前者是让你最大化地提取能量，从一切方面和角度。

努力是对的，但更需要的永远是思维方式和角度。

我十五岁的时候，每天都在小城高中里痛苦思考：我花了那么多时间那么喜欢篮球，到此为止了吗，只能这样了吗，我还有什么能做的吗？

我想去考裁判，年龄不够。

想做篮球宝贝，身高不够。

拒绝收了一箩筐，终于在一节数学课上，我对着手机上的 NBA 文字直播灵光闪现了。

——我也懂篮球，我也会打字，那这个在屏幕后描述场上战况的文字主播，为什么不能是我呢？！

放学我走进网吧，动手了。

在那个人民还信任百度的年代，我百度：如何成为一名腾讯 NBA 直播员。

我翻了几十页，从一个废弃论坛里翻出一张三四年前的招聘帖，帖末有一个 QQ 邮箱。

欣喜若狂记下来。

高一。我想象工作内容，写人生第一份简历：

①我很懂篮球。有四年的体校篮球队训练经验，熟悉赛场各种状况。熟悉许多 NBA 球员数据，尤其是湖人，全队我倒背如流！

②我常年在杂志发表小说，小学时作文获过"中国少年作家杯"特等奖，因此擅长文字把握，有语言组织能力。

③我所有的小说都是用电脑打出来的，打过很多字，因此打字速度应该也还行。

④我还是个女生哦！我觉得这是个优势，你说呢？

配微笑脸。附艺术照一张。

没有回音。

快一年过去了，我还在颠来倒去研究那个 QQ 邮箱，为什么没有回音呢？

加好友不理，没关系。

我百度 QQ 号，搜索 QQ 空间……翻遍空间信息，终于发现，这号好像的确是废弃了。

于是我点进每一个留言人的 QQ 空间。

年纪小就是有时间，我耗时一个月，终于在一张 2008 年 5 月 12 日的照片里找到了线索。

照片里人头攒动，背景是楼。

备注写着：地震了，全公司的人都跑下楼了，原来我司有这么多人……

我仔细研究那个楼，楼上印着"银科大厦"。

我连忙百度银科大厦。

果然，腾讯公司就在里面。

又找到一个腾讯人！

我又欣喜若狂了，添加，还无须验证，一连几天都幸福得放学飘着回家。

他叫边城浪子，那个黄色中长发头像，常年在线。大概是为了挂太阳。

他的 QQ 等级有四个太阳，我在小城樊襄长到十七岁，头一回见。

我每天看着他，仿佛看着千里之外的腾讯的大门。

可是这位浪子也不理我。

不回复我长篇大论的《我的辛苦找你史》、简历和艺术照。只在我的好友列表里昼夜不停亮着头像，给我希望。

于是我充满希望地每天对他说一句："在吗？"

我还每天自省：他为什么还不理我呢？难道是我不够礼貌？然后连忙修改措辞。

"你好，在吗？"

"你好，请问在吗？"

又不知从哪里听说了北京人都说您，不说你，仿佛瞬间领悟了问题所在。

奔跑回家，再改措辞：

"您好，请问您在吗？"

我上网一次问一次，从高二问到高三，他的头像终于动了。

他说："您好，我在。"

真是感天动地的一刻。

他继续说："可是我已经不在腾讯了。"

我兴奋得双眼冒光，连忙问回去。

"那请问，您还认识还在腾讯的人吗？"

他给了我个 QQ 号。

"你找这个人吧，可以叫她莎姐，别说是我说的。自求多福。"

我谢了一百遍，礼节性地问："您还有什么建议吗？"

他像是终于忍不住了。

"你几岁啊小朋友？看照片脸都还没长开，玩呢？简历有你这么写的吗，先去百度个模板抄一抄。"

我找到莎姐的时候，简历已经有模样了，民族籍贯登记照放了清楚，自我介绍也进步和熟练不少。

莎姐说，给我一次试播机会。

高一的灵光一闪，在高中快毕业时有了眉目。

我简直要叩头，感谢天感谢地，感谢命运让我们相遇。

那一年联盟有两个垫底王——国王和勇士。

哥儿俩隔得不远，比赛的上座率最低，加在一起，即使在不挑剔的中国市场，也只给我这种没入门的新人试播用。

那一年勇士队有个不起眼的二年级新生，叫史蒂芬·库里。

我在襄樊小城里把他的数据背得滚瓜烂熟，可还是播了个稀巴烂。

文字直播除了有画面看，还有英文的同步描述参考。我研究流程时觉得不难，谁知道上手就傻眼。

同步直播最忌讳跟不上，我不是一般跟不上。

比赛都结束了，我第四节才说到一半。

我没脸找莎姐询问意见。

莎姐很默契，直接消失。

这工作找得这么费劲，上来就叫我自己搅黄了。

我眼高手低，好高骛远，能力配不上野心，还跑去浪费别人的时间，闹了一场笑话。

我夜不能寐。

我输了，我怎么办？

说得好像我有东西可输一样。

我不再年轻之后回头看，才发现"没什么可输"真是年轻最好的礼物，是一无所有让人一往无前。

我本着"反正没东西可输，干脆脸皮厚一点"的态度，盘算怎么再找莎姐要机会。

我思考，实力撑不住，一百次工作机会只能换得一百次丢脸。所以我首先要获取实力。

我怎么获取实力呢？练习。

我走进网吧，连开三台电脑，一台电脑放视频，一台电脑放最受欢迎的主播的直播界面，一台电脑开着英文同步描述和word文档，我一边练习直播比赛，一边比对，我的速度和内容到底都差在哪里。

两周过去了。

我搜索打印了篮球术语大全，贴在床头背，拿在手上背，背得滚瓜烂熟。

我跟了三个主播的二三十场比赛，每场比赛几万字，word文档塞满文件夹。

我一个一个写总结，这场比赛速度有提升，那场比赛措辞不够幽默。

然后，我给莎姐留言。

"莎姐，感谢您的机会，我觉得上次试播没能发挥出我的实力，这两周我在家学习进步了一下，这是我的笔记，希望获得您的指点。"

莎姐终于也重新出现了。

她说："进步是挺大的，我再给你一次试播机会吧。"

我那句话说对了。

女生有性别优势，那个还没有视频直播的年代，我居然成了腾讯平台上最受欢迎的文字主播。

我成为主力军之后，摸索出了身体的极限：每天至多一场，不能背靠背，否则精神高度集中着连续四小时盯屏幕打字，眼睛受不了。

十八岁的我如何做到十四天连跟二十多场还没瞎没死，成了未解之谜。

我只能感叹：**把年轻兑换成冲劲真的太好了，它拥有连后来的自己都**

看不懂的体力。

我至今还三不五时收到留言：另维学姐，我看你以前是文字直播员，后来又做了 NBA 现场记者，请问是怎么转职的呢？转职容易吗？

这是个巧合。

我高中毕业，考出国考试，带着文字直播的工作来到西雅图。

我绰号叹号妹，把所有功课选在上午，下课狂奔回家，每周好几天算着时差播比赛到天黑，就这样度过的大一大二和间隔年。

第四年，有一天莎姐忽然问我：

"我记得你是在美国读书对吗？腾讯可能要买十五到二十年 NBA 在中国的独家转播权，现在在招海外驻站记者团队，有兴趣的话我把你报上去？你有观众基础，还是腾讯体育的老人儿，有机会的。"

在腾讯 NBA 兼职许多年之后，我在更衣室里采访库里。

我离他很近，采访的间隙我说："我以前在中国中部一座三线小城里做中文赛事主播，人生第一场试播是 2010 年的勇士对国王，我播得特别烂，不过好在那场比赛也没什么人看。现在我们在这里面对面，生命好神奇。"

他笑了一下，朝气蓬勃又顽皮，他说："I feel you."

我知道你在说什么。

这故事听起来，是不是挺顺利，挺容易的?

社会心理学说，人类有一个本能的思维偏差——基本归因错误（fundamental attribution error）：我们听别人的故事，总觉得他们很幸运，付出都有结果，好时候全没错过，而忽略他们人为的努力，这是因为我们没有深入了解他们的渠道，我们只接触得到明显的事情，比如被展露的外在结果。

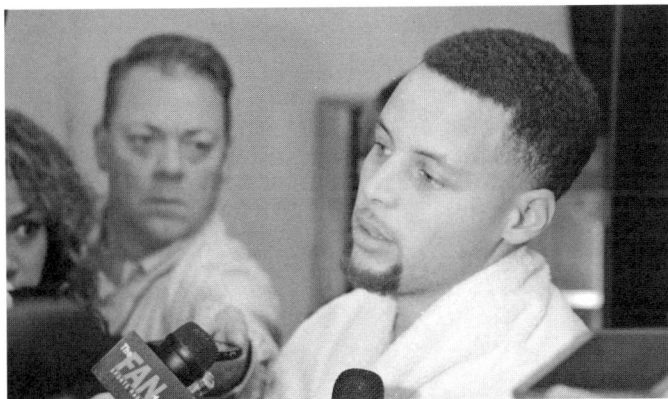

VVVV

《库里头像》

更衣室采访

我离库里太近了，近到把他拍成了一只大头娃娃

其实他的头和脸都很小，皮肤好到看不见毛孔

其实什么结果都只是冰山一角，水下多的是我们视线之外的冰天雪地。

我决定做现场记者的时候，因为西雅图没有球队，只能开车去最近的波特兰，守利拉德和他的开拓者队。

我家离摩达中心有将近四小时的车程，晚上六点的比赛，我得从中午开始开车，比赛结束后，媒体室采访，更衣室采访，传视频发稿件，再高效也要干到凌晨。

我再去到空无一人，只剩一车的停车场，拔下粘在脚上的高跟鞋，狠狠捶几下酸重的小腿，开始开车。

我通常要乘着天上的鱼肚白回到西雅图。

路上饿了，把车开进高速公路边荒凉的麦当劳 [1] 点麦香鸡。这个时候，饿狼一般的流民像僵尸一样缓缓走向我，问我要吃的，他们的手伸上来，满身大麻味。

我一脚油门就跑。

后来，我宁愿一路饿肚子，也不再停车觅食了。

这是周末。我那个时候，工作日还在学校上课。

我没办法周末如此折腾，周一还能精神奕奕地出现在课堂，功课受到影响，我终于坚持不下去了。

后来呢？

命运充满不可控和偶然，人不是一成不变，也不会都以少年的爱好为毕生事业。

我读会计和心理学学位，目标行业是金融和审计。快毕业的时候，我终于正式辞去所有关于 NBA 的兼职，这段漫长故事成了简历上，排在普华永道实习之后的几行字。

---

1 这里指 drive-thru 窗口，美国大部分快餐店都是能开车下单，拿了就走不用下车的。

我以为我和篮球的缘分终于终了了。

没想到反而聊得更多。

我不断拿到面试，从投行、私募，到四大会计师事务所，再到亚马逊、微软总部的金融分析师，中奖概率远远高于成绩比我好的同学。

一面试我就知道为什么了。

他们大都这样开头："I see you have a fascinating/interesting/eye-catching life experience, you were part-timing NBA field reporting in college? Like in an actual court? "

"我看你生活经历特别丰富，你真的一边上大学一边做 NBA 现场记者？真的进场馆的那种？"

我打趣："我不仅进场馆，还进球员更衣室。"

然后，许多次，半小时、一小时的面试，都是时间到了，面试官还在依依不舍地追问库里、汤普森、詹姆斯，听我讲我执着不放弃，处世态度是要做就一定坚持并且做好的故事，听我讲我兼顾学业与兴趣，擅长同时处理多项工作的故事，听我讲我抗压能力强的故事，听我说，"这一切会让我把即将开始的全职工作做得更出色"。

上班之后，我在电梯里遇见老板模样的人，想不起名字，正着急，对方居然主动露出笑容。

"Hey, you are the NBA girl！ Crystal right？ We've been talking about you！ How's work？"

"嘿，你是那个 NBA 女孩！另维，对吧？我们刚刚还在聊你呢！工作得怎么样，一切都喜欢吗？"

我少年贪玩了一场，贪玩到彻底成年，终究没能改变我的人生方向。

我的一腔热血也渐渐熄了，不再会背整队数据，跟所有说湖人不好的人打架，连 NBA 口号换了都没发现。

一切都时过境迁了。

而这段经历留在了我的身体里，成了我的一部分。

看前路，简历上有一笔浓墨重彩，工作能力是锻炼过的，漫长的大人人生，早早有了准备。

看来路，我有过一段好快乐的少年时光。

还在年少的你呀，如果你还愿意为一本小说彻夜不眠，为打球逃课，为打游戏夜不归宿，请千万珍惜那一腔热血，只有热血能把你变成一个不一样的人。

如果你真的长久且认真对待了它。

04 >>>>

Passion

用喜欢的方式过一生
是怎样的感觉

年薪百万的本科毕业生是怎样生活的

税季，我在 Facebook 的码农好朋友纷纷找我报税。

我一看 Tinker 的工资单，吓呆。

"我知道 Facebook 工资高，但是一帮二十二三岁的键盘侠，本科刚毕业，年薪人民币 110 万，太夸张了吧！"

"我明年涨工资，30%，不过我给公司创造的价值值更多。"

这些被高薪宠坏了的年轻人，还挺把自己当人物。

1

我特别喜欢 Facebook 的办公室。

坐落在西雅图市中心，落地窗，雨城最好的风景全在窗外。

色泽利落，空间辽阔。

角落里，巨大的货物架摆满零食，冰箱一拉开，牛奶、酸奶、饮料、啤酒，应有尽有，全是昂贵的品牌。

还有开放式厨房。

可以在里面磨咖啡、做饭，连食材都有一些，水果放在精致的小篮子里。一切摆设都费了心思，不突兀，处处是美感。

最重要的是，你看到的一切都免费，随便使用，随便吃。

这是茶水间。

办公区全是苹果电脑，忽然穿插一张得州扑克桌，不远处还有我认不出作用的圆柱体，Tinker 上前一拉，竟然露出一张床。据说没灵感或者工作累了的码农，可以进来睡一睡，隔音隔光。

够好玩了吗？

不够。

往下几层楼，有游戏室。

沙发，电视，Xbox，乐高，健身球和一篮玩具随地散落，右首五米远还有乒乓球台。

美国人总误以为中国人都是乒乓球神，Facebook 里亚裔员工多达 34%，到处听得到中国话，乒乓球台大约是讨好他们的礼物。

哦，自动贩卖机里的键盘、鼠标、U 盘、耳机、充电器……想拿就拿，不限量，只刷工卡，不掏钱。

食堂呢？

大得容得下全公司员工，厨师经常换，各国菜色时常更新。

每周五，很少来西雅图的扎克伯格在这里为他们主持视频会议。偌大一栋 Facebook，一派"世界大同，天下为公"的景象。

2

大学时最好的玩伴，不少流落在这里，周末找他们玩，一问，总在办公室，我因此也成了常客。

坐在窗边聊天，经常有路过的中国人，循着中国话找来加入。

"怎么一个个周末都不回家？"我问。

"办公室比家里好玩啊，有吃有喝有玩具。"

"网速巨快！"

"扎克伯格在哭泣。"我说，他养了一窝爱占便宜的小鬼。

"他应该在偷笑。我们吃饱了玩累了，只能想起没写完的代码，每次都是抱着来玩的心，干加班的事，还没有加班费，这点零食饮料，我们吃破肚子也吃不够加班费。"Tinker 反驳。

"扎克伯格太聪明。"我转念一想，也对。

"嗯，这里的人都聪明。"

有吃有玩，风景宜人。

我看见不远处，金发小哥带着女朋友在茶水间约会，女友煮咖啡，他写代码。光线洒进落地窗，铺在他们年轻的身影上，和谐静谧，像一幅画。

这样的工作环境，加 110 万人民币的入职年薪，简直是天堂。

Tinker 竟然三不五时，盘算辞职。

凌晨三点，我会突然接到电话。

"我想到完善我们构想的方法了（此处省略三千字）！你不是要回国卖书吗，记得做市场调查，差不多的话我立刻辞职！"

我第一次看见 Tinker，还是大一，他在二十四小时图书馆戴着耳机敲键盘，眉飞色舞，噼里啪啦，动静特别大。

我远远看见，想，在图书馆里打游戏，能不能低调点。

走近一看，居然是在写代码。

Tinker 顺利考进录取率极低的计算机科学学院，学弟学妹组队求经验，如何管住自己刻苦学习。

Tinker 说不出来，我教他："你当时一天自习七小时，保证自己避过食堂高峰期，六点前吃饱入座，带一袋牛肉干，防止后期因为饥饿影响效率，是很能震慑晚辈的经验嘛。"

Tinker 摆手，不肯坑人。

"每个人不一样。对我而言，把时间花在编程上，是我觉得最有意义、最开心的事。自律对我而言，是我贴近我想成为的样子的手段。所以我越自律越幸福。如果他们觉得人生只有管住自己、学好代码才有出路，越自律越痛苦，然后靠'吃得苦中苦，方为人上人'自我洗脑要多吃苦，自杀怎么办。我不觉得我苦，我很幸福。"

很有道理，从此，我不好意思传播"一天自习七小时"小组的传奇了。

"学长当年超努力，所以他成功"这碗鸡汤有毒，如果努力本身不能使你快乐，漫漫前路，便只剩压力和痛苦，每天调节自己的负能量都来不及，谈何出类拔萃。

任何行业，努力至多帮你存活，不会帮你出类拔萃，只有发自内心的爱会。

Tinker 年薪百万后，又时常有人问："学长，你迅速走上人生巅峰的秘诀是什么？"

"哪里巅峰了？我现在是积累、蛰伏阶段，我的人生还没开始。"

是的，Tinker 会在凌晨三点决定辞职，上班之前打消念头。打电话给我，说舍不得他的导师。

Facebook 为每位新员工配备导师，带他们项目，教他们技术，解答他们的一切问题。Tinker 经常念叨，离开大学后，Facebook 是他能找到的全世界最好的学校。

他是他导师的忠实粉丝，想跟完手头的项目，多学一些再走。

Tinker 已经跟完好几个项目了。他不上班的时候，一帮大学玩伴在一起，到处找好吃的，Tinker 最好吃，毕业没两年就吃成了个胖子，人称"行走的大众点评"。

除了吃之外，他还滑雪，帆船出海，自驾 2000 英里，南美三日游……

都是 Facebook 的高薪给他的底气。

我说:"离开 Facebook,你就要和五星级与头等舱说拜拜了。"

他说:"没关系啊,这些东西没有就算了,这么些年我看着自己进步,一直挺开心的,又不是到了 Facebook 才开心。如果有地方能让我更好地学习和施展,我愿意去。"

吸引 Tinker 的,从来不是百万年薪,而是学习机会。他最大的快乐一直来自学习本身。

3

周末帆船出海的队伍里,有个船长,我们都管他叫路飞。

你一眼看过去,就知道路飞是个二次元宅男,《海贼王》是他一生最爱,路飞是他的微信头像,还在签名里写着:我是要当海贼王的男人!

他的签名万年不换,很执着。闲暇的时间都用来考帆船证。

路飞是 MIT 研究生毕业之后,搬来西雅图的,如今在微软总部的 Surface Pro 团队。

这一类公司的码农都有值日任务,大约每两个月 on call 一周——世界各地分公司及客户工程师解决不了的问题,打电话给值日生,他们必须二十四小时待命,即时解决。

路飞二十三岁,单身独居,大年三十 on call,我可怜他,叫他来家里蹭饺子。

一帮留学留下的朋友,一齐与家人视频通话。

七八个屏幕开着,家长互相拜年,感谢他女儿照顾我儿子,其乐融融,忽然路飞电话响了,他一跃而起,跳进工作状态,敲键盘,说英语,全场视频为他静音。那是西雅图的深夜两点。

结束后，他父母连同三姑六婆，七嘴八舌教育他。

"赚那么多钱干什么，辛苦成这样，有命赚没命花！钱是很重要，但是赚个差不多就行了，为了工作不要命，迟早后悔，生活也很重要，诗和远方也很重要。"

他点头，不反驳。

他曾经试图告诉亲戚们，他除了赚钱，更重要的是他做出了很棒的产品，但是亲戚们依然只记得他赚钱。年纪轻轻，卖命赚很多钱。

"工作就是我的诗和远方啊，为什么他们不懂？"路飞问过。

这世上大约有很多人没有体会过，做一份热爱、擅长、出产价值的工作，然后从中自我实现是怎样的感觉。

——所有的快乐，来自学习、积累、进步，来自打磨一个产品，不断把它变好，看着它把世界变好。

他们没有体会过，不知道这种感觉存在，他们只能看到他们看得懂的，钱。

所以年轻的成功人士在他们眼里，仅仅是工作很辛苦，赚很多钱。

——他们在透支健康，过度辛苦。还是我这样轻轻松松，身体健康，长命百岁更幸福快乐。

其实只是理解不了别人追求的生命意义，以及别人从中获得的幸福快乐。

新产品上线前半年，路飞凌晨四点更新朋友圈。

"这世界就是一拨人在昼夜不停地高速运转，另一拨人起床发现世界变了。"

他的辛苦不叫辛苦，也不为百万年薪。辛苦是他获得自我实现的途径，自我实现使他快乐无穷。

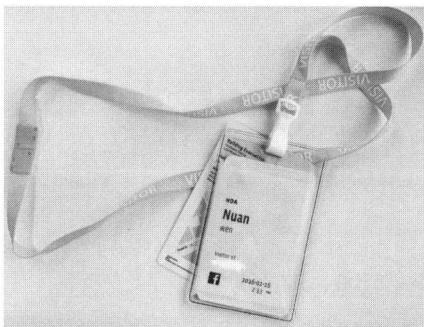

4

高中学长天疏跟我打听 Facebook 的内推。

他自小是"别人家的孩子",省重点高中的年级前十,弹钢琴练跆拳道还会唱美声,考取全国 Top 3 的大学,毕业留学。

高中那几年,他被老师宠上天,人人都觉得他是偶像剧男主角,未来要称霸世界,盛名远扬上下好几届。

可是六年过去,他成了一个虽然履历不难看,却十分平庸的人。

听从老师父母的联合建议,不浪费高分,选了门槛最高的金融系,发现编程吃香,薪水多还最容易留在美国,研究生转向。

也找得到工作,发现美国是一个没什么夜生活的无聊地方,时不时感叹"努力这么久原来不过是这样的人生"和"就这样了吗,我就要这样结婚生子老下去了吗?",但好歹衣食无忧,学历好看,偶尔抱怨一下,总被说是在炫耀。

看到 Tinker 和路飞乐观,朝气,越拼搏越快乐,还年薪百万,上个班硬福利和软福利都好得世界闻名,十分向往。

5

他没有通过 Facebook 面试。

一起吃饭,Tinker 们说起工作所学如何帮他们靠近理想,眉飞色舞,天疏学长坐在旁边,生出自卑来。

"我发现这些人都是一早认定了想干什么,然后整个人生都在为理想积累力量,所以谈起生活和未来,充满希望,眼里有光。太幸运了。有的人那么早就知道去哪儿,有的人到死都不知道自己究竟想干什么,人与人之间真是不公平。"

人身体的所有机能,从二十七岁升始走下坡路,青春期到二十七岁是

250

生命力量的峰值，在这段并不太长的时间里，人最输得起，也最跑得动。

在这段并不太长的时间里，好多人争分夺秒地寻找和守护理想，得过且过的人，又凭什么嫉妒他们的果实呢？

我起初觉得扎克伯格可怜。挥舞着百万年薪找来的人，一群一群蠢蠢欲动，满脑子辞职。

后来我懂了，扎克伯格不是找不到拿了 100 万就愿意在 Facebook 赖到海枯石烂的人，他是不想要。

他找来的年轻人，不看鸡汤，他们自己就是鸡汤。以学习为最大乐趣，渴求自我积累，沉迷自我实现，不怕失败，充满梦想，并且自信到，认为自己也能用双手改变世界。

他找的是想成为扎克伯格的人。

这真是个无解的矛盾。

扎克伯格二十二岁拒绝雅虎 10 亿美元的收购。那些能让 Facebook 挥舞着 100 万年薪拼命挽留的年轻人，都不是追求 100 万年薪的人。

用喜欢的方式过一生是怎样的感觉

总有一些人，活得像行走的励志书。

年纪轻轻，履历亮瞎一片群众。

1

老杨是我爸同事的儿子，和我同学十八年，上大学才分开。

老杨还是小杨的时候，每年数学奥赛有二三十个保送清华北大的名额，老杨鄂西北第一名，清华北大追到襄樊来当面争抢。

有一个故事广为流传。

奥数九月考试。

彼时高三开学，数学老师张老得了一本习题，1300 多页，交给得意门生老杨。

"时间不多了，你现在的首要任务是调整心态，这些题你拿去随便翻翻。"

大约三周后，美术老师捉上课走神的，捉到老杨，没收了他手里的东西，扔给张老：

"你看你带的好学生，上我的课都要做数学题！"

张老一看，惊呆了。

后来每次动员大会，这件事都是保留节目，张老每每说起，无不双手颤抖，神情激动。

"我把那题集拿起来一翻，震惊不已啊！三周不到，差不多都做完了啊！我一题也没布置，人家自己做完了！1300多页哪！这么厚！足足这么厚啊！——连老师我都惭愧不已啊！

"娃们，如果你们都能这么努力，这么刻苦，我打包票，你们全都能上清华北大！"

老杨喜获外号1300。

你一提这茬儿，他立马脸红，摆手表示很惭愧。

他说：我就一个爱好，坐那儿想想数学题，我也不需要谁来给我颁个奖。

众人正被高考数学折磨得要吐，纷纷竖起大拇指：这个装法我们给满分！

2

老杨轻松保送北大数学系，校长亲手奖励现金10000块，全校师生在升旗仪式上鼓掌。

儿子提前一年脱离高考苦海，老杨妈喜笑颜开，要带老杨出去玩。

老杨说："去哪儿玩？我就在最好玩的地方。"

数学奥赛，可不仅仅是保送清华北大而已。

有名校保送名额的，一个省能考出二三十个，但只有前八名能去北京参加冬令营。

在大家刚刚展开总复习的高三伊始，全国各省的数学尖子们，正在北京的冬令营里暗无天日考数学。

连考几天，考出全国前三十名，组成国家集训队。

再淘汰，淘汰到只剩六个，组成国家队。

国家队出征国际数学奥林匹克竞赛——IMO。

老杨国家集训队排位第十三，人生第一次因为数学不够好被淘汰，失落了好久。

老杨和北大签约之后，清华姗姗来迟。

那一年，四中奥数两个全省一等奖——老杨和圆眼睛蘑菇头的小杨林。

小杨林惜败保送生考试，只剩高考一条路。

清华说，如果老杨愿意撕票北大，来清华数学系，我们给小杨林降 60 分录取。

清华的录取线减 60 分，对小杨林来说，就是保送了。

那一天，小杨林全家、老杨和各种年级主任班主任站了一屋子，老杨父母拒绝出席。

老杨暗恋小杨林，老师还没开始游说，老杨说："我愿意。"

小杨林站起来说："我不愿意。"

小杨林回到教室，传字条给老杨：我不需要你把翅膀折下来插在我身上，我自己考得上。

老杨更喜欢小杨林了。

小杨林裸考上北大数学系。

他们大一确定关系，本科毕业又一起考上美国俄亥俄州立大学的数学博士。

老杨就这样，成绩好成了四中好几届人的传奇。

可是后来，我失望的是，他们越活越默默无闻。

3

老杨和小杨林在美国结婚了，裸婚。

同学会，别人都铆足了劲儿盛装打扮，老杨和小杨林穿得跟高中时代没什么两样。

尤其是老杨，十年过去了，市面上的眼镜纷纷走时尚路线了，他还是那副没有款式可言的方片带框镜，衬得十分穷酸。

聚会的餐厅是当年的年级倒数胖二开的，众人围着他敬酒，一口一个老总好。

胖二对 1300 页题记忆犹新，抓着老杨敬酒，非要问年级第一现在一个月多少钱。

老杨说："2000 多，够吃够喝够生活。"

胖二摆手道："那是你不懂生活。"

我忍不住撑："人家老杨是拿过谷歌总部的 offer 的，给人工智能写算法，底薪加股票 25 万，合人民币 160 多万——是小杨林为了他能追求梦想，专心做数学研究，做主让他放弃的——成绩好的世界你懂个屁！"

一桌人哈哈大笑过去了。

老杨在神坛的日子的确一去不复返了。

没有家长拧着自家小孩的耳朵，要求他向老杨学习了。

连老杨妈见到我，也不再安慰"成绩不好没关系，将来也能有出息"。

老人家直跟我感叹：原来孩子成绩太好最糟心，你搞不懂他成天都在想什么，还说不过他，管不住他。

她不停问我，那个谷什么歌还能去吗？

我怎么知道。

我去看过老杨。

他在大农村学校的一栋破楼里，有一间塞不了几个人的小办公室。

窗子很小，跟监狱一样。

里头有一个书架，两面墙。墙上都挂着大白板，上面写满字母和公式。

来自各国的本科生排着队问问题，屋里站不下，就站在门外抻长脖子。

像这样的"上班"，老杨一周四小时，其他时间全部小门紧锁，对着各种字母公式思索数学动机理论。

思考到午饭时间，他就拿出小杨林装的餐盒去微波炉里转一圈，端回办公室边吃边思索。

午餐都很简单，一半白饭一半白菜，或者白菜粉条、白菜排骨。

二十六岁了，身上穿的还是高中那件外套。

我说："你这是要拿菲尔兹奖[1]的节奏啊！"

老杨笑："那都是要天赋的。"

我说："你还不够有天赋？"

他说："人外有人，我高中就知道了。我这辈子最多就是这数学系里的普通一员吧。"

我说："没关系，你还年轻，还有很多其他的好出路！"

---

1 数学没有诺贝尔奖（传说因为诺贝尔的情敌是数学家），菲尔兹奖是数学界的诺贝尔奖，只颁给四十岁以下的数学家。电影《心灵捕手》里花了很多笔墨描述这个奖。

老杨摇摇头。

他说："我就这一个爱好，坐这儿琢磨数学，我也不想谁来给我颁个奖。"

这话隔了十年再听，我才听明白。

4

我们都有渴望得到的东西。

有些人认为，人的欲望无止境，比如女人买了一支口红，她一定还会遇见下一支想买的口红。所以这世上没有终极的满足。

这些人追求错了。

终极的满足，不在短暂的欲望里。

西方心理学有个著名的"恐惧管理理论（ Terror Management Theory ）"。

它说人最根本的恐惧，是对死亡的恐惧。

人所有的焦虑、不安，害怕死前没有把世界看完，担心没有趁年轻拼尽全力，抗拒还没遇见爱情就老了……归根结底，都是对"人固有一死"的恐惧。

怎么解决这根本恐惧呢？

起先人们追求长生不老，失败。

现在，心理学研究出了解药——创造比我们活得更久的东西，作为我们的延伸[1]，在我们死后替我们活下去。

1　Extended self，延伸的自我。

比如我们归属的集体、我们信仰的宗教、我们创造的价值永远活着，便是一部分的我们永远活着。

找到属于自己的意义，赋予生命目的，每一天都像向日葵朝向太阳一样，充满方向，是人类能活出的最好样子。

它治愈我们的根本恐惧。

这意义，可以是一份爱情、一份事业，它是什么形式不重要。

重要的是，我们钟爱它，我们因为靠近它感到幸福，不论结果。

这里就是"欲望"和"一生所爱"的区别了。

欲望实现了，我们感到空虚。

而一生所爱，是一种强大的力量。

它给予我们归属感，让我们感到生命有意义，使我们不再惧怕死亡。

我们为每天起床能做这件事，感到由衷的幸运。

漫漫长夜，孤独和寂寞，只要是为它，都有趣。

"成功就是用喜欢的方式度过一生。"

他知道自己喜欢什么，还争取到了把喜欢当事业的权利。

哪里还有更好的活法？

所以，成绩好给老杨最好的东西，不是年薪 160 万，是对 160 万说不的权利。选择生活的权利。

老杨的幸运，不在于小小年纪就成绩好，而在于他的一生所爱是数学，上小学就碰到了。

而我们其他人，可能需要找遍千山万水，才能找到。

我们唯一能做的，就是不在找到之前认命。

对自己说，一定会有那样一个人、一份事业，让我感激今天所有的坚持和努力。

而不是余生就这样算了吧。

十几岁偷懒。算了吧，还小嘛。

二十几岁迷茫。算了吧，周围人都这样。

四十岁没有足够的积累施展拳脚，睁眼闭眼都是中年危机。算了吧，不小了，世界已经是年轻人的了，还是想想怎么养老吧。

六十岁，我这一生有什么独一无二的地方吗？没有。算了吧，绝大多数人都是注定平凡的，平凡最可贵。

…………

人活一辈子，到死都不知道自己钟爱什么，天赋在哪儿，极限在哪儿。多可惜啊。

其实只要一句"我不妥协"，一声"我一定要找到自己的领地"，一次濒临放弃时的坚持，就很可能为生命开启一片崭新的天地。

5

积奇就是这样一个人。

他是 1989 年出生的安徽男孩子，长得痞痞的，初中时好打架，早早退了学。

父母急坏了，送他去学厨师，学开挖掘机，读高中……全都行不通。

他每天在理发店里折腾自己的头发，今天烫明天染。理发店里招学徒，他看着好玩，跟着学。

他说：我第一次理出客人满意的头发，人家笑容满面感谢我的时候，我就知道，我这辈子是个理发师。

积奇学了手艺，十五岁只身一人来北京。

发现自己那点三脚猫功夫在北京不够用，于是研究别人都在哪里学手艺。

上海，香港，日本，韩国。

他定了目标，给自己存进修基金。学费 20000 块，存够就请假走一趟。

平日里的吃穿住行？

能花 1 块钱，坚决不花 1 块 2。

我问过好多次他那些年的日子。

我说："不觉得辛苦吗？怎么坚持下来的啊。"

他说："现在想想挺辛苦的，但当时真的挺开心的。

"当时什么别的都不知道，只知道自己一定要去日本进修，每天睡觉都想，睁开眼继续想，干什么都想——我跟你说哦，人要是想要什么能想到我当时那个程度，那真是一种莫大的幸福。

"每攒下一毛钱，就觉得离圣地更近一步，心里那个甜啊，啧啧，比吃什么蜜都甜！"

积奇今年二十九岁，理发十四年，从北京路边 25 块钱的理发小学徒，变成了三里屯两家造型中心的台柱子，男头女头都是 380 块动剪刀，还很难约。

因为他一个人每年平均营业额超过 100 万，总给人剪 380 块的基础头，亏本。

如今的他，今天在广州参加亚洲造型大赛，明天又去日本进修了……约他理发，还要先打听他的行程。

功成名就的理发师了吧。

可以旅游，吃吃喝喝，享受生活了吧。

没有，他只比以前更忙了。

有时候我在西雅图问他头发怎么打理，他那边是深夜一点，我想等他睡醒上班后，有空的时候说说的，他却永远秒回。

我十分不好意思，他却很兴奋。

他说理发师本来就是越了解客人，越能设计出适合他们的发型，谢谢我让他接触得更多。

他说："一点小忙不足挂齿，回头让我截图发个朋友圈就行。"

朋友圈发出来，原来他同时在解答五六个男男女女的打理问题。

他白天在店里剪一天头，入夜了还微信教学到深夜两点。

还感恩老天让他成为一名理发师，让客人需他，让他起床和熬夜都有目的，白天黑夜都感到幸福。

积奇过生日，我想送他一把理发刀，记了他爱逛的剪刀店。

打开一看，吐血了。

一把剪刀7800块。

他给我理发的时候，手边有整整三箱剪刀。

他说："剪刀之间差别很大的，不好的剪刀剪头发，头发会分叉。"

我说："你拿78、780还是7800的剪刀剪我的头发，我是分不出区别的，即使分叉，我也不会觉得是你剪刀的问题。"

我的言外之意，他已经是很好的理发师了，好到一定程度，是不会再加分的，因为外人看不懂。

他这个和老杨完全不同世界的人，居然说出了一模一样的答案。

"我知道剪刀之间的差别，就愿意投资，不图你给我发奖杯。我这个人就这点爱好。"

人能找到自己喜欢的东西，并且勇敢追求到它真好。

无论在考试卷上，他是差生还是优生，找到属于自己的领地之后，他都会变成发光体。

人最大的快乐，源于他知道自己在为了什么过这一生。

6

成功就是用自己喜欢的方式过一生。

这句话分三部分。

首先要知道自己喜欢什么，其次要有追逐它的勇气，追到了，还需要一生不渝的毅力。

太难了。

我见过这样一个人。

我的税法教授，Bill Resler。

我认识他的时候二十二岁，他八十二岁。

如果英语里有老顽童这个词，那一定就是 R 教授本人。

他老得所有的毛都快掉没了，脑子却还很清晰。教五门课。

别人一门课教五个班，图省事；他五门课各教一个班，图好玩。

没有一门课带课本，全凭一张嘴，复杂的美国税法被他说得跟评书一样清晰有趣。

连作业大都是自己改。

没有课的时候，他一个大学终身教授兼系主任，像高中老师一样，每天坐在办公室里，从早上八点开始，改作业，等学生去问问题。

只要是税法，他什么都知道。

不问税法，问他关于人生的疑惑，他也乐于倾听和分享。

我最喜欢听他讲故事，一整个学期，每天早上八点去他办公室坐坐。

我坐在他旁边，看着他老得挪动都困难，还兢兢业业上班，看不下去。

我知道他不缺钱。

小半个世纪前的越战，美国强制征兵，只有学校的录取通知书可以免兵役。

他为了不上前线，考上纽约最好的税法系——纽约大学。年轻时是纽约最著名的税法律师之一，还以永远不穿西服闻名华尔街。

他归隐西雅图之后，女儿们分别在华尔街做高管，在 MIT 任数学教授。

他一定是富裕的。

可我眼前的他，穿一件破 T 恤，坐在乱糟糟的书堆里批改本科生的作业，从早到晚。

太辛苦了。

我看得心疼。

我说："教授，您都八十二了，怎么不退休出去享受生活呢，学校里压力多大呀！"

他说："我退休过，太无聊了，就回来了。"

我这个用双脚丈量过世界的旅行体验师坐不住了。

"这世界很大啊，不只有北美，还有神秘的东南亚、崛起的中国、狂野的南非，还有南极！南极现在 100000 人民币就能去了！您可以去环游世界，现在特别流行退休老人坐游轮环游世界，享受一下年轻时的奋斗成果，还不累。您这样又上课又坐办公室，太辛苦了。"

他咯咯笑了一下，指指屁股下面的旧椅子。

"世界是很大，但我知道我最享受的地方是这儿之后，什么别处都不想去。"

我这才知道，这间办公室，是他走遍世界之后的平安喜乐。

我还是好奇："那您打算什么时候退休呀？"

他在改作业，苍老的轮廓被百叶窗散入的阳光镀了一层光。

他说了一句我一辈子也忘不了的话。

他说得那么清清淡淡。

他说："I retire when I die."

我死了就退休了。

7

2017 年 2 月，我环航太平洋回来，迫不及待去给 R 教授讲他讲过的大溪地。

照片还没洗给他，先在新闻上看到了他的讣告。

我说："不可能，我上周还在他办公室聊天！教授一切正常！"

他们说："他是忽然倒在办公室里的，没有人发现。"

学生去问问题，来了好几趟敲门都没人应，觉得奇怪，撞开了门叫来了人，才急匆匆抢救他。

抢救了一天一夜，医生宣告他死亡，享年八十五岁。

其实他身体一直不太好。

教我的前一学期，他突然倒在课堂上，中风了。

是学生们七手八脚，一边紧急施救一边叫救护车。

抢救成功后，他天天和医生斗智斗勇，闹着要出院，没几周就返校上课。

女儿们何尝不想爸爸住在疗养院里享受，老顽童太任性，根本不肯去别的地方。

关于 R 教授德高望重的传言很多。

有人说美国上百年的税法和税案，全在他的脑子里，一条不漏。

西雅图四大的专家们遇到难题，集全税务部智慧都无解，就会来找他询问思考方向。

他的研究生课上的演讲嘉宾，四大合伙人、世界五百强 CFO 轮流上阵，全是他的学生。

Foster 商学院税务系闻名全美国，他一个人托起了一半名声。

…………

这些传言加起来，都不如我亲眼所见。

商学院拿了最大的礼堂给 R 教授开追悼会。

周六，两个小时，礼堂所有能站能坐的地方全满了，门外也站满了。

黑压压的西装，密密麻麻，各个年龄的商学院人都从世界各地飞来了，他们许多已经长成了 1000 美元一小时的商界精英。

大家拥挤在一起，人头攒动。

他们当天来当天走，全都妆容素槁，表情凝重，一身庄严的黑。

那一天连机场都在紧张打听，究竟是出什么事了。

是这样的桃李不言，下自成蹊。

这样的一辈子。

他这一辈子，把他热爱的税法钻研得透透彻彻。

不图声名、金钱、地位，只为自己欢喜。

而世俗的荣誉，一样也没有亏待他。

8

几个月后，我去找老师（advisor）为下学期选课。

课程表打开，好几门税法还写着任课教授 Bill Resler。

清冷的晌午，我和老师同时静默。

许久他叹了一口气。

他说："We should probably change that."

——唉，我们大概要换掉这个名字了。

我想起三年前他那句轻飘飘的"我死了就退休了"，忽然恍惚了一下。

我们都说得出，用自己喜欢的方式过一生是最好的一生，却很难窥见它的模样。

原来就是这样的。

因为心中有所爱，因为一直把这份爱握在手中，因为每一天都在围绕它用力活着。

生也坦然，死也坦然。

人总是要死的。

如若我固有一死，能像他那样死去，真值得我付出一生。

9

用喜欢的方式过一生是怎样的感觉？

生得尽兴。

死得无憾。

后记

我去年回襄樊四中做讲座，有个叫胜男的小姑娘，拿了一篇打印的高考状元采访，哭哭啼啼找我。

高考状元被问学习经验，大声答："我高三下学期的时候已经找不到题做了，我做完了市面上所有的题！"

小胜男把文章贴在课桌上，激励自己，激励了一年，还在哭。

"另维学姐，我也想那么刻苦，可是怎么做都做不到啊，他们到底是怎么做到的！"

我对她说："那些能做完所有题的人，一定是因为爱。而你如果不爱，就不需要做完所有的题，你让成绩把你带去想去的地方，找到你的热爱，自然而然就会爆发出现在连想也不敢想的巨大能量的。"

我如今爱在微博直播日常。

常有人问我："另维学姐，我看你每天下课就去图书馆自习，自习到十一二点回寝室还能写文章，羡慕你的毅力！你可以教教我你怎么做到每天自律的吗？"

我这才意识到，原来这就叫自律。

我喜欢学心理学，喜欢上课，喜欢在课后多学一些，喜欢把学到的嚼碎，写成文章输出出去。除此之外，没有更好玩的事。

图开心的人做令他开心的事，不需要自我管理，更不是在磨炼意志。

我不知道我是不是在用喜欢的方式过一生，现在定论还为时尚早。

我只知道，老杨从小一学数学就开心，我从小靠挨打苦哈哈学数学，一度以为自己不配拥有老杨的快乐。

后来我考上大学，遇见心理学，一下子就懂了老杨那句话。

每个人都有一份属于自己的意义感，它可能不同，但一定有。

只看他有没有幸运碰到。

如果碰不到，有没有毅力找到？

许多人没找到，甚至没找，也能不明不白地把一生过完。

我希望你不要放弃。

找下去。

一定会找到。

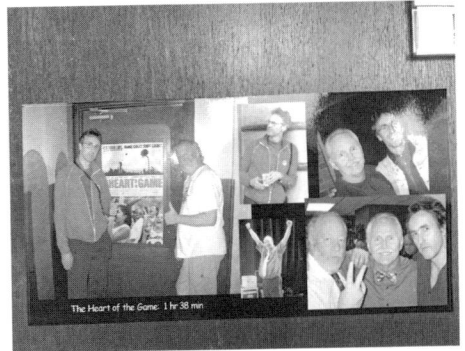

V
V
V
V

两张 Bill Resler 的照片

这扇门的背后，便是 R 教授倒下的办公室

 R 教授去世后的第二个学期，同他一起创办了华盛顿大学税法系的老教授要下了这间办公室

并在门上贴满了 R 教授与他的合影

R 老顽童的模样此刻依然在那门上

两分钟的赢家

阿宗是我最无法忍受的朋友。

但我还是忍受他，因为他也是我最酷的朋友。

我见到阿宗的开场白永远一句话。

"把你的故事写出来吧，不然太暴殄天物了！"

他操一口襄樊话："么（没）文化，不会写。"

用我们湖北土话讲，他小时候成绩差得很。就上了个省内三本分校，还是艺术生。

没想到毕业两三年摇身一变，足迹遍布全世界，旅游部门抢着邀请。妥妥的环球摄影师，年入百万，绰号人赢。

人生赢家。

他变身人赢阿宗之后，我妈依然说："找另一半一定要擦亮眼睛，有些男人再好也不能嫁，比如阿宗那样的。"

1

阿宗向来神出鬼没。

暑假，我在普华永道做审计师，忽然收到阿宗的微信。

"我在北京，明早飞玻利维亚，吃个晚饭？"

年初，歌诗达游轮开辟四十六天环行南太平洋航线，我是百来个受邀旅游博主之一。

阿宗是唯一受邀摄影师，我们一起漂在船上干活儿，陪阿宗妈卡五星[1]。

下船至今，我闭关写新书，回西雅图继续攻心理学和会计学位，申请四大，做旅游博主。

他去芬兰拍极光，去印度尼西亚拍星星，去美国拍日食，去四川拍熊猫。

我们又已经小半年不曾碰面。

我说："好啊，我赶紧把手头的活儿弄完，我们公司楼下见？就是央视大裤衩正对面那栋。"

三十分钟后。

"到了。"

我急忙收电脑，进电梯。

在大堂里三层找外三层找，不见人影。

我说："你人呢？"

他不吭声消失就算了，还大半天才回消息，留我踩着高跟鞋在人流里干着急。

"我刚刚等你的时候看到大裤衩旁边有四栋没竣工的楼，距离刚好，感觉能拍地标，就爬上来了。"

我一脸黑线，说："好拍吗？那我也上去。"

---

1 湖北襄樊特有的一种三人麻将。

"你别来。"

他连忙阻止："这楼还没盖好，地也没铺，也没墙，还巨高，贼危险。我刚刚开门，门把手连门一起给人家拧掉了。我怕一会儿有人找事，我带着你不好逃……"

我勾勒了一下场景：一个小眼胖子一把拧掉一扇门，贼头贼脑溜进建筑工地，在没墙没地板的高空之上时刻准备拔腿逃命……

成龙的电影才敢这么拍，我打消入伙的念头，改做知心姐姐。

回复："哦哦哦，那我去 7-11 买点吃的，你拍好了下来给你充饥。注意安全。"

阿宗出现的时候，左右手各拎一个三脚架，身宽体胖，气喘吁吁面红耳赤一阵小跑。

越过我也不停步。

我小跑追上去。

"怎么了怎么了！真追上来找你赔门了吗！"

晚高峰在身旁，马路上，汽车们亮成一条红红黄黄的霓虹小溪，北京城变成一座巨大的停车场。

我和阿宗一前一后逆流小跑。

有人侧目，奔跑的阿宗也不管。

他一边跑一边回答。

"今天撞大运，肯定要出牛 × 日落！我刚刚构思了一哈（下）子，要是能在对面那栋大楼上取个大裤衩日落，加上这条街上慢慢亮起车灯的车流、路灯、店儿，弄个延时出来绝对牛 × ！"

他在说十几个街口外的阿诺药业。

我被他带出了襄樊话，在东三环北路上边跑边喊。

"现在克（去）爬那栋楼？你莫（别）光看到近，实际上远滴狠（远得很）！"

他倒比我清楚，回喊。

"日落还有二十分钟开始，跑跑锻炼身体，赶不上去球（算了），赶不上吃饭克！"

还真给他赶上了。

大楼戒备森严。

他像一个训练有素的詹姆斯·邦德，因为常年不修边幅，冬天冲锋衣夏天破T恤，很不时尚，只能当乡村版007。

他熟练地收好器材，蒙混过保安，研究了一下大楼布局图，继续狂奔。

转眼之间，阿宗已经找到两个完美的架相机制高点。

只见他从背上的超大黑书包里抖出一堆工具，全部装好，然后一屁股坐在地上，开始喘气。

我喘得直不起身，按住膝盖。

我问："你要拍多久？我怕再晚餐厅就取消我们的订位了。"

"十五秒一张，960张。"

我："…………"

夕阳开始了，果然是北京城难得一见的红霞漫天。

我忍了三秒，咽下一句"你知道我中午饭都没跟同事吃！坐在办公室里一边啃早餐剩的半张煎饼一边在大众点评北京餐厅早早订位！觉得你难得来北京我不能亏待你！然后一下午一边饿肚子一边安慰自己没事晚上吃好的补回来……吗！"

怀着内伤，我说："那我先走了啊，本网红晚上要一直播健身，等不到

273

你拍完。"

阿宗背对着我捣弄相机，好像没有听见。

我知道又到了我说一句话，平均问三遍等十秒，才能等到他"嗯哼"之类的敷衍的时候了。

我在翻脸之前果断地走了。

深夜两点半。

我在被窝里，刷到阿宗一分钟前更新的朋友圈。

一张相机照片，相机屏幕是漫天橙红里的大裤衩，定位药业大厦。

"收工！今天运气不错，撞大运撞上北京这种夕阳！"

我回了一个微笑挥手再见的表情。

阿宗私信我。

"另维，我今天绝对是专门找你吃饭的！"

我回复："滚。"

我没有生气，我早已历劫成仙。

在船上和这个人朝夕相处了四十六天之后，无论他怎么出幺蛾子，我都已经波澜不惊。

2

那时候船过赤道无风带，水天一色，湛蓝得漫漫无垠。

天上无云，海上无波。

我们背上相机拍船头。

船头风最凛冽，人只消靠近那一带，立刻被吹得说不出话，一张口风就灌满嘴巴。衣角和发丝纷飞，摇摇欲飞。

歌诗达大约出于安全考虑，整个船头都围上了巨大的塑料挡板。

塑料挡板斑驳，船客们镜头伸不出去，放在它后面，一片模糊。

船客们兴致勃勃来，败兴而归。船头很快人烟稀少了。

阿宗说："我要一个船头景。"

他上上下下打量，观察地形，一丝不苟。

突然一下子，他胳膊一伸腿一蹬，翻身站上栏杆。

如此，人刚好比塑料挡板高出一个头，相机架在挡板沿上，问题完美解决。

我连忙学样。

调试相机，站上栏杆。

——好一张太平洋上的乘风破浪！

马上我又十分可惜。

"……构图不够完美哎，镜头要是能再多框进 1/6 的船头就好了，可惜我们已经爬到最高处了。"

我说完，没听见阿宗的回音，扭头看他。

瞬间吓出一身冷汗。

——人呢？！

我吓得差点摔下去。

抬头，阿宗正又胳膊一伸腿一蹬，屁股坐上了挡板，整个身子落在安全罩之外。

船本来就晃，他迎着风，身体都没办法固定，再赤手举相机，根本什么也拍不了。

我想喊："下来吧，太危险了！"

不敢喊，怕一惊着他，真把他惊得掉下去了。

只能屏住呼吸，见证他收起相机，挎在脖子上，然后挪动屁股，小心翼翼探出一只手，抓不远处的桅杆。

那桅杆在狂风中呼啸。

一个没抓稳，掉下去被吸进船底四分五裂，绝对是一瞬间的事。

阿宗抓紧桅杆，灵活一哧溜，手脚并用，像树袋熊一样绕上桅杆。

固定住了！

他麻利架好相机。

我这才敢大口呼吸，大声叫喊："你不要命了！"

阿宗拍完照片，低头俯视我，还是那口懒洋洋的襄樊话：

"这儿角度好。"

阿宗的照片拿出来，正是我想要的多 1/6 的船头。

怎么拍出别人拍不出的风景大片？

王安石在 963 年前就教过世人秘诀了。

"世之奇伟、瑰怪，非常之观，常在于险远，而人之所罕至焉，故非有志者不能至也。"

道理我懂，志我有，也不算胆小，可是面对根本没有可能到达的地方，我自然而然的想法是："好可惜呀！"

而阿宗想方设法，创造可能性。

后来我渐渐发现，阿宗没有想方设法，不是在挑战自己，也根本没有"加油哦，你可以的！"的下决心过程。

他是本能。

前方有瑰丽，他本能地，哧溜一下就上去了，像有神明或者魔鬼在拉他的手。

3

阿宗环航南太平洋的时候，二十六岁，已经是中国最好的星空摄影师之一。

歌诗达爱极了他拍的视频，13万的船票赞助他两张，叫他带上助手，工作任务是用四十六天拍一段几分钟的视频，歌诗达只要使用权，并且另行支付使用费。这待遇有且仅有阿宗一个。

画画班上的发小谢毛毛，大学毕业后，在新加坡做铁路工人。

阿宗把他招回来，倾囊相授，组成阿宗团队，一起上船。

于是，我们三个襄樊娃子，在阿宗的带领下，满船上蹿下跳，不分昼夜。

我们一边找地方架相机，一边见识更多阿宗神奇的本能。

夜里一点拍星星。

阿宗要穿过一条不起眼的甬道，去一条人迹罕至的小楼梯，躲避光污染。

他拧开门把手。

只见地板上布满凌乱衣衫，顺着往上望，乖乖，偷情的意大利人和中国大妈正一丝不挂、纹丝不动、惊慌失措看着我们。

阿宗说了一句襄樊话，面不改色走了。

他说："借过。"

我和谢毛毛捂着脸跟在后面。

我又渐渐发现，阿宗的横冲直撞不是莽撞。他脑子相当有数。

所有客房的布局、发动机和排污口在哪儿，他上船前就搞得一清二楚。

他脑子里有个亚特兰大号 3D 全景图，里里外外 360 度无死角旋转剖析。他说船上没有更好的角度，就没有更好的角度。

阿宗飞无人机，一样的风格。

船上的乘客，都是有四十六天的闲，还有 13 万的钱的人。富爷爷阔奶奶站在甲板上拍日落，简直是一场奢华摄影设备展。

他们什么刁钻新奇的设备都有，加上近百家旅游媒体和摄影博主，甲板上简直天天有人在飞无人机。

很快结论就出来了：船上飞不了无人机，一飞就炸机，葬身大海，没有例外！

阿宗背了四个无人机上船，不着急飞，每天敞开落地窗在房间打游戏，冻得访客们直流鼻涕。

忽然他游戏不打了，站起来："走，飞飞机克。"

我说："你游戏里的人想打死你。"

他说："这天气飞无人机牛 × 得很，赶紧赶紧！"

话音未落，已经连人带设备没影了。

阿宗飞无人机，掏出一面小红旗，一看旗帜飘扬的方向和强度，就知道能不能飞。

他观察完风向和风速，还结合船速做算术。

他教我："船上风大，无人机一上天就会跟着风往后跑，船又在往前开，加上信号干扰，只能全手动操作。你要观察，现在船在往南半球开，风向西北，船速××，风速××，只要这三项数据在这个范围里，都可以试试起飞。要抓紧时间，这种机会可遇而不可求！"

我说："大哥，你不是成绩巨差还是美术生吗，怎么会物理？"

无人机在他的解释声中"唰"一下飞上天空，转眼消失在视线里。

他说："网上看的。"

阿宗不仅上网看，他还善于抓住一切机遇学习。

后来我参加大疆的品牌活动，阿宗叮嘱我他们的专业飞手不少是工程师出身，对机器性能和极限极其了解，要我抓紧机会多问，那些比他们给的钱值钱。

好多人混到阿宗这份儿上，出席商业活动露个脸就走了，阿宗赖在工程师身边研究机器。

海上航拍果然意外重重，阿宗幸运了几回，无人机终于失控。

大家都在惋惜大师的机器也要葬身太平洋了，阿宗没放弃也不着急，他一边追飞机一边大喊谢毛毛。

一早守在船尾的谢毛毛闻声，手里的毛毯一甩，就把无人机扑了下来。

我越了解阿宗越发现，他应对意外的办法比意外还多，都是安排好了再出手冒险。

他坐在甲板上检查无人机，报了几个确认损毁的零件，叫谢毛毛去取工具箱。

我们拉他吃晚饭，他坐上餐桌旁若无人地换零件、修机器。

那股子钻研又专业的劲儿，我如果不是一早认识他，一定会误以为他是个学霸。

4

旅行体验师们抱怨这行苦，常说别的工作都是越老越值钱，新媒体却日日面临淘汰：

一月份会拍照修图写攻略还能混，三月客户就想要视频了，视频还没太学会，又有新玩意儿先出来了，"这回活动我们只要航拍博主"……搞得大家纷纷活在一觉醒来，营生手段已经被淘汰的恐惧中。

阿宗不恐惧。

甭管什么新玩意儿，市面上流不流行，但凡是拍摄工具，阿宗都能想方设法搞到手，整日把玩。

上船时，我们一人得了个全景相机，我见镜头太鱼眼把人拍丑了，马上失去兴趣。

阿宗那个像粘在他手上一样，被他双眼放光捧着赞美："这视角牛啊！"

阿宗头衔不少——中国最早一批延时摄影师，中国最早一批航拍摄影师。

你认识他之后就会明白，他不是故意的。

只要是能帮助他拍出好照片的，别说是摄影器材了，什么刁钻诡怪的十八般武艺，他都不放过。

比如潜水。

我们在塞班潜水。

当地教练说："这一带除了监洞都安全，蓝洞尽量算了。那儿虽然景观特别，洞口洋流太复杂，好多人游到那儿就被冲走了，死亡率最高。"

不出所料，阿宗只问一句。

他问："好拍吗？"

教练说："美极了，天上的光打在水面上，从洞里往上看，简直是一块巨大的天然的深蓝色宝石，妥妥的世界级奇观，大自然的瑰宝！"

阿宗和徒弟谢毛毛检查好潜水服，纵身一跃。

教练跟了一圈回来，赞不绝口："两个都是好手，都欢迎留下来跟我一起当教练！"

比如登山。

我们在巴布亚新几内亚，看见了计划之外的活火山。

阿宗原计划潜水，穿的是拖鞋。

火山不久前才小喷过一次，山下的湖泊还冒着烟兼滚泡泡，脚下的火山灰很烫。

同行的都叫拖鞋阿宗别作死，阿宗望了望心心念念的火山口，背好无人机，耳朵一闭：爬！

阿宗踩着烫坏的拖鞋在活火山顶飞无人机。

我爬不动了，拉着土著导游在半山腰气喘吁吁，想着就搁这儿架相机得了。

阿宗在火山口大声喊我，很兴奋，还是那口粤普话：

"这儿角度好！"

我对导游说："见笑了，那是我最不珍惜生命的朋友。"

导游咧开嘴，露出鲜红的牙齿笑了。

"那孩儿虽然鞋没穿合适，但他找来的登山棍，身上背的水源，登山的动作、节奏，储存体力的方法，都堪比专业选手。我更担心你。"

好吧，就算阿宗不瞎玩，也有处理严峻的能力，但他那面对生死的态度，实在太不端正了。

阿宗随身携带很多纪录片，如果你看过他那个超大硬盘，也会觉得，他已经收集了全世界所有的好纪录片，并已然如数家珍了。

去世界三大活火山岛国——瓦努阿图之前，阿宗带领我和谢毛毛在房间狂看火山纪录片，一边看一边手舞足蹈讲解，用襄樊话：

"斗（就）是这两个人，专门拍火山纪录片滴（的），他们拍完老地球上所有的著名火山！——看到没有？火山星子蹦出来，蹦到跟前这两个人退都不带退一步，牛——×得很！后来有一回他们拍到火山爆发，没来得及跑，直接被岩浆吞老！那一部片子我也有！"

我说："好惨啊……"

他说："惨什么！多牛！"

"…………"

这就是为什么我妈强调，阿宗这种人再好玩，也绝对不能当丈夫。

偏生阿宗拥有最完美的爱情。

5

阿宗早婚，媳妇叫尔秋。

阿宗怕媳妇。

那时候在船上。

有一天，阿宗一个人坐在餐桌边发呆。

他在起航仪式上上过台，歌诗达特意邀请的著名摄影师，大约不少船客有印象。

他往餐桌一座，不一会儿就来了个妆容精致的妙龄女郎，大大方方拉开他对面的椅子，坐下来，支着下巴笑盈盈打招呼。

电光石火间，阿宗像是屁股上长了弹簧，整个人"噌"地弹起来。

还摔了一跤，摔了跤也不停，就那么一崴一崴，急急忙忙走了。

太没礼貌了吧。

女生一个人坐那儿好尴尬。

我赶紧装没看见，绕过去嘲笑阿宗。

我说："你至于吗？"

阿宗说："船上这么多人拍照，万一拍到传到秋儿那儿去了，麻烦。"

我说："这么小概率的事件你都能怕成这样？而且你多大的人了，成年人在餐厅里吃一顿饭，又不是从你房间里出来，从房间里出来还能是聊工作呢，几句话解释清楚的事。"

"麻烦。"

阿宗觉得那也麻烦。

我难得逮到机会损他，绝不放过："你晓得你刚才多尿吗？哎哟，没拍下来给大家看简直要成我人生一大遗憾了！"

要面子的阿宗想甩掉我，一路小跑去甲板，边跑边冒襄樊话：

"拍星星拍星星。"

我跟在后面喊："晚上八点你拍个啥星星！"

阿宗至今住在襄樊。

襄樊节奏慢，成年人聚在一起，习俗是吃晚饭卡五星到九十点钟，然后要么继续奋战到凌晨，要么换个地方唱K喝酒。

尔秋规定阿宗十二点前到家。

阿宗每回出门，不管在哪儿，玩得多嗨，十一点半准时屁股疼，干啥都坐不住，直摸车钥匙。

新来的教育阿宗："媳妇你要教育她听话，不能叫她骑到你头上，搞习惯了那还得了？大老爷们，还是成功人士，不能搞得没有家庭地位！"

发小们会拦住新来的："莫为难他，阿宗怕媳妇。"

阿宗怕媳妇，在襄樊这堆发小里尽人皆知。

尽人皆知的还有阿宗的爱情故事。

阿宗刚上高一的时候，学校的街舞社招新，阿宗排队报名，一眼看上排在他后面的尔秋。

阿宗急忙表白，尔秋急忙说No。

尔秋漂亮，成绩年级前三十，还从小弹钢琴。传说中的书呆子女神，连拒绝阿宗的理由都是"我不想影响学习"。

阿宗不知是哪根筋还没发育好，听不懂拒绝，照追不误。

早上给人家送早餐，晚上给人家打开水，一下课就跑去人家教室门口晃。

尔秋一说："同学，你能不能别这样对我了？"

阿宗就很兴奋，女神跟我说话了！

连忙扑上去回答："同学，我真的特别喜欢你，你给我一次机会吧！"

一天接一天。

十六岁阿宗为追尔秋干过的傻事，写出来比家乡那条汉江还长。

听说尔秋报了艺术班学音乐，阿宗连忙变成美术生报同班。

两个人都在街舞社跳 breaking，阿宗就进步神速，积极竞选社长。

当上社长之后，主要心思是研究如何给尔秋行便利，给尔秋开小灶。

尔秋不见他，不要他的东西。

他就趁尔秋不在，偷偷把早饭放在她课桌抽屉里，晚饭点跑去偷人家开水瓶，打满水再给放回去。

十六岁的尔秋全年最大的困扰，应该就是如何甩掉这条黏屁虫了。

可惜那个时候没有知乎，尔秋无法集结万千网友的智慧科学有效地甩黏屁虫。

阿宗也无法集结万千网友的智慧科学有效地追女神。

所以整整一年后，阿宗还在锲而不舍地用傻瓜的方式表白。

他跑到江边喝得酩酊大醉，喝醉了就有胆子给尔秋打电话。

他在电话里对着汉江大声喊："我真的真的好喜欢你啊！你为什么永远不给我一次机会呢？"

喊着喊着就号啕大哭。

尔秋大半夜在电话那头听他哭，觉得好可怜啊，追了那么久还追不到，太可怜了，也跟着哭。

哭到不知道什么时候睡着的，挂电话的。

第二天尔秋看到他，胳膊上有伤，想起昨晚，突然心很痛。

阿宗走过来，认真看着她。

他一个字一个字地说："你别哭，我这次真的是最后一次问你，你拒绝我之后，我保证以后再也不缠你！求你别哭了！"

尔秋还在心疼他的伤呢，听他这么前所未有地严肃，直接心碎了。

这就是两因素情绪理论[1]里典型的错误归因[2]啊！

尔秋把她的同情当爱情了。

这不对！

可惜这时候我也还是中学生，还不能用大学学到的心理学知识，科学有效地帮助尔秋悬崖勒马，迷途知返。

高一暑假，尔秋就这样误入歧途。

她用收件箱只有三十条容量的诺基亚手机发了一条至今还在的短信。

"我答应你。"

2007 年 8 月 26 日，5 点 20 分。

这个魔法般闪着光的时刻，这条短信，改变了两个人的一辈子。

很多年后，当阿宗成了神秘的著名职业摄影师，还发了福，整个人圆圆墩墩，表情不多话也不多。

你一定已经想象不到，在 2007 年那个阳光明媚的夏天，那个瘦瘦的街舞团杀马特，第一次蹦向他的小女朋友的样子。

---

1 Two-factor Theory of Emotion，当代心理学界普遍认为，人的情绪产生分两步，生理先产生反应，大脑再根据人当时所处环境和情况进行判断，情绪是大脑判断的结果（Schachter）。例如，你心跳加快手心出汗，此时你刚好在一条眼镜蛇面前，大脑会认为这种情绪叫害怕，你在怕蛇。同样的心跳加快手心出汗，如果发生在你狂跑 10000 米之后，大脑会认为这是运动所致，你没有情绪。这个几十年的公认观点最近有争论，感兴趣的人可以翻一下 Lisa Barrett 2017 年的新书 *How Emotions Are Made: The Secret Life of the Brain*。学术书籍，不是很好看。

2 Misattribution of Arousal，社会心理学研究成果，在爱情中大体指人们常无意识地把环境等并非爱情引起的反应归结为爱情。经典实验包括吊桥效应，即女人在危险的吊桥对面给男人留电话，男人事后请求约会的概率比他们心跳恢复后再留电话高出 30%（Schachter&Singer 1962）。以及女孩和男孩约会时给男孩一杯双倍咖啡因咖啡，告诉他是无咖啡因咖啡，男孩会把心跳加快和精神越来越好的原因归结为对女孩感兴趣，从而判断自己非常喜欢女孩。这也是心理学家会建议感情淡化了的老夫老妻一起做刺激的新事物的科学原理，人们会下意识把由新环境引起的生理刺激归结给身边人，从而判断是爱情回来了。

那笑容，脸上的每一根筋都开花了。

6

高二开学。

阿宗搞了个本子，用他那手鸡爪子爬出来一般的字，写恋爱日记。

写得歪歪扭扭，但坚持写，日日写：第一节课尔秋笑了，第二节课老师叫尔秋回答问题了，第三节课阳光洒进教室了，有一缕刚好散在尔秋的头发上，美极了……什么芝麻绿豆大的事都不放过。

还非叫尔秋给他回信。

睡一觉起来，又不准尔秋回信了，不可以影响她学习。

尔秋成绩好，班主任盯得很紧。

为了不让班主任拆散他们，尔秋比任何时刻都用功学习，一边学一边鼓励贪玩阿宗，在一起就要共同进步。

一会儿哄他，考试进步十名，周末就一起逛街买文具；一会儿又说，考进全班前二十，放学就跟他切磋 breaking。

高二一年，被迷得晕头转向的阿宗成绩突飞猛进，进步奖品本拿到手软，一度变成优等生。

艺术生的高三是最苦的。

冬天，艺术班"倾巢"搬去武汉，在一所破旧的废弃学校全封闭集训。

尔秋被关了起来。

阿宗跑到外面报小课，每天早出晚归，每次归来必定捧着热腾腾的武汉小吃——豆皮、热干面、麻辣烫，塞到尔秋手里，日日不重样。亮瞎全体其他考生的眼。

可是，被关起来的尔秋没办法知道一件事。

她不知道，贪玩阿宗每天出去上课，除了带小吃之外，还泡网吧打游戏。

高三打游戏，这让画画成绩很好的阿宗因为文化课，被很多好大学关在了门外。

尔秋考得好，阿宗追随她，去了离她不远的三本。

打游戏的后遗症依然在。

阿宗太贪玩，上大学后，游戏打得越发没有节制，还因为游戏语音，认识了女的，跑去跟人家网友见面。

尔秋哭了，哭着说再也不要在一起了。

如果你看过阿宗后来在沼泽上探路，在冰川上爆胎，在雪山顶上挨饿受冻十几天，一律不紧不慢，会觉得阿宗这辈子什么也不怕。

我知道他怕什么，他怕尔秋哭。

尔秋一哭，他的世界就塌了。

二十岁的阿宗什么也不要了，他下跪。

哭着求尔秋回来。

尔秋擦干眼泪，原谅了他。

阿宗再也没有不眠不休地打游戏。

这事过去六七年了。

现在的阿宗，在襄樊买了一套大公寓，超级大，主卧室里的 Kingsize（超大号）床、婴儿床和婴儿玩具区加起来，才刚刚占到一半面积。

房间还很多，阿宗有个专门的书房，各种器材摆了一屋子。

所有的屋子，墙上都挂了许多阿宗的作品。

世界屋脊的风光照，环球旅行婚纱照，大小错落有致。品位很好。

可是进门处有半面墙，画风突变，像是穿粉红色裙子的樱木花道乱入《蒙娜丽莎》一样不和谐。

那墙上扎满了红色气球和彩带，还拿大红色充气条在中间弯出一道丑陋的"happy marriage"，特别诡异。

我看不下去，对他说："你身为一个摄影师，怎么能容忍自己的新房有如此不和谐之画面？"

阿宗在削苹果，一块一块切下来放进碗里。

阿宗说："我跟我媳妇保证过要弄滴。"

我说："啥时候？"

"高二，高三，不对，高二，忘见老（忘记了），反正斗那时候。"

苹果削好了，阿宗端起碗，屁颠屁颠跑去找正在喂奶的尔秋。我跟谢毛毛被他扔在客厅里。

现在，尔秋生了个儿子，相机镜头一对着他就笑。

我每回回家乡都爱不释手。

我回家乡不多，他们总记得接我，接到我就出去浪。

阿宗、尔秋、谢毛毛和我，我们四个坐在阿宗的巨大号 SUV 里，抢着玩儿子。

阿宗最敢坑，把儿子装在止副驾驶座中间的储物箱里说："嘿嘿嘿，刚好装下！"

尔秋看到了就追着打。

大多数时候，阿宗和谢毛毛在前头开车，我和尔秋在后座温柔地玩儿子。

尔秋会轻轻拍着怀里还只有几个月大的儿子，小家伙有像尔秋的眼睛，用阿宗的目光惊奇地看世界，不一会儿就累，头一歪就睡。

尔秋就把软糯糯的小家伙抱在怀里，一边拍他的背，一边柔声柔气地和我聊天。

她最近爱感悟一些怀孕、生产、喂奶方面的注意事项，要给我打预防针。

我总觉得这事还离我太远，左耳朵进右耳朵出，一转头，看见她低头望着儿子的温婉的侧脸。

我那一颗"世界这么大起码还需要我再浪十五年"的石头心，会在这一刻动容。

尔秋高一的时候是 break dancer，从发型到衣着，特别杀马特。

现在她扎乌黑的麻花辫，穿着长裙，温柔地看襁褓里的孩子。

她现在有我见过的最恬静温婉的侧脸。

我总是忍不住想，这个世界对她多温柔，才能让时光雕刻出一张这么温婉的侧脸。

我忽然想起，阿宗生平第一次摸相机，不过是并不算久远的 2012 年。

那时候他们升大三，刚闹完危机，阿宗第一次带尔秋出远门。

尔秋说，你别把我拍丑了。

阿宗默默听了进去，默默攒钱买了一部佳能 600D，默默找了个摄影论坛，一边读相机说明书学习光圈快门和 ISO，一边在论坛上，研读网友的摄影心得。

阿宗带尔秋去丽江、泸沽湖和大理，沿途翻烂了相机说明书，疯狂拍照 5000 张,把尔秋和云南都拍得很美。

7

阿宗的云南照片发在论坛上,获得了一些网友肯定,兴趣大发。

尔秋见他的注意力终于偏离打游戏了,连忙想方设法,鼓励他好好搞摄影。

大学的后半段,阿宗就这样爱上了摄影。

他四处找地方拍照,拍完襄樊拍湖北,跑到神农架原始森林里,一待好几天地守星空,回家之后,又兴致勃勃地剪三天两夜,做出一套延时摄影视频。

视频传到网上,又小转发了几天。

阿宗喜得每天春光满面。

2013 年,延时摄影在中国还是个新奇的东西。很快,有景区给阿宗私信,问他接活儿吗,他们想要一套展现景区风光的延时摄影视频。

阿宗拿着他已经过时了的佳能 600D,颠儿颠儿跑过去。

他第一次用摄影挣钱了。

还有西藏的旅游公司给他发了全职 offer,叫他过去拍西藏。

阿宗大学还没完全毕业,就拿着第一桶金买了火车站票,雄赳赳气昂昂地去拍西藏。

没想到入职不到一个月就被人开除了。

阿宗当时,已经下了好好拍西藏的决心。

加上觉得回去丢人，阿宗变成无业游民之后，没有离开西藏。

他找到一家青年旅舍，一张床位一天 20 块，长住下来。

药王山，南迦巴瓦，唐古拉……

阿宗拿着他的破电脑，搜维基百科，搜纪录片，一座一座学习西藏的山峦。

他学完了就爬，爬完了再学。为找到最佳的拍摄点，扎个帐篷，裹床被子，守在三脚架前几天几夜。

等日出，等日落，等云海，等星星。

当时的阿宗，身上还有几万块钱，以他那时候每一分钱都计较的花钱方式，再生活几个月问题不大。

可是阿宗越拍，灵感越多，竟产生要用他那台过时相机，展现出整个西藏星空之美的野心。

器材不够用了。

阿宗需要轨道，一台轨道七八千块，阿宗没有。

没关系。

论坛上搜一搜原理，淘宝买来一千出头的零件，自己组装一个，虽然丑重，但是能用，背着上山去。

坐吃山空不够用了。

阿宗咬咬牙，跟藏民买下一台已经开了 15 万公里的二手车。

一来，上山可以睡车里了；二来，可以拉黑车搞收入。

此时的阿宗，已经对周围山脉的拍摄点了如指掌。

他在青旅门口贴小海报：摄影师亲载绝佳拍摄点之旅！包来回！

阿宗办事周到，没有几个月的工夫，口碑传出去，平均十五天能挣小一万。

车钱回来了，还把器材小更新了一下。

阿宗嘿嘿笑着给刚刚毕业回到襄樊的尔秋报喜。

这是他报告给尔秋的部分。

他没报告的，就是一本惨烈故事集了。

阿宗在西藏有严重的高原反应。

刚开始爬雪山、守星星、拍照片的日子，动不动就胸闷喉咙疼。

有一回感冒了，发高烧，烧到不能拍照片，只好去诊所看病。

去之前，阿宗左研究右研究，发现怎么治都挺贵。

于是阿宗跟大夫说：我打一针退烧针就行。

阿宗打完退烧针，背起三脚架和自制轨道就走。

藏区大夫追出门，追了好远，拍着他的肩膀叫他先别拍照片了，先回家好好休息。

塞给他几包葡萄糖，不要钱。

阿宗吃完葡萄糖，在他的20块钱一天的青旅单人床上昏睡了三天三夜，受邻床几个穷游背包客的照顾，活了过来。

继续爬山。

阿宗的车破，西藏的山路又不好走，爆胎跟吃饭一样寻常，补都补不及，活生生把阿宗训练成了修车师傅。

可是有一回车坏在无人区里，实在修不好了，阿宗不敢乱走，窝在车里静静守着。

不知怎么睡着了。

是不会说汉语的藏民把车窗敲得"咣咣"响，把他敲醒，用微笑和手势领着他回到村子。

阿宗拉黑车，遇到好游客，那简直是一群菩萨。

知道阿宗夜里要拍照，他们主动揽下开车任务，叫阿宗在后座睡觉。

末了还给他食物，帮他搭帐篷。

阿宗感激他们，没什么别的回报，开设山顶免费摄影课，知无不言。

也有时候，好不容易拉到人要挣吃饭钱了，人家要赖不给钱，还仗着人多威胁阿宗。

阿宗只当撞见了网上说的"垃圾车人"，背着满身垃圾负能量到处找地方倒。阿宗能做的，就是在遇到之后，不让他们把垃圾倒在自己身上。

所以阿宗笑笑说算了，只当交个朋友，还祝他们旅途愉快。

最穷的时候，阿宗在藏区的村子里，每天吃面条，除此之外，什么都吃不起。

他坐在餐馆里看别人吃，见人要走了，就上去问别人还吃不吃，对方一摆手，他马上端过来狼吞虎咽。

阿宗就这样补给营养，防止身子再次垮掉。

西藏再艰苦，只要能爬山，能在山顶裹着被子用三脚架守星星，阿宗无所谓别的。

他就真的像《月亮和六便士》里的斯特里克兰德在塔希提岛时一样，

穷到不行就出来工作，只要能挣到画笔和颜料的钱，他什么都无所谓。

挣到之后更什么都无所谓了，大门一关，一天接一天地画画。

只要能画画，斯特里克兰德们的灵魂就能像烈火一样点燃生命。

8

那时候，尔秋大学毕业回了襄樊。

小城里的姑娘，谈婚论嫁的年龄，在家长和街坊邻居的淫威下，谁不得找个工作稳定的，事业单位的，跟了就下半生不愁的。

尔秋不。

尔秋去银行实习，尔秋找稳定工作，支持阿宗搞摄影。

大学毕业第一年，三百六十五天，阿宗至少三百天在西藏山头扎帐篷。连履行异地恋义务的视频聊天，都是奢侈。

尔秋鼓励他，像高二管教他学习一样，变着法地给他打气，坚定地要嫁给他。

那是他们在一起第七年。

精挑细选十万张照片。

一个人拍完又一个人制作。

十个月风餐露宿。

半条命搭进去。

——铸一部仅仅 10 分 06 秒的延时摄影视频。

阿宗的《西藏星空》诞生了。

那是中国第一次有人，用延时摄影，把整个西藏的云海和星空记录下来，端给了世界。

网络时代真好啊，像薛之谦说的，社交媒体让才华难以被埋没。

阿宗的作品发出来，微博七万次转发，全网播放突破两亿，成了好多网友去西藏的原因。

央视未经授权用了七秒，还在阿宗的维权电话里说出"中央电视台用你几个素材怎么了？"，被阿宗录了下来，引起网络舆论的轩然大波。

网友们一边倒地帮阿宗讨说法，李开复和营销号们都自发地发声了。

整个事件在微博热搜上挂了几周。

阿宗很感动，也很害怕。

越来越多的人看到了《西藏星空》，包括摄影界公认的神——Ling。

阿宗见了大神，连忙拜师学艺。

此后每一部作品拿出来，都是在展示一次质的飞跃。被商业客户和旅游部门捧着钞票追着请。

如果你把阿宗的作品全都连起来看一遍，会发现《西藏星空》拍摄手法单一，画面剪辑生硬。

比起他后来的游刃有余，与其说《西藏星空》是一部摄影作品，不如说它是一场少年人的执拗与热烈。

粗犷，粗暴，一帧一帧全是世人没见过的极地。

极地的星空和云海，在阿宗的镜头里，是他生命和灵魂的交付。

很震撼。

同时也代表不了他现在的专业水准。

可是每回阿宗做作品展示，总要从《西藏星空》开始。

每次我都想告诉他，那是减分行为，他后来的每一部作品都碾压《西藏星空》，十倍百倍碾压。

可惜他对《西藏星空》感情太深了，至今还每年回一次西藏。我一直没好说。

二十四岁，阿宗跟尔秋求婚了。

尔秋不想进影楼，阿宗问："那你想要什么。"

尔秋也是敢说，把世人的著名终极梦想说了。

"我想跟你一起环游世界。一边环游世界，一边自己拍婚纱照。"

阿宗说："好。"

阿宗策划环游世界，简直不让尔秋受一丁点苦，全程吃好的住好的，预算100万。

还没算完，歌诗达游轮开辟八十六天环游世界航线，他们找到阿宗，送船票送温暖，换阿宗拍一部航海的风光纪录片。

我们的著名星空摄影师阿宗，二十四岁，接了工作，带着几箱婚纱和一个尔秋，上船环游世界去了。

他们环游世界，拍婚纱照，还倒赚一笔钱之后，在毛里求斯举行了盛大的婚礼。

婚后安家，无论是锅碗瓢勺婴儿床，还是好车和大房子，只要尔秋说好，阿宗百把万百把万甩出去，一眼也不眨。

阿宗的价格越来越贵，吓跑了很多客户，活儿还是接不完。

阿宗妈开始动不动被人围起来，争相询问："如何培养出优秀的儿子？"

阿宗妈大手一挥："我没培养，都是秋儿培养滴！"

2017 年，在一起第十年。

那个不要脸的臭小子二十七岁了。

尔秋给他生了个这儿也像他那儿也像他的儿子。

9

我总是替阿宗着急。

我说："带着秋儿来北京吧。你现在事业前途无量，襄樊资源有限，耽误你了，全中国只有北京有你需要的一切。你看看那些年轻的，想奋斗的，一个两个谁不是死也要死在北京。"

阿宗说："不克，北京累。"

我说："北京再累，有你在西藏爬雪山、拉黑车、躲狼群、挨冻挨饿捡饭吃累？"

"那不一样。"

阿宗不善言辞。

我三番五次的劝谏，每每到这里戛然而止。

雪山没问题，无人区不在话下，双脚踏遍沼泽、火山和大海，都不算累。

而北京，被迫吃着本就和自己八字不合的学历的亏，为别人眼里的好生活奋斗，重复着自己也不知道为什么做的工作，和不喜欢的人阿谀奉承到凌晨两三点，因此不能和老婆孩子在一起。

在消耗中渐渐长出麻木的脸，那麻木的脸嘴巴一张，满口的户口和房价……都是阿宗受不了的累。

西藏那一年，阿宗为了躲避网红景点，一个人跑到无人区的雪山顶上捕捉星光和银河。

忽然，阿宗确信他看到了，在那个深夜里闪闪发光的，不只有头顶的漫天繁星，还有绿幽幽的眼睛。

一双，两双，数不清多少双了。

它们全都不远不近。

野狼群。

阿宗的心脏吓进了嗓子眼。

他连滚带爬回到车里，锁好门窗。

三脚架和被褥都在外面，他想出去收回来，可想起那些绿眼睛，不敢动。

他也不敢启动引擎，怕惊动狼群，也怕车子没电。

夜越来越冷。

他在一片漆黑里，什么都不敢做。

不知过了多久。

月亮上来了，月光照进破车厢里，荧荧地裹着蜷缩在角落里挨冻的阿宗。

无人区没有信号，他联络不上任何人。

车外是狼嗥，一声接一声，长夜不知何处才是尽头。

阿宗在自己身上摸啊摸啊。

摸出钱包，钱包里鼓囊囊塞了好多大头贴，都是他和尔秋的。

他把它们全都拿出来，借着月光一张张翻，一张张看。

高一，高二，高三，大一，大二，大三，大四。

男人粗糙的手指，放在了小小的大头贴上的脸上。

那漫漫长夜里发出光亮的，阿宗也分不清，究竟是月亮，还是大头贴上笑得春光灿烂的姑娘。

阿宗是有一回喝高了偶然提起这件事的，我连忙叫他重点说说当时的心情和感悟。

他沉思半天说出来四个字——"特别想家"。

我叫他来点细节描述和心境变化。

他想了半天。

"斗是特别特别想家。"

阿宗现在待在家里的时间很长。

尔秋生产前后，他寸步不离守了两个月。

我见过最多的场景，是我和谢毛毛在阿宗家玩，到了出门时间，阿宗去叫正在照顾儿子的尔秋，卧室门一打开，一家三口就坐在婴儿地毯上玩起来了。

生命多可贵，爱情多可贵，平凡多可贵。

鬼门关回来的阿宗最知道。

10

至今住在襄樊的阿宗，有拍摄工作就出远门，拍完就飞回襄樊。

每天睡到自然醒，媳妇一搂，下楼吃碗牛肉面，日暮里走走滨江大道。

照顾高中同学家的饭馆生意，隔两天吃一顿宜城大虾，叫上一帮朋友，吹江风喝啤酒，从下午五点吃到十一点半。

虚度时光，毫不心疼。

朋友都是十几年的老朋友。

不是中学同学，就是当初街舞团的杀马特们。他们好多已经长成了发福的中年人了，说的还是十年前阿宗追尔秋的糗事。

说到兴头，酒杯一碰，一桌人笑得人仰马翻。

最近尔秋过生日，阿宗请当初帮他追尔秋的高一同学庆生。

一请三十来个，全部坐在他们大公寓的大客厅里，围着尔秋嘻嘻哈哈闹到天亮。

二十七了，家庭生活单纯得跟高中生一样。

小城里上班没啥事，下班提前跑，还不管去哪儿抬脚就到。

这种日子只能在小城过。

搁在北京，谁要跋山涉水吃一顿没有意义的饭。

哦，对了，阿宗会。

他遇到环境好的拍摄地，会把尔秋带上，一收工就领着她到处吃好吃的。

好多人混进大城市，生怕乡音土气叫人瞧不起。

阿宗环游世界三个月，把歌诗达请来的五湖四海的歌手、画家、美食家、海洋生物学家、世界自然文化遗产专家们，全都带出了襄樊口音。

现在，大多数商业摄影请不动阿宗，大价钱请到了，他也只肯负责最初的素材拍摄，按天收费，不管别的。我亲眼见过他拒绝 100 万预算的广告片。

阿宗说，收他 100 万，改来改去能耗十个月，有那精力不如上山拍星星。

阿宗现在能拥有很多了。

而他要的依然很少。

我夸阿宗：“你这日子过的，我写小说都不敢这么编。”

他趁机说我：“是你生活成本太高，看你北京那个五十来平方米的小地儿，就耗了你多少。"

"我那是全北京最贵 CBD 好吗！"

"有襄樊好?"

阿宗经常来北京谈项目。

多的时候一个月三四次，事情办完就走，有时甚至清早抵京夜里飞走，十二点前到家。

阿宗在北京，吃住都体面，不亏待自己，也不亏待朋友。

你要请客，他手一摆："花不了几个钱。"

他们最近爱伤感北上广容不下肉身，三四线容不下灵魂。

阿宗不看鸡汤文，他默默在这中间找了个属于自己的平衡。

我每回回家乡都要感叹一遍阿宗，这世上还真就有人这么活着。

90 后，没上过好大学，在二十五岁之前，带媳妇环游完世界，又带妈环游太平洋，年入百万，买房买车。

完全凭自己的双手，让生命里最重要的两个女人都过上了好生活。

住在最想住的小城，谋生工具刚好是毕生追求的理想，走哪儿都受人尊重，没有朝九晚五过一天，教科书般的自定义模式玩家。

如果不是在我身边，我真不相信可以有人这么活。

11

那时候我们在船上拍星星。

起航那几天，近百个旅行体验师加两千船客，一看见船上有星空，全都出来拍星星。

午夜的甲板水泄不通，顶级设备在三脚架上，像一花田向日葵一样，壮观地码了一排。

马上有人下结论了。

"光污染严重，拍不了星星！"

"船太晃了，弄不了长曝光！"

人群一拨一拨地走。

走到最后，竟真的只剩下阿宗带着我跟谢毛毛。

阿宗默默地找，找到光污染最小的地方，爬上去架三脚架。

三脚架打晃，他东试试西试试，把周围能利用不能利用的都拿来试一试，一会儿在下头拴个重物，一会儿调整相机设置。

黑夜里，星空下，他弯腰弓背爬来爬去，在凛冽的海风里出了汗。

我以为他很焦躁，但很快我趁着星光看清了，他的眼睛在发光，嘴角在笑。

他竟玩得不亦乐乎。

我问："好玩不？"

"好玩。"

我说："这有啥好玩的，折腾一晚上拍不了一张照片。"

"咋了，还不允许人有点爱好？"

轮到我笑了。

我说："你这是 growth mindset 啊。"

他问："啥？"

"成长型思维。"

斯坦福有个心理学教授，她把小孩们放在一起玩拼图，发现有些小孩失败之后，很受伤，有些小孩却异常兴奋，觉得这个挑战好有趣。

这件事触发了她对人类思维模式的研究。

她把人的思维模式分为两种，成长型思维和固定型思维。

固定型思维认为失败就是不行，就是没天赋。理所当然地放弃。

成长型思维不仅不怕失败，还热爱失败。他们觉得失败让一件事更有挑战性，更好玩。

在他们的潜意识里，能力和聪明才智不是注定，努力和毅力会改变结果。

他们是对的，心理学已经通过脑研究证明：固定型思维在失败后大脑活动如旧，而成长型思维不停想办法解决问题的时候，神经元在释放更多神经传递素。神经元之间联系增加，他们真的变聪明了[1]。

心理学家跟踪观察成长型思维小孩，他们长大后，的确普遍比固定思维的孩子们更成功。

我说："成长型思维被心理学家认为是成功人士都不谋而合，共同具有的素质。潜力不小啊，小子。"

阿宗不仅拍到了星星，还拍到了赤道太平洋上，漫天繁星中，一颗流星划落。

---

1 Growth mindset and fixed mindset，成长型思维和固定型思维，是斯坦福大学心理学教授 Carol Dweck 的研究成果。她发现，相信"天赋决定论"的固定型思维学生考试失败后，会认为自己能力不行，失败是对他们自尊的伤害，他们更有可能在往后的考试中作弊，厌学。而成长型思维学生，相信做错题是一次能力提升的机会，学会了，他们就会变聪明。家庭教育被认为是使人思维不同的重要因素：经常表扬孩子聪明、漂亮的家庭，给孩子以聪明是先天的暗示，使他们更容易产生固定型思维。所以家庭和学校不该表扬孩子聪明，尤其不该表扬不学习还成绩好的孩子聪明。能培养成长型思维的表扬方式有：①你付出了这么多努力，你真棒；②你把失败当作学习的机会没有放弃，你真棒。美国部分中学已经把成绩单上的"F"（failed，失败，不及格），改成了"Not Yet"（还没有完成），以此培养孩子的成长型思维。如果没有成长型思维家庭环境，我们自己给自己这样的思维暗示，是同样的作用。对该研究感兴趣的读者，推荐 Carol Dweck 的书 *Mindset: The New Psychology of Success*。另外 Dweck 教授还是出色的演讲家，用词简洁精准，语速适中，推荐她的 TED Talk 和访谈，是很好的英语学习资料。

阿宗在船上，拍到的远远不止星星。

成百上千的飞鱼争先恐后飞出海面，齐翔的海鸟，群游的海龟，鲨鱼，海豚，抹香鲸，云端缭绕的海岛，全都在他的镜头里存着。

四十六天环航南太平洋，歌诗达要求他在第四十三天做一个作品分享会。

几乎所有船客都来了。

两千多人把游轮上最大的三层豪华放映厅坐得满满当当，阿宗站在舞台上，穿一件没有形象的冲锋衣，用巨大的电影院屏幕播放他的 8K 视频。

船客们沸腾了。

"小伙子，推荐一下你的相机！"

"小伙子，你怎么拍到的？我们也带了设备，没守到你镜头里的东西呀！"

阿宗傻乎乎地回答："我等的，天天站在船边等，就等到了。"

这真是阿宗最大的缺点。

我教育阿宗，当今这个鸡汤时代，人家吃 1 块钱的苦回来能吹到 100 块，就你傻。

你要是学会了怎么把自己吃的苦拿出来熬鸡汤，财富至少再扩大十倍。

我来说说阿宗是怎么等的。

午夜十二点，阿宗和谢毛毛在甲板上拍星星，拍到两三点收工。

清晨四五点，是甲板上守日出的时间。日出拍完差不多八点。

八点之后的天空，若有云，必定扛上三脚架，去他一早挑好的地方拍延时摄影。

云要动起来才好看，可是在有些诡异的地方，云不肯动。

305

我说："悲剧悲剧！"

阿宗说："云不动我动。"

他和谢毛毛构思了一下，把三脚架一放，弯腰十五秒拍一张，拿起三脚架挪一厘米，再十五秒拍一张，再挪一厘米，从船左边挪到船右边，不能间断不能慢，因为画面一断后期制作就不流畅。

我去给他们拿早饭，路上碰到熟人聊忘记了，一小时后回去，他们还在挪。

没有云拍的时候，他们就把相机架在船两边，守海洋生物。

阿宗和谢毛毛，一人两个机位，分别守住船左和船右，一看见海面有异动，就冲上去调镜头捕捉。

不能走开，不能走神，他们要的全是可遇而不可求的瞬间。

赤道无风带的那种热，我不知道你们体会过没有。

太阳近得跟一口锅炉扣在头上一样，整个甲板一丝阴凉也没有。

附近的岛民不是黑人，全给生生晒成了黑人。

没有风，航速快成那样居然没有风。连地理书都说那种温度和日照不适宜人类生存。

轮船经过赤道那十几天，所有人都躲在船舱里吹空调，落地窗全部拉上几层窗帘。

阿宗坐在甲板上，拿条毛巾挂在头上，一边冒汗挨烤，一边盯海面。

烤到光线不够好了，他就拎起三脚架，换个地方，调试机器，准备拍日落。

就这样一天一天。

晨光星光，太阳月亮，一天接一天。

视频里那两秒钟的飞鱼群跃，他守到第四十一天。

他们爱说，旅行体验师就是传说中的 dream job。

我接过的工作，包括去洛杉矶购物、去犹他滑雪、去拉斯韦加斯飞无人机。

连阵雨哥都说，凭什么你这种也叫工作，对我们这种真正认真工作的人太不公平了。

他从对这份工作望而生羡，到望而生畏。

因为他看到我在朋友圈和微博里的美丽风景背后，五六点起床赶行程，赶到景点立即拍摄，拍完立刻换下一个景点，午夜收工，回酒店修图写文案发微博。时时刻刻满脑子构思素材。

三五天一个行程，没有双休，没有下班。

想想你平时心血来潮旅游一趟再写一篇攻略要折腾多久，让你白天玩晚上写第二天闻鸡起舞交给客户挑刺，并像上班一样循环往复到永远呢？

好多人立志做旅行家，要创作名留青史的好内容，做着做着，能糊弄过客户已经谢天谢地。

好多人摸清楚怎么回事，就毫不留恋地不干了。

什么人长期过这种生活会快乐呢？

被赤道上的太阳烤得掉皮，只要手里有相机，眼前有风景，就能挂条毛巾坐在那儿嘿嘿笑的人。

你三番五次引诱他，"难得上公海，走走走赌场走起"，他沉浸在剪视频的快乐中，根本听不见的人。

花几天几夜爬上山顶拍星星，星星没出来，扎个帐篷睡在冰雪上的人。

星星还没出来，再等一夜。

再再等一夜的人。

阿宗这样的人。

世人口若悬河，到处"种草"，心愿清单存得手机装不下。

你问他们究竟想过怎样的一生，他们张口结舌。

阿宗抬起头，眼睛里只有星星。

12

第四十三天的阿宗摄影分享会。

老阿姨举手提问。

"小伙子，你才这么点年纪，就做了这么多事，未来有什么打算吗？"

阿宗向来口语能力欠佳，这一次，他居然表达清楚了自己。

他站在台上，简明扼要，掷地有声。

他说："我要拍中国人的 BBC 纪录片。"

后记

我实习的最后一天，阿宗又来北京了，照旧只待一天。

他来看电影。

我问："你专程飞到北京看电影？"

他说："嘿嘿嘿，是首映礼，BBC 上了个环球纪录片的院线电影，叫《地球：神奇的一天》，里头中国的镜头都是我拍的。"

我："玩得行呀，多少镜头？"

阿宗二十七岁，笑得脸上的每一根筋都在开花。

"嘿嘿嘿嘿，足足两分钟！"

少年，请热爱你最后的莽撞

我第一次见杜辞的时候，他二十一岁。在人群之中，满眼的少年气。

我们一起在普华永道工作。

他不断扭头看我。

终于他逮到一个空当。

说："我给你一张我的名片吧。"

1

我们遇见的故事是这样的。

都说咨询部最高端大气上档次，我溜进去参观，由入职培训时认识的内蒙古人阿贝带着。他长得黑黑壮壮，像个疙瘩块。

阿贝引我走进一间小会议室，马上就和一屋男生打成一片。

我问："你刚刚给我讲的同学就是他们咯？"

他点头。

我说："你们贸大好厉害啊，一下进来六个！"

我们说到这儿的时候，我看见杜辞在人群之中，很想接话，但话题很快切换掉了，他没接上话，一直留着欲言又止的表情。

他高高瘦瘦，眉目清秀，皮肤细腻，浑身都是领带西裤也盖不住的少年气。一看就是曾在高中里受尽瞩目的白衣少年。

终于找到一个机会。

他连忙低头掏名片。

我心里好奇，实习生也有名片？

他说："我今天刚印的。"

然后顿了一下，很失望地说："估计忘在寝室了。"

我说："没关系呀，我叫另维，你呢？"

"杜辞。"

他自我介绍了，但还是心事重重。

直到我们聊到上班好远的话题，杜辞才有了兴致。

他说："我每天上班要坐一个小时的地铁！"

好惨，我露出同情的表情。

他补充道："我还不是直达，要从海淀黄庄转四号线。"

我这才察觉，杜辞不是要表达自己惨，他连眉梢都是骄傲的。

我说："海淀黄庄？那不是北大附近吗，好想进去看看未名湖呀！"

阿贝说："北大校园不好进，尤其是暑假，为限制游客，进出门都要学生证。"

这一瞬间，杜辞终于突然来了精神，眼睛抑制不住地熠熠发着光。

他的表情比平时更云淡风轻。

他说："我可以带你进去。"

我说："哇，你是北大的呀！"

"嗯。"

杜辞答得淡淡的，眼角露出了如释重负的笑容。

2

杜辞很招经理喜欢。

经理姓尤，大他五岁，下了班脱了商务装，就是个活泼爱运动的小哥哥。

杜辞带他去北大打球，他带杜辞参观大神好友的酸奶公司。

普华的经理的大神好友。

杜辞一听，以为会去一栋 CBD 摩天大厦。

没想到是在一个不知名的偏僻旧楼里，还只是其中一层的一小部分。

酸奶哥叫王青城，高个子，看起来并不太老，但已经有了皱纹和啤酒肚，杜辞因此把他归类为"中年男人"，感觉他是和自己隔了长长一代的老前辈。

王老前辈很随和、很谦虚，一边给杜辞介绍小公司的各个部门，一边说欢迎他指教。

指教。

杜辞看到黑板上写到一半的网络营销方案，这不正是自己在营销选修课上学过的吗？

他慷慨地指点江山，市场容量，市场渠道，专业术语们噌噌从嘴里冒。

又说起酸奶的发酵原理。

这可是杜辞的专业，他连水都来不及喝，又连忙当众讲授起来。

王前辈夸他："不愧是学化学的，年轻有为，前途无量。"

杜辞又着急了。

他可不仅仅是学化学的。

他们怎么可以忽略自己是在哪里学的化学？

杜辞四处嗅机会，实在嗅不到，自己主动开启话题。

"前辈，您能给我一张您的名片吗？"

他接过名片，有模有样拿出自己的。

说："这是我的名片。"

杜辞的名片上，除了名字和二维码，只有一行字。

——北京大学化学与分子工程学院，本科生。

不是逆袭的研究生，是根正苗红的本科生。

一定要区分开。

杜辞立刻，收获了意料之中的反应。

"哟，北大的呀！"

杜辞淡淡地谦虚地一带而过该话题。

吃饭的时候，王前辈问杜辞："毕业之后打算哪里高就，对酸奶感不感兴趣？"

杜辞没听懂饭桌上的客套，认真回答。

"我目前只考虑去知名外企做咨询，咨询可以让我深度了解各行各业的大牛公司。我还年轻嘛，想去能开阔视野的地方。"

经理掏出手机，惊呼"库里今天三双啊！"，打了圆场。

杜辞默默不爽，我还有好多厉害的想法没开始说呢，怎么就打岔了。

3

杜辞回到寝室，在领英搜索并添加收到的名片。

这是他刚学会不久的人脉积累大法，像个大人。

他觉得王前辈混了小半辈子，还只蜗居在破楼里做酸奶，应该让他见识一下优秀年轻人的生活，看一看自己丰富的课余经历和学生会光环。

然后杜辞受伤了。

王前辈居然也是根正苗红的北大本科。

还有哥伦比亚大学硕士学位！

更加亮瞎眼的是，王前辈二十一岁的此时，在哥大交流，在华尔街实习，完爆了杜辞的二十一岁。

可是这样一个金光闪闪的他，现在居然在卖酸奶。

还是淹没在超市酸奶架上的不知名品牌。

在此刻杜辞的眼里，名校光环，象征着人生的无限可能，象征着巨大的责任。

名校毕业，应该去改变世界，应该视天下苍生为己任，治国齐家平天下。

如果有谁毕业做了对不起这光环的事，那是要受谴责，上新闻的。

——北大就开个公众号啊？北大毕业就卖个酸奶啊？北大毕业就卖个猪肉啊？

那北大毕业应该干什么？

五四运动吗？

要他说，他又说不清楚。

太迷茫了。

因为心气高，看到什么都觉得配不上自己的人生。

因为一无所有，又看到什么都羡慕。

杜辞刷王前辈的朋友圈，停不下来。

王前辈看起来喜欢摄影，家里有一排镜头，每次出门挑着带。他还有最新款的大疆无人机、GoPro，还有自己见都没见过的全景相机……各种各样的高级设备放了一架子！

杜辞一个一个认真放大了看。

"我也喜欢摄影啊，可是这些镜头这么贵，我只能在网上看看。你看他发的照片，这效果！不愧是 1.4 的光圈啊！我天天拿个破手机，下 100个应用调，也调不出人家随手一按的效果……我什么时候才能有自己的单反啊……"

王前辈隔一阵就晒一串旅游九宫格，度假酒店的窗外曲径通幽。

"你看看人家这宾馆环境，这才叫洗涤灵魂的度假——国庆的时候我们寝室一起去鼓浪屿，快捷酒店里四个大男人挤一间房，床都不够睡，还不如寝室，再破至少每人一个铺！

"他的衣服都好高级啊，我最近越来越发现，好衣服穿在身上就是显得人有品位！

"他还出国打猎！我这辈子都没见过真枪长什么样子！

…………

"他这么有钱，还是北大的，还是哥大的，人还那么谦虚……我丢死人了。

"我什么时候能有他一半的滴水不漏啊……"

杜辞越说越沮丧。

可是，谁又能生下来就滴水不漏呢？

我们的杜辞，在一个巨大的转换期里，一会儿为终于要告别食堂里5块钱吃不完的大鱼大肉，告别四个人挤一间没有隐私房租一年1050块的寝室而兴奋，一会儿又舍不得它们。

一会儿极度骄傲，觉得大千世界在等我闯。

一会儿极度沮丧，觉得自己一无所有。

他左右摇摆，每一天都像生活在过山车上一样，上上下下很难受。

二十岁出头的人，总是太纠结还未拥有的东西。

他们似乎永远想不到，只要基础打得好，他想要的，不管是相机、衣服、黄金周旅行，还是说话做事像个成熟的大人，要不了几年全都会有。

会一去不复返的，是他此刻拥有的富有。

意气风发的目光。

带棱角的高傲。

面对世界没来由的自信。

好像永远也用不完一样的年轻。

一往无前的勇气。

…………

4

我楼上的李凯文，二十二岁毕业那年，整个朋友圈都立刻知道他在国贸三期上班。

朋友圈流传一篇文章："如果在北京与我相爱，我们要一起踏香山落叶，看景山日落……"

他转发："如果在国贸三期与我相爱，你只能陪我加班。"

加上深夜一点的"北京·国贸三期"的定位。

他每一条状态必挂这个定位。

酒吧集会，他勾搭新来的妹子，一个大三在读的新浪 HR 实习生，肤白长发软萌。

第二天领妹子去国贸三期喝咖啡，路过一个公交车站，车驶进来，他停步让车，妹子顺势要上车。

他拉住她："我这种人怎么可能搭公交车？从来看不懂好吗。"

妹子居然上钩了。

他们火速睡觉，火速分手。

他在朋友圈转发几首伤情的陈奕迅，无奈地说："没办法，太忙了，我这样的人只配拥有无果的爱情。"

聚会迟到。

李凯文道歉："不好意思，来晚了，刚刚和联想的 CEO 吃饭，不好意思先走。"

新闻播报"震惊！× 创业公司 × 轮融资千万"的消息。

他最淡定："我投的。"

国际名车传出即将被国产车收购的风声。

他更加不以为意："case 都快 close 了，我亲手做的收购。"

…………

李凯文出差，飞的是头等舱，住的是丽思·卡尔顿。

在他只在业内享负盛名的国贸三期里低调的精品投行里，他唯一的不满意，是外国人大老板都待他彬彬有礼，他的中国人小老板却天天追着他骂。

小老板骂人真难听啊。

他熬夜几周，辛辛苦苦写完金融模型。

小老板看了半天，看出其中一页有几个数字没对齐，立马把东西扔在桌上。

"What the fuck is this? 我是花钱请你来吃屎的吗！"

他拟好了 107 页的债券发行说明书交上去。

小老板看了半天，看出 word 文档里，有一个应该是蓝色的标题被李凯文做成了蓝绿色。

"再出这种差错滚回家去！想来国贸三期的有本事的人，能从这儿排到北五环外！"

李凯文一面默默诅咒小老板，一面默默发誓，以后自己爬上去了，一定不做这种可恶的变态，一定要当体恤新人的上司。

更可恶的是，小老板是对的。

李凯文第一次负责项目，见甲方的负责人 Ashly 是自己公司跳槽过去的，师出同门，以为终于要感受到亲人般的温暖了。

很快他发现，Ashly 是他见过的最难对付的人。

因为她曾经是李凯文，最清楚作为一个新人，哪里容易出错，哪里不太容易搞清楚。

她精准地抓到李凯文的把柄，在关键时刻掏出来，以此为借口，要求公司打折。

为了能占一点折扣便宜，丝毫不在乎李凯文为了这份工作，付出过多少心血与努力。

平日里善待李凯文的美国人大老板要求犯错的人承担责任，李凯文眼看就要被开除了，是骂人的小老板挺身而出，替他迎头挡了一刀。

李凯文这才发现，小老板骂他，但从来不真的罚他。

而李凯文在他手底下，那些能叫他丢工作的马虎，真的迅速一一消散了。

现在的李凯文，再也不说"我投的""我收购的"了。

他知道在名牌店楼里上班，不代表自己就是名牌。

他住的五星级不是自己的，他坐的头等舱也不是自己的。

只有他潜心学来的本事别人拿不走。

这是一段多么令人欣慰的成长故事。

现在的李凯文，能靠自己的经济实力住五星级了。

他在公司当了有士兵的小领导，在东三环按揭买了房，想要的生活都一点一点握进了手中。

你知道越来越好的李凯文失去了什么吗？

李凯文变成李 Senior 之后，发现新人们都太欠打磨了，状况百出，而最快最有效的成长途径正是自己走过的那一条。

李凯文变成他二十二岁最讨厌的那种小老板，把挨过的骂一一传递给新的二十二岁们。

他认得他们背地里不满的眼睛和聚众吐槽的表情。

他远远看着，默默想。

"年轻人，我都是为你好啊，等你走到我这一步就明白了。"

现在的李凯文，谨言慎行，滴水不漏，满嘴都是"向您学习""感谢指教"，在合适的时候拍一些恰到好处的马屁。

意气风发的年轻人看到他，又羡慕又不屑。

"切，油腻的中年男人。"

李凯文不老，他才二十多岁，奔三。

因为常年健身，身材保持得也比同龄人好，没有啤酒肚。

只是那一年的意气风发，勇敢无畏，那眼神里不可一世的自信，不知去哪儿了。

5

只消到二十五岁，少年人便再不敢以少年人自居。

嘴巴里日日谈论的，都是不久之前还觉得又遥远又不屑的市侩。

"Linda 你怎么跳槽去中资投行了？你这种人明显外资才是领地啊，而且你不是一直想进外资投行吗……"

"外资不解决户口啊，先去中资把户口熬到手，再看机会吧。"

"那你都三十五岁了吧。"

"那也没办法啊。"

"哥摇到号了！工作以来最开心的一天有没有，终于不用挤地铁了！下午你们帮哥盯着！哥去租车位，提车，买车罩，去去就来！"

他们调侃上班鄙视链：挤地铁的瞧不起挤公交的，开车的瞧不起挤地铁的，走路上班鄙视一切，恭喜龙哥又晋一级。

…………

"晋级的龙哥居然是全组最晚到！"

"唉，这一路跟停车场似的！"

没什么不好，人总是要长大。

只是，在每个人飞快跑去长大，并为嫌弃长大得太慢倍感煎熬之前，我想叫住他们，说一句等一下。

等一下，你看看国贸街头那些精致且疲惫的身影。

等一下，你看你羡慕他们的时候，他们也在羡慕你。

6

有一天，我和杜辞、阿贝他们一起下班。

路过世贸天阶对面的伊顿幼儿园。

杜辞惊呼："在这么寸土寸金的地方开幼儿园，真浪费！"

马上他又大声恍然大悟："哦，开在这里是对的，你们想啊，我们以后在这里上班，上班的时候可以顺道送孩子，下班一出门就能接他们走，有什么事两三分钟就能从办公室赶来……"

几个身穿西服，手拿公文包的男人匆匆路过。

听到杜辞的话，他们同时转脸，意味深长地看了他一眼。

他们在笑他呢。

他们在说："孩子，醒醒吧。

"你不会每天下班顺路接你三点放学的孩子，你会加班到夜里十点半，好不容易能享受一下打车回家报销的公司福利了，你打开打车软件，系统告诉你这附近有八十七个乘客正在排队，你目前排位八十八，请少安毋躁。

"你会每天在公司楼下的地铁口排队，花一小时回到你没这么寸土寸金的边角旮旯，那个边角旮旯也得耗掉你半辈子工资。

"地铁里人头攒动，大冬天闷得你汗流浃背，你排队进电梯，把汗湿的球鞋换作存放在办公室里的皮鞋，人模狗样开始一天又一天。

"你也不会把孩子送进这家闹中取静、地段完美的幼儿园。

"你一个月工资七八千，别人假期旅行，你全拿来考证，再咬牙熬两年职称，月薪涨到一两万。那所幼儿园每个月学费一万六。

"你盼着发工资，钱在兜里捂两天，忙不迭还信用卡。

"你终于明白，那所幼儿园不是开给在国贸上班的人的，它是开给国贸的业主们的。

"而这里的单位十五万一平米，不是你努力考上北大，过五关斩六将进了名企，做了咨询，穿上炫霸酷跩的西装，出入高端大气的写字楼，就能获得的。

"…………"

他们笑说，一无所有的毕业，一无所有的奋斗日子，看起来那么长，那么遥遥无期。其间辛酸，绝不是你这个还未出校园的毛头少年能想象的。

你嘴巴里的闪着光的未来，在见过未来的过来人看来，好笑得跟梦话一样。

杜辞站在我面前，用二十一岁的眼睛瞭看国贸，那么野心勃勃、无畏和自信。

因为是北京大学的学生，在普华永道实习，他每天都在上下班一小时的地铁里闪闪发光。

他觉得整个国贸都是他的。

可是他置身其中，一定看不见，他挣扎苦痛的阶段有多短暂。

他在朋友圈里放肆写：年方二十一，道阻且长，野蛮生长。

他觉得自己好年轻，二十岁出头的岁月长得没有尽头。

事实呢。

上几节课，屁股还没坐热，和前女友纠缠一下，话还没说清楚，已经毕业，不得不搬出 1050 块一年的寝室，注销 5 块钱一盘红烧肉的食堂饭卡，跌跌撞撞适应新生活。

还没适应，世界已经把人拎着跑了起来。

亲爱的杜辞啊，我该怎么告诉你呢？

你很快会买得起一台好相机，一个曾经觉得遥远的包包，你也会很快发现，需要你那份工资负担的，居然那么多。

你还没喘过气，忽然发现你听不到谁和谁分手了。你的世界充满了参加不完的婚礼，发福的老同学。

你就算没有孩子，也有同桌的孩子冲你天真烂漫嘻嘻笑，你逗弄他们，再也不会觉得自己是少年。

你转过身，新一轮职场新鲜人来了，你觉得自己还是昨天那副青涩模样，可是他们已经连忙划开一条线，你是前辈、组长。

你要做表率，不能像他们一样。

人生的每一个阶段都很短。

这一段最短，从靠近你到改变你，不过毕业两三年。

7

杜辞和金桐西路上的西装擦肩而过，他还不知道，在他迫不及待想要跑向公文包们，过上他们的生活的时候，公文包们也想丢下公文包，再拥有一次他手中的少年勇气。

他还不知道，他此刻经历的动荡、一无所有和一往无前，是他青春最后的狂欢。

所以杜辞啊，抓紧时间，爱你初出茅庐的莽撞吧，在球场上奔驰吧，为心爱的姑娘追赶大街上的出租车吧，相信不切实际的幻想吧。

长大之后，成熟之前，再好好闹些老去之后能笑着讲起的笑话。

再用你无畏的眼睛，大声说一遍那句马上就再也说不出的错觉。

年方二十一，道阻且长，野蛮生长！

2000万人的城市，我们都有自己的位置

1

周六，我带着孩子，在北海公园上蹿下跳。

九岁的孩子们体力太好了。

他们跳上假山，钻进小竹林，漫山遍野地跑。你追我赶，又叫又闹。

我这个体校长大，最近又日平均健身两小时的体能，也只能勉强跟上。

好多同事已经放弃，大汗淋漓，大声朝自己的孩子喊，"跑累了过来休息！"然后三三两两坐上山头的凉亭。

这是普华永道的企业社会责任活动日。

四大好像都有专门的企业社会责任部，审计师挣钱，他们专职研究怎么花。

不仅花钱，还周周给全体员工发邮件，号召大家周末多多参与志愿者活动，服务社会。

我这回是带在京农民工子女，周末游北海。

2

我注意到那个小孩，因为他总是一个人。

七八岁的身板，拧着眉毛背着手，不苟言笑，若有所思，像个大人。

长得很漂亮，像缩小版吴亦凡。

穿了一件一尘不染的白T恤。

我走上前，问："小帅哥，你怎么又一个人？你的志愿者老师呢？"

追上来的是个中年女人，扎马尾辫子，精神状态相当年轻，她气喘吁吁抓着我，说了几遍"不好意思"。

她身边牵了五六个小孩。

一对一帮助农民工子女，是公司的常规社会责任活动。

每个大人负责一个孩子，谁负责谁，公司会分配好，提前一周把名单放在群发邮件里，反复提醒大家查看。

周六早上八点，一大巴车的孩子来到北海公园，站在公园门外。

审计师们大声叫自己的孩子，孩子举手，两人就这么火速配对成功。

我见她一个人带这么多，有点奇怪。

我问："您的同事呢？要不要帮忙，我的小孩子很乖，再带一个不费劲。"

中年女人说了几声谢谢，摆摆手。

"这群孩子你可不会带。"

原来她是孩子们的带队老师，姓吴。

原来还有五六个孩子，有的爱哭，有的爱打人，有的不理人，总之是不好带，不敢分配给年轻的志愿者们，只好全由吴老师自己拉着。

小孩就是那个不理人的。

吴老师说:"他最不好管,你跟他说话他不搭理你,也不看你,上课一不留神就溜到桌子底下,跟不上大家的节奏。

"今年有一天在办公室里罚站,老师们出去一会儿回来,他把包暖气片儿的壳撕了个七零八落,真不知道脑子里在想什么,同学们都叫他破坏大王。

"有老师怀疑他智力或心理有问题,我们正在观察,看看下一步建议家长采取什么措施。"

我有点心酸。

相似的两张脸,吴亦凡在舞台上振臂一呼,一呼万应,小破坏的小童心却没有人怀着无限耐心努力走近。

我从小是班里的捣蛋鬼。

不写作业,上课看小说写小说,沉迷网游,趁老师转身板书一溜烟儿跑出教室打篮球,再大一点,晚自习在教室里煮火锅……好多老师遇上我都气急败坏,隔三岔五给我妈打电话,叫我妈把我领回去,去看心理医生。

我妈就领着我在江边散步,带我吃好吃的,让我跟她分享一下我闹事时的心理活动,陪我笑得前仰后合。

告诉我写小说没错,人就是要有属于自己的领地。

告诉我"你看尊重他人自己多快乐"。

告诉我她知道我想做大唐官府的首席弟子,如果我表现有进步,她就帮我做师门,助我一臂之力。

…………

我妈教会我,肯定、倾听、理解与陪伴能治愈捣蛋鬼。

后来我上大学,在心理学系里证实了,她是个野生的科学好妈妈。

我蹲下身打招呼:"你好呀,小破坏!"

他看我一眼，皱着眉头，走了。

3

不一会儿我又看到了小破坏。

他一个人站在大白塔旁边，踢石子。

太阳暴晒着他，他皮肤那么白，也不知道躲在树荫里保护一下，就那么晒着。

我蹲在小破坏旁边，一起暴晒。

我说："听说你上课爱钻在桌子底下。"

他不理我。

我继续说。

"我像你这么大那会儿，也最爱上课捣乱了。

"我看不懂为什么其他小朋友都自动听从一个不认识的人的话，就因为他自称老师。

"我不懂为什么他教的东西我就必须学会，他布置的作业我就必须写。

"我搞不懂的事情，就不愿意做。"

他还是不理我。

我自说自话："你知道乔布斯吗？他说我们这种不惧伦理纲常的小孩最聪明。"

他看我一眼，皱着眉头，又走了。

我拍照，一转身撞到了小破坏。

他居然在我身后。

一晃眼下午了，太阳不再刺眼，小破坏分外白皙的皮肤在金色余晖里泛光。

他仰着脸。

"你手里拿的什么呀？"

我蹲下来说："照相机呀！"

他又问："照相机为什么这么大？"

我回答："因为这是单反，里面要装棱镜，它能让你从小孔里看到的画面，就是照片出来的样子。小相机做不到。"

他看着小孔，又问一串为什么。

我给自己挖了个坑，连忙一边维基百科知乎加百度，一边微信联系摄影系的同学，四处寻找答案。

努力去守一个怪孩子的友好和好奇心。

小破坏拿着我的相机，拍照，换镜头，挨个认上面的按钮。

我们玩了一会儿，他还是不笑，但问题越来越多。

他问："你在按什么？"

我答："我在调 ISO。"

他又问："ISO 是什么？"

我还没说话，不远处有人招手，活动结束了。

大家集合，拉起普华永道的大旗，合影留念。

4

小破坏说："另维老师，你还会教我照相机吗？"

我说："当然啦，下次见面的时候我还教你！"

他问："下次什么时候见面？"

我答："就是我们下次见到的时候呀，你还会认出另维老师吗？"

我学着他的童音，造型夸张地冲他笑。

公司里的企业社会活动种类繁多，下周是跳蚤市场，再下周是大学生职业生涯指导，关注农民工子女的活动，不知道什么时候才能轮转回来。

就算很快，我也应该已经实习结束，回西雅图了。

所以，这是一段美丽的一期一会吧。

要跟一个八岁的孩子解释清楚太难了，所以我给他一个模糊的时间概念，绕开话题。

我们笑着击掌道别。

5

日暮的时候，我要走出北海公园打车。

找不到大门在哪儿，误打误撞，撞上了正排队上大巴的孩子们。

有个小姑娘，还依依不舍着不上车，到处收别人站在路边派发的传单。

好多人拿了传单要丢进垃圾箱，她就站在垃圾箱边拦截。

她拦截了一大沓，小心翼翼放进书包里。

我记得早些时候，大人们要带她坐船，她不肯坐，只肯站在人多的地方捡传单。

我当时试图管她。

我问："小顽皮，你拿这些干什么呀？"

她很骄傲："我拿回家给我妈妈卖钱！"

此刻，她最先看到我，招着手向我炫耀她的战利品——沉甸甸一书包的传单，开心极了。

小破坏从车里跳出来，跑到我面前，抓我的衣角。

"你是来找我的吗？"

他大声问我，我没想好怎么答。

还好他也没在意。

他继续发问："可是我要跟吴老师回家了，明天可以吗？"

我说："明天我要加班呢。"

审阅报告下周一就要交给客户了，我们组周日要加班检查格式。

而那句"下次见面的时候"，翻译过来，是再见，是再说吧，是我也不知道，是……不会。

我没想到孩子还听不明白。

有点内疚，有点苦恼。

小破坏又问："那下周六呢？我是男的，你是女的，我去找你吧！你的家在哪儿呢？"

我想了想："我加你个微信吧，我们慢慢沟通个好时间。"

小破坏说他没有手机。

而我方才一边说一边打开微信，被这个好奇的小破坏踮脚看到了屏幕。

他看到我资料里的所在地，写着西雅图。

他变了脸。

"西雅图？你的家在美国啊？"

我夸他："你这么小就知道西雅图在美国啦！"

他没有理我，收回脑袋，转身走了。

Dear Crystal,

感谢您担任 Field trip with migrant children at Beihai Park 活动的组长。

小小心意，略表寸心！

pwc

企业责任团队
2017. 8. 23

活力社区
VIBRANT COMMUNITIES

6

我想起小破坏失望的冰冷的眼睛，夜不能寐。

我爬起来，翻公司内网，下载《普华永道企业社会责任报告书》，研究这个活动的合作方是谁。

活力社区。

我打开微博，搜索，活力社区。

找到一个官方微博。

我发私信。

"您好，上周我作为普华永道员工参加了活力社区的北海公园活动，获益匪浅。

"我大学是会计和心理学双学位，在学校接触过多动症儿童，在美国有七年的志愿服务经验，有基本的儿童和青少年交流经验，以及良好的志愿服务常识。

"此外，我还是一个作家、自媒体人，如果有用得上这方面的地方，我很期待能互相交流和学习。

"是这样的，我想找一个孩子，你们叫他小破坏……"

我联系上了吴老师。

我们约好在昌平定福黄庄村里的活力社区见，下周六一早。

为了从那道逡巡不散的失落背影里解脱。

我要背着我所有的相机、镜头和无人机，找小破坏去。

7

据说十一年前有个美国人，路过望京边上的一个流动人口村。

看见适学的孩子们不上学满村跑，觉得这是巨大的社会隐患。

于是他发起了市民募捐，筹款租下几间房子，自己漆墙收家具，建了个慈善社区。

他招募大学生和白领志愿教课，村里的孩子们自愿来听。

后来美国人回家结婚了，社区流传了下来，在北京、上海的城郊村里发展出十几个站点。

北京城郊有很多待拆的流动人口村，定福黄庄村是其中一座。

过一座臭水沟桥就是村子，里面的路太窄太陡。

两边全是推车摊，滴滴司机不想开了。

我下了车。

我到的时候接近晌午。

大太阳烤晒着鹅黄色的土路，三轮车一过就一脸尘土。

村子里居然没什么人。静谧，荒芜，卫生状况堪忧的小餐馆门可罗雀，门里门外闲晃的全是孩子。

店面们正张罗着午饭，

烧饼，麻辣烫，拉面，居然都只卖一两块钱。

我忍不住拍下麻辣香锅店，发给杜辞。

杜辞跟我吹嘘，北大食堂的麻辣香锅最实惠，没有之一，几十块钱一帮人吃到撑，比起我们上班的国贸，简直是世外桃源。

而我发给杜辞的照片，上面写着：自助麻辣香锅，10块。

杜辞回了个爆炸的表情：看着就不敢吃。

房子全是残砖破瓦的平房，带斑驳水泥的红砖裸露在外，上头贴着招聘启事：保安，保洁，手工，协警。

小路弯弯绕绕，房子大同小异，我随便走进一条，就迷路了。

平房外零星站着无所事事的中年人，一个穿破袖 T 恤的人问我：
"没见过你，你是志愿者老师吗？"

他居然能一眼猜出我是志愿者老师。

我点头。

男人马上咧嘴笑起来，"那你在找活力社区了？"

他主动带我去，七拐八绕，忽然在面前的巷口看到了"活力社区"四个字。

写在 A4 纸上，贴在砖瓦墙上，画着箭头，指着一条小巷子，小巷的尽头，我看见了活力社区的招牌。

那小巷子四面都是人家，家家户户门外都扔着鸡蛋灌饼车。

男人轻车熟路走进巷子。

一个两三岁的小女孩跌跌撞撞冲了出来，大声喊："爸爸！你看我画的画！"

男人抱起她，笑眯眯逗了一会儿。

他转身跟我道歉："不好意思啊老师，俺们这儿大人一个个贼忙，天没亮个个都赶着出去，天不黑不回来，没个时间管娃娃。

"娃娃们三点放学，放学没事净瞎跑，烦人得很，谢谢你们有文化的老师来帮忙看娃娃！"

我想起刚刚心里的小九九，默默吐了吐舌头。

8

活力社区在一幢单元楼里，占了一楼的几间房。据说是用善款租来的，租金少得跟没有差不多，还能给墙涂色和画卡通，是房东说要积德。

房间虽然陈旧，但被精心打理得五彩缤纷不刺眼，房间依次是几间教室、图书室、游戏室和办公室。

书架，玩具架，墙上的黑斑一目了然。

孩子们扎在里头玩，个个都被教得很讲礼貌，想玩玩具，想用黑板，全都取了东西先跑去办公室问许可。从三岁到十三岁，无一例外。大概是很珍惜这块小天堂。

我见到吴老师，连忙问："小破坏呢？"

吴老师把我领到一户平房前，绕过鸡蛋灌饼手推车。

里头的大人说："小破坏一家两三天前回安徽老家了。"

我问："什么时候回来？"

吴老师说："每一个离去的孩子，我们都不知道什么时候回来，还会不会回来。所以才叫他们流动人口下的流动儿童。"

这里的孩子，就算出生在北京，户口也全在老家。

他们留在老家没有爸爸妈妈，带来北京没有学籍。

很长一段时间，他们全都不上学，是一个路过的院士看见一村子的适学儿童无所事事，就地办了个给无学籍人士的爱心小学。

院士路子广，这小学上过"跑男"，还是北航的帮援基地。

吴老师说，这里的孩子比起很多地方，已经足够幸运了。

只是他们在这里，至多待到小学毕业。

北京的教育无法应付老家的高考，所以村子里干脆没有初中。

我问："怎么解决？"

吴老师说："社会问题，哪儿那么容易解决，我们都只能尽绵薄之力。"

我的一包镜头找不到喜欢它们的小破坏，全都颓丧着脸。

吴老师说："没关系，我们这里还有很多需要照顾的孩子。"

9

村民很爱戴志愿者老师。

我带完孩子出来，天色已暗，看见一户平房门前正大排长龙。

一个刚从老家来这儿的马姓妇女要开鸡蛋灌饼摊了，从前没做过，正在学习，街坊邻居们七手八脚地传艺，教了她好几天。

现在灌饼做出来，街坊邻居免费试吃，吃完了提意见，以便改进。

一个村民见我出来，立刻把我招过去，叫我排在他前面。

别人看见了，都转身叫我排在他们前面，一会儿就把我推到了第一个。

我拿到马妇女的人生第一块鸡蛋灌饼，咬了一口，差点吐出来。

死面，无味。

我老老实实说："不好吃。"

一条长队伍顿时又热闹起来：
"小马从来没整过灌饼，第一个肯定不好吃，你给老师先吃，没安好心！"
"你狗东西，狗嘴里吐不出象牙！"
…………
他们你一句我一句，哈哈大笑。
他们笑起来，一点形象也没有，人声鼎沸，弯腰又背。

我常常在繁华的街头瞧见他们，从清晨到午夜，守在小推车旁边贩卖小东西。
你粗看一眼，他们脸上全是凄苦和风霜，忙碌，手脚麻利，语速飞快。

原来他们在自己的领地里，这么快乐。
他们一拨一拨从老家来，住在一起，学新事物，互相帮扶。
勤勤恳恳攒积蓄，鼓励孩子多跟只有在北京才能遇上的志愿者老师好好学习。
晚霞在这里，和景山顶上一样红。
北京，也是他们充满希望的北京。

孩子们就更有趣了。
志愿者老师是北师大一个女学生，姓丁，每周来教一次 PPT。
孩子们顽皮，丁老师管不住，竟当堂哭了，哭着走了。

孩子们就凑在一起，像大人一样天天开会，商讨如何向老师赔礼道歉。
他们又是求助学校老师，又是上网搜索，齐心协力做了个 PPT 出来。

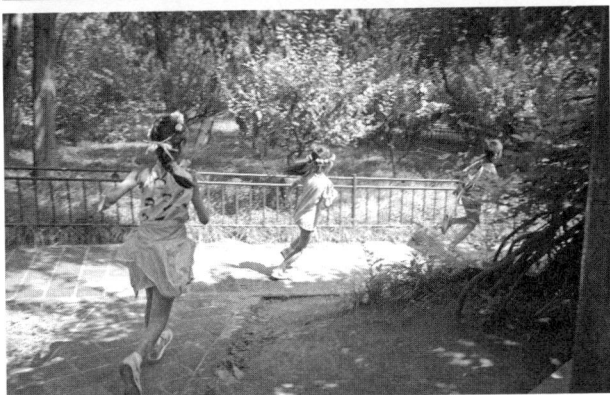

回顾丁老师的好，在末页集体签名保证，再也不惹丁老师生气了，请丁老师原谅他们，不要哭鼻子了。

孩子们去找丁老师，一起把 PPT 播放给她看。

丁老师看到"老师你不要哭鼻子了"，感动，哭得稀里哗啦。

孩子们跟着哭，一屋子人抱在一起哭。

10

公司楼下有一道风景。

清晨，我去得再早，一排早餐三轮车也已经整整齐齐停在了人行道上。

而且，每家都是已经在那儿很久了的样子。灌饼、煎饼、掉渣饼、小笼包、油条、胡辣汤、豆浆、银耳汤、稀饭全都准备好了，散发着香气，冒着热腾腾的烟。

商贩多是夫妻档，最多带个年纪稍大的儿子，以三轮车为单位，围着早餐快手快脚地张罗，一边制作一边售卖。

每天此时的金台夕照站 D 口，一拨拨衣着庄重的白领，乌泱泱从地铁里拥出来，拥去三轮车队，熙熙攘攘地迅速拿早餐，扫二维码，转身走进玻璃墙擦得锃亮的摩天大厦。

这一段人潮接近尾声的时候，商贩们开始收摊。不卖了也要收摊。

他们从九点二十开始收摊，捡垃圾，扫地，到集体消失在公司楼下的人行道，一共花不到十分钟。

九点半。

很准时地，城管出现，身穿制服，在这条街道大摇大摆地优哉走一趟。

因为没什么可逮的，逛上一圈，很快就收工了。

环卫的大爷和阿姨，因为没什么可打扫的，拿着扫帚和簸箕装模作样。

公司不打卡，上班时间默认为九点半。
我因此总惦记着一定要在九点二十之前到，为了早餐。

一切就这样，奇妙地平衡着。
形成，延续，汇聚成生活洪流里不起眼的一角。

九点半之后，大裤衩外这一小段东三环北路，还是北京繁华、无尘、车水马龙的地标路。

11

去过活力社区之后，我再看见北京街头的三轮车小吃，都倍感亲切。
时不时提前一个小时到公司楼下，站在三轮车边，一边吃早餐，一边和商贩聊天。
我最喜欢刘大娘家的白菜小笼包。
我夸大娘的小笼包真新鲜。
大娘骄傲地说："那当然，我们的小笼包都是夜里准备好材料，四点半来国贸点火，现蒸现卖的！"

凌晨四点半在这条街上开工，那是怎样一番景象呢？
我好奇，第二天摸黑起早，一探究竟。

天是全黑的，世界已经被霓虹灯、路灯和交通灯照亮。
天空居然零星有星星。

路上没有车也没有行人，北京还睡着。

三轮车摊是这座城市第一个醒来的部分。

他们码成整齐的一排，一边麻利干活儿，一边大声聊天。

五点二十左右，天会突然亮起来。

街道冷冷清清的，还是没有人。

渐渐出现的是环卫工人，大都上了年纪，着一身橙衣，拿着扫帚缓慢行走。

早餐一锅一锅地出炉，刘大娘们用小塑料袋把它们装成份。

我说："刘大娘我帮您！"

她摆着手叫我专心吃我的，别打岔，烫着我了她可赔不起。

她嗓门大，特别爱笑，说话清清脆脆的，一边说一边露出热情的笑容，手也不停着，麻溜地舀起豆浆，夹起油条，拿起小笼包笼，一眨眼东西就全在塑料袋子里了。

偶尔零星有行人了，晨练的老人居多。

他们交了零钱，拎走早餐。

上班族还在路上。

因此刘大娘还不忙。

她的话匣子一打开，就关不上。

她说："包子好吃吧，俺们来北京十年了，就靠俺和老公这炸油条包包子的手艺，都是回头客！"

她说："俺原来在十里堡卖，那儿拆迁了，老乡介绍俺来这儿，俺们这一排都是老乡，一个村儿里的，断断续续都来北京打拼，也住在一起。"

342

她说:"待会儿到了九点半,你们娃娃们都上班走咯,俺们也就收工一起回家咯。俺们路上就把菜买咯,再回家洗菜切菜,整到个下午一点睡个觉,睡饱咯夜里十二点多起来朝这儿赶。"

她说:"乖乖,你没见过我们车队哟,一路上壮观咧!"

她说:"俺俩女儿,大娃十一岁,小娃八岁,大娃刚送回老家,乖乖可了不起咧,昨天还搁电话里说'妈妈我要考到北京来跟你团聚!'……咱老家村里土生土长的娃娃,哪儿知道什么北京哟,都不肯上学!"

八点了,越来越多的人路过刘大娘的三轮车,停下。

一个环卫大爷在摊前徘徊了好一会儿。

瞅到一个空当,他上前问:"白菜肉包子好些钱(多少钱)一笼?"

刘大娘答:"六块。"

大爷说:"哪儿要介么(这么)贵!"

在国贸嫌六块钱一笼肉包子贵,我惊了一下。

又想起定福黄庄村里遍地一块钱的烧饼,明白了原因。

我见这周遭遍地一尘不染,而老大爷头上的汗还没干尽,想买给他。

还没想好怎么说,刘大娘已经利落装好了一笼。

"拿去吃,不收你钱!"

大爷说:"这不能好意思!"

刘大娘说:"不好意思撒(啥)呀,又不是天天白送你包子吃,尝一回我们当家的手艺咋地(咋样)咯!"

北京的清晨越来越敞亮,热闹了。

我心里暖了一下。

我叫了两笼包子，站在刘大娘摊上就着蒸笼吃，一笼还没吃完，八点半，白领的上班高峰到了。

职业装们从地铁里鱼贯而出，刘大娘夫妇的三轮车立刻被团团围住。

这座高速运转的城市的一日拼图，又完成了一部分。

我说："刘大娘再见！"

朝写字楼走去。

"小姑娘，你还有一笼包子没动呢，等等俺给你装上！"

"吃不完啦，您自个儿留着吧！"

我挥挥手，心情格外好。

12

我在《少年，请热爱你最后的莽撞》里面说：不是我们考上好大学，找到好工作，这座城市就是我们的。

最好的年轻里，我们要用微薄的工资负担无限。

我们在国贸上班，可是国贸的一切都很遥远。

这并不是结局。

就算我们不会把孩子送进一万六一个月的幼儿园，不会住进十五万一平米的小区，但我们会因为奉献，被需要，被尊重，被爱护。

这座城市，也还有六块钱买得起的快乐。

2000 万人的城市，我们全都拥有不同的位置。

哪怕这位置最终要归于平凡，也还有平凡世界里的英雄诗。

后记

我想为新书补一张凌晨四点的三轮车早点照片，实习结束后又跑一趟，只见东三环北路空空如也。

凌晨车队连同我的白菜包子就这样不知道去哪儿了。

悄无声息。

我想起我和刘大娘的对话。

我说："大娘，这楼上的工作没什么好羡慕的，不如您呢！您看，我在这儿站了三十分钟，大概二十个人买早餐，人均消费十三块左右，假设高峰期乘以 3，一周三十天，刨去你周末休息，一个月怎么着也有七八万的营业额了。您知道这楼上的白领月薪多少吗，头一年税后五千多，不如辞职跟您干呢！"

刘大娘说："小姑娘，差远了，你们受尊重。哪儿有人尊重俺们呢？这儿赶完了那儿赶，说不准明天就不准俺们摆了。人哪，最幸福的还是受尊重。"

尾　声

我要毕业了。

寝室楼又入住一批新生，十八岁们来来去去，阳光恣意洒在他们脸上，比阳光更恣意的是他们飞扬的面庞。

寝室一楼有一架三角钢琴。

每年初秋的时候，它最热闹，新来的小孩，谁路过都要跃跃欲试一下。有些特别会弹的，会很快出挑出来，成为这栋楼里的小红人。

这一次是个叫 June Hyun 的小男孩。高个子，单眼皮，皮肤白白的，韩国人。

大概是离家读书前有练琴的习惯，他每天都在钢琴前坐好些时候。

十八岁的姑娘停下来，看了好一会儿，鼓起勇气上前说话。

"同学，你这首曲子我也练过，可是你的版本好听好多。"

"我改了一些。"

"太有才华了！你……方便发一份谱子给我吗？"女生递上手机。

男生接过手机，头埋得很低，脸有点红。

"我叫 Luna，住三楼，很高兴认识你。"女生笑盈盈地，伸出手。

"June。"

石窗棂外洒进来的日光，从来都没有变过。

又是一轮大好时光。

大一的学业还是那么紧。

教授讲得快，聪明人都在拼命学，钢琴前悠然自得的少男少女，很快被作业压得喘不过气。

他们坐在寝室桌前熬夜，在图书馆熬夜，在实验室熬夜，作业铺了一桌子，天都亮了，学不会的还是学不会。

女生的梦想很大，想旅行，想写歌，想弹琴，想读很难考的商科和心理学……想法这么多，却连作业都写不完，能力够不着野心，一夜接一夜着急得哭。

她哭，这么痛苦的日子什么时候才是头啊！

…………

相同的情节永远在重复。

后记

后记1 十八岁：祝贺你高中毕业，不听话的大人

这是我刚满十八岁的时候，写的高中生活总结和大学生活目标。

那时候我热衷于规划未来，给自己规定了六个"希望"。

那时候我还没见过美国是什么模样。

现在是 2010 年 7 月 19 日下午 2 点，我结束了上午的直播工作，回家煲汤烧菜自我解决午饭之后，惬意地躺上床，打开枕边夹了书签的《马丁·伊登》，喝一口茉莉蜜茶，窗外的天一片澄蓝。

距登机还有三十天。

日子充实而自由，长假很长。

一、我希望你不负过往的努力

过去一年都在漂泊辗转。

北京，武汉，上海，香港，襄樊，一座城市连一座城市。

我租住小区里廉价的地下室，寄住大学女生宿舍，躺在火车上度过一夜一夜又一夜，偶尔回家。

我要备考，赶考。

家乡的新东方没有国外考试部，于是我背井离去，多少年来波澜不惊的校园生活，小城故事，在顷刻间天翻地覆。

我和陌生的人一起上陌生的课，简陋潮湿狭窄的房间里，我窝在床上夜以继日地背单词，我的生活只剩一大摞厚得令人发指的 OG1 和题集，原本还算优势的英语课打击得我体无完肤，我每天都在不停听完全不知所云的听力，对着录音机大声自言自语，拼命训练三十分钟 500words+ 的打字速度。

我打中文很快，但一换成英文，手指就不听使唤。

我对着明明会做，却时常因为看不太懂而出错的数学题欲哭无泪，对着最擅长的作文，因为没办法用另一种语言写出漂亮句子抓烂了头发。熬不过去的时候，我就把留学路上已经攻克的关卡一个一个写在纸上，数一遍，告诉自己已经走很远了，马上就考试了，胜利就在不远方。

十七岁这一年，因为发生了太多事，日子漫长得好像怎么也过不完。

但还是过完了。

从漫长的黑暗里探出头来，突然终于喜欢上了一直都自卑又普通的自己。

二、我希望你继续写下去

查分，写陈述报学校，签收 I-20，一个人再跑北京面签。

VISA 到手的时候，已经停笔将近一年。感觉一生都没有停过这么久。

终于登录 QQ，重新盘算起已经落了灰的写文计划。

我一直相信，七岁的中国少年作协，八岁的鲁迅文学院，一连串三四年的"中国少年作家杯"，高中的"新概念作文大赛"……所有的奖项、发表与肯定，"小"字当头是唯一的原因。

年龄的噱头写在姓名前面，文章的质量便不再是人们关怀、关心的了。

好在，我清楚自己真实的水平。

1　Official Guide，出国考试的官方指南。

2004 年我给自己取了"另维"这一名字，从路边论斤卖的旧书摊拾起一本叫《心情花园》的小杂志，顺手翻到末页的约稿信，脑子里莫名其妙蹦出一句"这我也能写啊"开始，好像无所事事的生活一下子就充实了。

放学不回家，滞留在租书社里收集杂志内页的约稿信，买本子，写小说，放学回家用电脑打出来，发邮件，一边等消息一边写新小说，没完没了。一天接一天躲在自己的小世界里马不停蹄。

我唱歌不好，不爱逛街，卡五星学不会，喝酒也不行。KTV、出去玩、聚餐……他们培养感情的一切项目都使我出丑，连跟女生手挽手都会莫名尴尬。我像一个小病孩儿，融不进我出生长大的家乡。我羡慕护着我的、谁都喜欢的人精儿同桌古小吉，可是我成不了她。

我只能把自己关在写作的小世界里，守着孤独的小领地默默长。

我在投稿论坛里认真学习他们强调的格式。

打开我的邮箱，标题上的"【投稿】"字符垂直排列，无比整齐。我把它们一一投出去，然后看它们一封接一封石沉大海。

不是不难受，不失望，不质疑自己。

好在，熬到十二岁下半年，我发现自己已经对石沉大海麻木了。

怎么中稿我不知道，但我知道，不管怎样，我不要我写的故事一边只在班上传阅一边还得提防班主任没收，自娱自乐还要忍受被班主任突然出现在窗边连着本子一起收走撕掉的恐惧。

如果它们能变成铅字，出现在报刊亭、图书店，出现在襄樊以外的更大世界，被更多人看到，班主任就再也没有办法凭一己之力毁掉我的心血了。

我太知道我想要什么了。

于是我继续打字，发邮件，写小说。写小说，打出来，发邮件，没完没了。

渐渐地，我开始收到退稿信。

我收到的第一封退稿来自当时还在《星光少女》的小狮。

他回复，"文字灵气还是有的，但情节的编纂和叙述能力有待提高"，他给了我一个笑脸，一句加油。

我至今都清楚地记得，那一刻我坐在书房那台笨重的金长城电脑前，多么感动和感激。

那是我的起点。

低、差，但至少自此有了条模糊的路。

十二岁快结束的时候，我终于得到了第一份以另维为名的稿费。

爸爸把汇款单拿进房间，说"你看这是什么"的时候，我跳得地板都要塌了。

五十五块，我甚至不舍得将那张标有"稿费"字样的汇款单兑成现金。

我因此结识到一个编辑，小心翼翼加上QQ好友，厚脸皮一点，给他的稿子便都能亲自问出结果。

我开始渐渐摸出门道，编辑和写手之间的。

十五岁，我因为QQ里的编辑和写手好友比现实生活中的朋友更多了，只好将写文用QQ和生活用QQ分开，一个网名另维，一个保持着正常网名。

发邮件等消息的生活状态，也渐渐转为月头被约稿，月尾被催稿，用稿信息几天就来了，我每个月都能因此得到些小额收入。

志同道合的朋友塞满了QQ，我用这些资源申请做了杂志的兼职编辑，每天都守着杂志的公共邮箱，接收、审核着最初那种写着"【投稿】"字样的邮件，一封一封全是小朋友们充满期待的雀跃的心。

收稿，看稿，上交稿，拿工资，继续收稿。

写稿，交稿，收稿费，被要稿，继续写稿。

两条线交叉缠绕，生生插进我的高中校园生活里，奇妙的生活状态，一边给予一边吞噬着我的生活。

一年又一年过去了。

如今，我的退稿率远小于过稿率，我甚至不再为单笔两三千块的稿费悸动，我的写稿生活每个月都在井然有秩地循环，并且很奇妙地，开始被极小一拨人记得。

还好，我依旧清楚，我仅仅是获得了一种附加生活，芸芸众生，我并没有写出什么不得了的名堂。

我今年十八岁了，也不知道自己还能在这条路上走多久。

我所知道的是，我过去一直很努力，我现在依旧在努力，我将来会更加努力。

陌生的国度，我希望好好吸收，收集全新的素材，在大学四年里出一本对得起自己的好书。

三、我希望你继续好好爱篮球

如果你注意过我，便能轻易发现，我的爱好栏里有且只有一样东西——篮球。

虽然琴舞皆沾，写许多文，我心里并没有能与篮球并驾齐驱的爱好。

初中那几年，几乎全给了篮球。

十一岁想去体校的篮球兴趣班，妈妈说女孩子好好学跳舞，打什么篮球。

还好我有钱。

两百四十块，我拿了小学三年级全市作文奖的金奖奖金，偷偷交了学费。还在交完之后，跑去体育用品店买了全套设备——斯伯丁篮球、球鞋、球衣。那是我有生以来第一次花自己挣的钱，底气十足的感觉爽爆了。

钱都交了，妈妈也没办法，只能放我去。

从此，每个周六日上午九点，我都会去篮球馆打球，从樱木花道一般地站在场边墙上运球、单手运球、单手变相，到加入大部队，跑着全场"8"后转身、上篮、投篮、摸高，一气呵成。

我们或站成一排或排队奔跑，上午的阳光透过铝合金窗打在地板上，下训后闹作一团，互相踩腿放松肌肉，又嬉笑着用造型怪异的扁拖把一边蘸汽油一边拖球馆。

那是我无论如何也不能忘却的美好。

迷恋篮球场，迷恋 NBA，迷恋一个又一个令人叹为观止的球星，从艾弗森到奥尼尔到如今如日中天的科比，那么多个日子我逃课看球，中午不回家看球，我那么喜欢如此喜欢篮球的自己。

可惜身高毁所有。不得不在初中毕业就告别体校，寻找其他的人生路。

好在，因为真的付出过，懂过篮球；在一系列出国考试之后，终于提升和证明了英语成绩；又有不少在文字创作上的经验，三样加起来，我通过了腾讯 NBA 文字主播的应聘。

我喜欢这种一环套一环的良性影响，像车轮一样轱辘辘转动起来，把自己的生活小天空一点一点滚大、滚开。

更喜欢的是，终于又有了一次机会，表达与分享对篮球的热爱。

我刚刚完成的第一场试播，像我的第一篇小说一样烂。

播的时候急得要哭了。

播完之后放松下来，终于有空隙可以趴在桌上好好哭出来。

但都没有用。

哭没有用，感到羞耻没有用，妄自菲薄没有用，唯一有用的，是重整旗鼓，查漏补缺，真正地提升实力。

这一套，早就从"写文投稿石沉大海"到做"长线写手和杂志编辑"里学会了。

人啊，受过挫折的地方都会变坚强。

如果这一生有机会通过试播，为即将开始的留学生活再添一块崭新的拼图。如果有幸做一名 NBA 直播员，我一定会好好用功。

因为爱篮球。

因为年轻不会长久，花出去的时间，一秒也不想白费。因为不能辜负给我机会的人。

因为我一接近篮球，就好快乐。

四、我希望你把生活过得丰富有趣

我一直相信，感情是一种一旦经历多了就会麻痹的东西，我必须珍惜感情里的青涩、纯净和美好。

这是我写少女小说的生命线。

我希望坐结行亦结，结尽百年月；我希望女子不来，水至不去，尾生抱柱而死；我希望一生一世，只此一双人。

除爱情之外，我渴求一切经历。

诡异的，惊喜的，快乐的，痛苦的，无论什么，通通来过。人生是因为经历一笔一笔丰盈和精彩的。

我做过很多了。

我去蛋糕店打工，学会调制奶茶和各种颜色迷幻的饮品；我在车展和颁奖晚会上做礼仪；我主持一些小节目小活动；我在街舞团跳爵士，也三不五时去帮幼时的古典舞老师看看小学员，我接触拉丁尝试摩登舞；我想尽一切办法旅行。

闲散在家的时候，我跟着钟点工买菜做饭，学习她们的拿手好戏；在这屋里弹弹钢琴，那屋里勾抹古筝，对着幼时留下的壁镜把杆跳舞；兴致来了便制一些蛋糕店里学来的小点心；用最大段的时间看书，想怪问题。

总之，世界太好玩，无论在哪里，都停不下来。

生而为人，我真幸运。

松子如果能来找我就好了。

我马上要去更大的世界了。

希望在那里，看更多书，去更多地方，遇见更多形色不一的人，攒出属于自己的丰盈富饶的仅此一次的年轻，攒出写都写不完的素材库。每一天都不虚度。

生命长度有限，但宽度无限。

我希望自己活得很宽很宽。

五、我希望你用功学习，考进商学院

但，以上都是调味剂，都不应该是我接下来的人生主题。

我常问自己，我究竟想成为怎样的人？我到底想过怎样的人生？

好的大学，最后四年或者六年校园生活，精修所有功课，尽最大可能挖掘图书馆的价值。

踏入社会，哪怕无法迅速在崭新的起跑线上冲出头，至少要用大学和大学成绩单证明：我有能力有毅力，付出比别人多得多的、有效的努力。

这些答案一直很明确。

我已经听说了，我想进的华盛顿大学商学院，校内录取率20%。

我未来遇见的十个人里，八个会倒下，我绝对不做那1/8。

大学啊。我已经攒足了气力，每一分每一秒都要比80%的人更努力。

如果失败了呢？

人生没有失败怎么行，路有那么长，一口气就跑完了，太无聊啦。

小另维。

你会遇到好多困难。你想要的都不容易。

你这么年轻，你千万别放弃。

列好目标，不要迷茫。一秒也不要。
把生活节奏，学习和工作的精力分配掌控好。
如果不能比别人优秀，你至少要每一天，都比昨天的自己更优秀。

六、第六个希望留白，我也不知道你即将遇见什么，那就祝你享受未知吧
总结了一遍，这十八年我在襄樊，不算白活。
但它们不过地基。

2010 年，首都国际机场，一张飞往西雅图的单程票。
我真正的人生就要开始了。

隔了近十年，再看这篇高中生的大学规划，有些震惊。
我整个人，居然没怎么变。
原来人未来会长成什么样子，过去的每一天都是暗示。

我很爱写总结和列计划。
小时候有个南广的导演系老师告诉我，她班上的学生，每一届新生的第一堂班会，她都会发给每个人一张漂亮的纸，叫他们写下自己大学四年的目标。
毕业的时候我要成为一个怎样的人。
所以大三结束我要做到哪些事。
所以大二结束我要变成什么样子。
所以大一我打算怎样过。

她每一年暑假前的最后一堂班会，都会把这张纸发给学生。

白纸黑字在手上，问问自己过去一年都做到了吗？未来一年有什么要修改的吗？

纸上的内容，一生一共有三次机会修改和调整，用一次少一次。

毕业的告别班会，老师会把这张纸作为礼物送给每一个人。

有人欣慰，有人痛哭。

同样四年，有人成了十八岁时渴望的自己，有人辜负了十八岁的自己。

不管结局如何，日子都是一去不复返的，谁也不能重新来过。

我想：这样的大学班主任我也想要啊！

可是我没有，怎么办呢？

自己来。

从此，我养成了每年一总结，每年一规划的习惯。

在新年第一天，一个人安安静静坐下来，打开手账，一条一条罗列这一年想做的事情，像个小仪式。

比如，想去普华永道实习，想去首尔大学修韩语课程，想旅行五次，想读二十本课外书，看五十部电影，想写一本书。

然后，把这些事情塞进日历里。

怎么塞呢？

拿普华永道的实习举例子吧。

稍微搜一下，就知道普华的全职实习一年开放两次——寒假和暑假，寒假我在上课，计划删除。

时间线公开透明，暑假实习七月开始，六月出结果，五六月面试，三四月开放网申。

如果打算四月网申，我至少要从二月底开始刷题库，每周一套。记在二月的日历本上。

如果七月到九月在北京实习，最好五月开始打听租房，才有可能避开旺季抓瞎，选择多，价格好。五月日历本再记一项。

一年二十本书，就是平均大约十八天一本，也就是说我只剩十七天的时间读完一本书。如果一本书五百页，今天就要读完三十页。

…………

如此规划一下，一年还没开始，已经快要排满了。

每个月，每一周，每一天怎么过，都在本子上清晰表现。

我在《心理学：如何快速学会自律》里写过，社会心理学家鲍迈斯特有个自我调控理论，说人的意识思维容易忽略没有具象化的东西，因此人的目标越具体，执行起来越容易。

我暑假要进四大，我今年要读二十本书……这些模糊的概念在大脑里，很容易被无限滞后。等人们在最后关头想起它们，往往已经为时过晚。

如果把目标拆分成一件一件具体可行的小事，塞在每一天的to-do-list里，大脑处理它的方式，自然而然就不一样了。

试试吧。

规划人生听起来玄乎，其实不难。

过好每一天便是了。

后记 2 十九岁：大学生活日记

这篇文章，是许多年以前，我在一本叫《小说绘》的杂志的专栏。

后来社交媒体兴起，它又去了好多少年人的抽屉。

你好，我叫另维，十九岁，本科在读。

这里是西雅图的深夜两点半。我同往常一样，复习功课至天亮；与供职的留学咨询的客户视频聊天一个半小时，确定她的大学申请状况；出门去教堂做礼拜；带上午饭前往图书馆，与同学开小组讨论会；结束后回寝小睡一会儿，天快黑了，端着一杯咖啡，返回图书馆继续昨天没写完的作业。

窗外淫雨霏霏，哥特式的建筑群落之间，浑身湿透的乌鸦落在屋檐，狼狈地摆动翅膀，海鸥长鸣着斜划长空，破雨而行，一跳又一跳的小松鼠从我眼前出现了又消失，也不知道在找什么，要去哪里。

我抬头，在玻璃窗里看见了自己。

长发，淡妆，没有皱纹，和一年前那个独自拖着两个二十三公斤的巨大旅行箱，第一次降落在太平洋对面的小姑娘，并没什么两样。

1

闭上眼睛，襄樊四中里的一切都还历历在目。

小城里唯高考是尊，而我梦想留学。我对流程一知半解，又不想把自己的命运撒手扔给中介，不负责任又浪费钱。

于是我注册小马过河论坛，追梦论坛，如饥似渴地浏览、存储高校介绍。许多功夫花费出去了，发现网上的信息众说纷纭左右矛盾，只好自己上学校官网查证。

那年在湖北读高中，唯一的学英语途径是人教版课本，那么多看不懂的词句，都只能一边查字典一边在论坛上询问。

国外网站慢极了，每次都烦躁得想罢工。

我爸妈不同意我留学。

总说我中学成绩这么差，又有跳舞和写作的特长，考个艺考，以后做个发表少女小说的舞蹈老师，嫁个好人家，不是很好吗。

可那不是我想要的人生啊。

我高中还没毕业就知道自己不想要那样子的以后了，为什么还要听从他们的朝那儿走呢？

还好我早年爱写作，从"新概念"到《萌芽》，再到出版不温不火的小说，好几万稿费在存折里，从来没花过。

如今一股脑拿出来，每一分钱都是我离家北上的底气。

报名托福、SAT培训班，租好新东方附近的廉价地下室，就这样只身北上进京。

以三线小城十七岁姑娘的眼光来看，北京花钱如流水，眼看着存折的数字一天天减少，满心滴血。

但还好心里装着明确的目标。

眼里有光，生命充满希望。

那时候的每一天，都只能靠希望拯救。

托福班上名校大学生居多，SAT班则充满了家境优渥、见识极广的中学生。

课间几番闲聊，大家都是从小有专人规划好：初二下乡做志愿者，初三参加美国夏令营，高一上托福课，高二加 AP 课，然后由专业的咨询师代为选校，准备资料……

我才意识到自己跑了这么远，连人家的起点还没跑到。

还在为自己的勇敢出走而沾沾自喜。

还记得心里那段不曾中断过的退堂鼓。

——坚持不下去了，真的。又不是不走这条路就没有学上。

也记得在狭小阴暗的地下室小隔间里的硬板床上，恒牙厮磨的声音。

——可这才是我心里想走的路啊。

以一天五百个单词，循环往复背不停为起点，昂贵又难买的几千页的习题终日研习；熬夜刷考位；字斟句酌地写个人陈述。

在将近半年的漫长等待里束手无策，鼓足勇气拨打国际长途询问，却半天吭哧不出一句意义明了的话。

一条路，好不容易一鼓作气走完半程，却像是被人一把扔进了无垠的旷野，不见来路不见归途。

还是高考容易啊。

可惜高中没好好学习。

现在说什么都晚了。

2

还记得那年盛夏清晨五点的北京地下室，隔间里炎热异常，隔间外全是北漂们起床赶路、小孩哭闹的声音。

记得十七岁一个人在香港街头，饿着肚子摸索、计算从酒店到考场的路。

记得录取信迟迟不来的一月底，他们在欢度新年，我三天两头从申请全军覆没的噩梦中醒来，茫然地听着窗外的烟花与鞭响。

记得抱着签证材料，在大使馆前疯狂加速的心跳，和前功尽弃的恐惧。

记得拖着大箱子走进国际航班登机口后的悄悄回头，以及视线尽头因为没有护照被保安拦在外面的妈妈，和她久久伫立的并不夺目的身影。

她是看到我拿着 F1 美国学生签证回家，才同意我留学的。

爸爸甚至猜想过我是在哪儿捣饬的假货，想骗家里人一大笔钱然后天南海北逍遥去。

他们都习惯我是个差生了。

他们居然不知道人类一旦真正有了强烈的目标，可以爆发，可以创造伟大的奇迹。真可怜。

3

留学梦变成留学生活的现在，我过去经历的许多绝望感觉，已经通通无迹可寻了。

我的记忆好像也跟着删除干净了一样。

到底有没有我描述得那么艰难，体会不到了。

后来的日子太花哨，冲淡了小城的宁静和过渡期的动荡，一切一切。

遇见许多刚刚从世界各地聚来一处的十八岁少年，一起说着蹩脚的英语，日日闹笑话。

去餐馆吃饭，吃不惯饭里诡异的 teriyaki 酱、墨西哥辣椒酱而向店员索要醋（vinegar），却因为太过紧张把 "Do you have vinegar？" 错说成 "Do you have virgin？"。你有处女吗？

托同学带一杯可乐（coke），却把音发成 cock，男性生殖器。把店员吓得不轻。

去公园晨跑，听到迎面而来的黑人大哥热情洋溢的"Hey, bro, give me five！"，郁闷地掏出五美元给他……

每一天都在灰心又兴奋地惊叹，原来世界这么大。

原来混血儿是可以满大街都是的，原来有这么多少年，小时候只要闭着眼睛跟着父母，就可以在好几个国家生活，从小因为语言障碍哭着长大，十八岁出现在大学校园的时候，已经三四国语言随意转换。学个五语六语也不在话下。

原来世界上有这么多截然不同的思想和政治立场，各有各的道理，谁也没错，只是不同。

原来专业可以不用高考分数一锤定，而是给人足够的胡乱选课时间，从中了解自己的兴趣，挖掘自己的天赋，再用过程中的好成绩另行申请。

原来再出国这么容易，出国交换项目多得数不完，隔两个学期就大摆咨询台争抢着鼓励你去远方看看。还给奖学金，还更便宜。

原来有这么多长得好看，满身名牌，还中学就又创业又成绩好又课外活动一堆的人。原来有这么多早就把人生规划得清清楚楚的人。原来有这么多从一出生就开始世界各地随便去的人。原来那些拥有很多的人，会那么谦逊、平和。

原来人跳出一个小圈子，会感到自己再厉害都不算厉害，再有钱都不算有钱，再努力都不算努力。

会自卑，会绝望，会不知道去哪儿找自己的位置，会想不到怎样坚持生活下去。

会在这之中渐渐蜕变，开阔，融入。

我就这样，迅速学会做饭，买菜，交水电费，拼家具，修马桶，开车……真真正正地独立生活。

渐渐被潜移默化出平日拼命学习、工作赚钱，然后夏天去阿拉斯加，冬天奔佛罗里达或夏威夷的度假概念。

…………

是太多、太多如果不远走，三十岁也悟不出的成长，半生也到不了的地方，一生都结识不到的人。

这全部的相遇，都渐渐融化成了我的一部分，在我的眼睛里、内心里、言谈举止里一朵一朵地开花。

4

日子很完美了吗？

辛苦的还没开始说呢。

大多数时候，我每天的睡眠在三到四个小时之间，一般是凌晨两点以后到五点。其他时间基本都在马不停蹄。

不知从何时起，只要和父母视频，爸爸就会不厌其烦反复叮嘱，要多睡睡好啊，要按时吃饭啊，不要太累啊，睡觉比什么都重要啊……

爸爸似乎从来都不懂我——

你十九岁，这么一个充满希望的好年纪。你早上醒来，决心要看一整天功课书，你发现自己还有点困，你说，那就再睡个五分钟吧。

你在半小时后迷迷糊糊起床，刷牙洗脸收拾东西半小时，然后出门吃早饭，磨蹭去自习室时已将近上午十点。

你看看四周，上个厕所喝喝水，拿出手机看时间又顺便看看短信、QQ、人人甚至微博，然后你惊讶地说，呀，怎么刚翻开书本，一上午就过去了。

你去吃午饭，接着你困了。

你想，睡半个小时下午精神好，效率才会更高呢。

下午四点，你醒了，你决定省下去自习室的时间，立刻马上好好学习，你又上个厕所喝喝水，没看两页书，室友来了，他叫你出去打球逛街，你说，我要学习啊。

"你们你说他说他说你说"一小时，他走后你再意犹未尽地看看手机，还没看完你又饿了，原来是晚饭时间到了。

你吃罢晚饭，想起一天过去什么也没做，真的着急了，终于在自习室里安安静静看了两小时书。

踏夜回寝室的路上，你满足地想，今天还是挺有效率的嘛。

回寝室后，你又接受一番"学霸啊，学术帝回来了啊"的赞叹，带着"我有在好好学习"的美好幻觉睡觉了。

哦，对了，有些人还会用打电脑游戏嘉奖自己的奋斗，好吧，你打游戏到凌晨，幸福地睡着了。

不知不觉，你这个自以为一天学了十小时的人，发现那些真正一天学十小时的人满手机会。每天都在去念顶级名校、入职场拿高薪，还是创业追梦之间痛苦纠结。

你看得满心难受，你对自己说，比不了啊，人家妈妈是老师，先天后天的学习机会都好，自然比我强。

你又发现下一个飞黄腾达的同学，他爸爸的弟弟的二表哥的三叔好像是个官还是商，你骂骂咧咧，官二代富二代，这个拼爹的时代。

再接下来，你终于发现一个什么身家背景都挑不出来的人了。

你仰天长叹，命啊命啊，这都是命啊，他就是被苹果砸到的牛顿，而我一生注定平庸，唉。

你发现了很多不公不正，唯一没发现的是那些年里的每一天，你对自己说"再睡五分钟"时，别人已经悄悄下了床，而那偏偏就是一切差异的起源。

你看不见每分每秒，日积月累的过程，你只看见它们造成的后果。

你看见大家纷纷几套房几辆车了，你还在为生计奔波犯愁。

你越发埋怨起来，你怨天怨地爹怨社会，为什么老天不给机会。是的，你总是能找到完美的借口和理由，然后有一天你一觉醒来，你四十岁了。

爸爸，我不要那样的四十岁，因此，我绝不过把我引向那样一天的十九岁。

大学的开学典礼上，老师说了这样一段话，我一直记得。

"在你开始你的大学生活前，我希望你们想清楚你准备来这里干什么，你们是成年人，是自由的，可以选择拼命学习，像你们的校友 ABCDE 一样去改变世界，也可以选择每天坐在教室最后一排玩数独游戏，but I believe this was not the reason why you worked so hard to get into this university。"

但我相信，这不是为什么你曾经那么努力，要考这所大学。

吃吃睡睡，刷刷微博，无数个日夜我拼命、拼命、拼命考上大学，不是为了这些。

所以，爸爸，不要试图阻止我一天接一天近二十个小时的清醒。

我不累，不困，我若想睡想吃想刷微博，大可以退学回家去，在家里做这些没有忧虑，成本低廉。

我要的，是把所有的年轻都用来向前跑，看着自己一点一点坚强、独立、宽阔。

我要的，原本就是这般与轻松绝缘，但越来越自由的人生。

我至今还在收这样的私信："另维学姐，我读了你的熬夜故事，深受鼓舞，我想请教你如何熬夜！"

我每次都不知要从哪里解释起。

我的日子，有两幕我一直记得。

第一幕我十五岁，高一，清晨六点起床洗脸。

襄樊四中的早自习是六点四十五，我把水扑在脸上，哼着《凌晨三点钟》满不在乎地随意揉搓，然后我看到镜子里的自己，水珠落在脸颊上，晶莹剔透，皮肤吹弹即破。

我开心地拍干水，心想，我皮肤真好啊，连着一周忘涂宝宝霜，一点不受影响，这就是传说中的天生丽质了吧。

丝毫不觉得是年龄使然。

第二幕我二十二岁，在西雅图，彼时我已经深谙高效熬夜的规律，知道只要把困劲儿忍过去，整个后半夜都会精神奕奕。

我那些天同时找工作、写新书和上课，连续几天每天睡两个小时。还清早爬起来，换好衣裳，去商学院招聘会做志愿者。我为自己的无敌自律倾倒。

可是，化妆的时候我被镜子里的人吓到了：皮肤暗沉，黑头明显，痘痘在脸上三三两两一簇一簇，整张脸看起来红一块黄一块白一块。摸一下糙手，香奈儿的粉都盖不住。

我停下手，盯着不知什么时候冒出来的毛孔，觉得那些像是被针一下一下扎出来的洞，每一个都是一张血盆大口，要把我吞噬。

那天下午，我没有写作业，把挣来的钱理一遍，跑到商场买了一大堆护肤品，面膜，胶原蛋白和美容仪，从此再没有一天在护肤上马虎，再也不写鼓吹熬夜的文章。

文章写了就永久了，时间也跟着封停了，但人是一直在变的。

我早就不熬夜了啊！

如今，我每天的第一目标是早睡早起。

因为习惯把事情提前安排妥当，几乎没有了要拖延到最后一晚的时候，我不需要一天二十小时的清醒和马不停蹄了，我每天十二点前睡觉。

我健身。护肤品不惜成本。每天喝胶原蛋白。

对饮食的控制，更是到了作的地步。鸡蛋只吃蛋白，三文鱼只吃有机，牛奶只喝有机加零脂肪，连吃大米的习惯都改了。偶尔犯戒，一定要在手账上给自己画一笔。

我大概，也终于要走"青春不再，健康第一"的路线了。

我那么用力地追求过年轻那几年的精彩。

可惜青春再精彩，人还是会老的。

我们每个人的结局都是垂垂老去，关键是，怎样老去。

把青春糊弄潇洒完，然后一辈子能说的就那几年的那几件事，一辈子都以为人的青春一结束，生命就只剩下结婚生子养老送终。还并没有不错的物质基础让过程舒适。于是一总结人生，张口闭口"成年人的生活都充满无奈"。

把青春认认真真积累完，视野、手头都宽了，人自由得像天空中的飞鸟，到处都是待开发的新地图，也可以结婚生子安安稳稳，但那不过是众多选项之一。生活之丰富，远远超过二十出头的穷酸日子。抬头看周围，也全是活出了一百种活法的随心所欲之人。

生活的精彩从来不会随着青春结束而结束，只要你有资本。

而那资本的积累，回过头看，最辛苦好像也就那么两三年。

大一大二成绩好，活动好，还四处实习，是超负荷，但分水岭基本上在大三就出现了，有的人名企保研出国创业任选，有的人看看自己，还跟高中生没什么两样。

物质基础？前者自然而然就富饶了，后者依然跟高中生一样，仰仗家人。

我上个月接到普华永道的电话。

说我实习打分很高，按规定可以跳过所有校招流程，直接来一场三十分钟的合伙人面试。可是经理们把我的分数提交晚了，合伙人面试期已经结束。

我没有心塞，娓娓说明我的时间安排，商讨解决方案。

合伙人面试改成了合伙人视频通话，在西雅图时间的周三下午六点。

我早起，健身，早餐，上课，写作业，继续上课，然后写作两个小时，半个小时收拾屋子，提前十五分钟设置好电脑，等待面试。

结束后饱餐一顿，回到图书馆写作业。十一点回寝室，睡觉。

我再也不是会因为一场面试，一周都心神不宁、效率不高的小姑娘了。

我的生活节奏掌握在自己手中，很难被打乱。

到今天，我终于承认，我在《如何不虚度年轻时光？——名校大学生是怎样学习的》和《后记2 十九岁：大学生活日志》里写的那种不能睡觉的忙碌，是因为我不懂得如何管理时间，高效生活。

可是，这些生活的经验，谁又是生下来就会的呢？

谁不需要经历痛苦、迷茫、眼高手低、能力跟不上野心的过程，在中间摸爬滚打，千锤百炼，懂得了什么重要什么不重要，学会了怎么自律和管理时间，才得以涅槃重生呢？

他们问我怎么熬夜了皮肤还能好，怎么熬夜了第二天还有力气，答案是，年龄使然。

我如今已经不再觉得自己青春逼人，张口闭口"此刻便是我最好的年轻"了。

更已经好久不熬夜，不需要熬夜了。

这文章中的不知疲倦的两年，我充满感激，也不后悔。

少年啊，你也会老的。

我祝你老得不悔。

你真幸运。

命运的画笔正在你手中。

V V V
V

赤道附近的热带雨林气候特别有意思。

每天下午两点准时下雨，一下就是瓢泼大雨，不知什么时候停，其实稍不留神一下子就停了，放晴的天空顷刻间就能艳阳高照。

地球气候太顽皮，每一寸都有她的脾气。

岛上的土著人还没有伞，骤雨是他们比吃饭还要准时的日常。雨来了，不躲避，不停工，路边随意摘一片芭蕉叶，放在头顶上，欢声笑语，该干什么干什么。

　　这世上的生活真是千差万别。

　　他们没什么工作可做，大好的晌午不是在雨里说笑，就是在雨里奔跑，三三两两，成群结队。他们的房子没有墙，但他们饿了遍地都是果子，渴了遍地都是椰子，鲜美的鱼跳进水里就能捉。

　　蓝天白云，森林苍翠，汪洋大海，鸟语花香。

　　"热带雨林气候又称赤道多雨气候。"

　　高中地理课怎么也背不下来的句子，一瞬间就领悟了，再也不会忘了。

参考文献

如何不虚度年轻时光？——名校大学生是怎样学习的

Squire, L. R., & Zola, S. M.（1996）. Structure and function of declarative and nondeclarative memory systems. Proceedings of the National Academy of Sciences, 93（24）, 13515-13522. doi: 10.1073/pnas.93.24.13515.

Rizzolatti, G., & Fabbri-Destro, M.（2009）. The Mirror Neuron System. Handbook of Neuroscience for the Behavioral Sciences. doi: 10.1002/9780470478509. neubb001017.

Myers, D. G.（2013）. Psychology. New York, NY: Worth.

心理学：如何快速学会自律

心理能量

Gailliot, M. T., Baumeister, R. F., Dewall, C. N., Maner, J. K., Plant, E. A., Tice, D. M., ... Schmeichel, B. J.（2007）. Self-control relies on glucose as a limited energy source: Willpower is more than a metaphor. Journal of Personality and Social Psychology, 92（2）, 325-336. doi: 10.1037/0022-3514.92.2.325.

自我耗损

Mead, N. L., Alquist, J. L., & Baumeister, R. F.（2010）. Ego Depletion and the Limited Resource Model of Self-Control. Self Control in Society, Mind, and

Brain, 375-388. doi：10.1093/acprof：oso/9780195391381.003.0020.

心理能量

Gailliot, M. T., Baumeister, R. F., Dewall, C. N., Maner, J. K., Plant, E. A., Tice, D. M., ...Schmeichel, B. J.（2007）. Self-control relies on glucose as a limited energy source：Willpower is more than a metaphor. Journal of Personality and Social Psychology, 92（2）, 325-336. doi：10.1037/0022-3514.92.2.325.

巴甫洛夫的狗

Pavlov, I. P.（1927）. Conditional reflexes：An investigation of the physiological activity of the cerebral cortex. London：H. Milford.

自我调控理论

Baumeister, R. F., Heatherton, T. F., & Tice, D. M.（2006）. Losing control：How and why people fail at self-regulation. San Diego：Academic Press.

视线之内有手机的影响

Thornton, B., Faires, A., Robbins, M., & Rollins, E.（2014）. The Mere Presence of a Cell Phone May be Distracting. Social Psychology, 45（6）, 479-488. doi：10.1027/1864-9335/a000216.

记忆

Squire, L. R., & Zola, S. M.（1996）. Structure and function of declarative and nondeclarative memory systems. Proceedings of the National Academy of Sciences, 93（24）, 13515-13522. doi：10.1073/pnas.93.24.13515.

电梯实验

Asch, S. E.（n.d.）. Group forces in the modification and distortion of judgments. Social Psychology., 450-501. doi：10.1037/10025-016.

棉花糖实验

Mischel, W., Ebbesen, E. B., & Zeiss, A. R.（1972）. Cognitive and attentional mechanisms in delay of gratification. Journal of Personality and Social Psychology, 21（2）, 204-218. doi：10.1037/h0032198.

我读过最好的《社会心理学》读本

Aronson, E., Fehr, B. A., Akert, R. M., & Wilson, T. D.（2017）. Social psychology. Toronto：Pearson Canada.

心理学：工作和健康，真的需要二选一吗

威斯康星大学健康心理学实验

Keller, Abiola, Kristin Litzelman, Lauren E. Wisk, Torsheika Maddox, Erika Rose Cheng, Paul D. Creswell, and Whitney P. Witt. "Does the Perception That Stress Affects Health Matter? The Association with Health and Mortality." Health Psychology 31, no. 5（2012）: 677-84. doi: 10.1037/a0026743.

交感神经系统

Jamieson, Jeremy P., Wendy Berry Mendes, and Matthew K. Nock. "Improving Acute Stress Responses." Current Directions in Psychological Science 22, no. 1 （2013）: 51-56. doi: 10.1177/0963721412461500.

self-compassion 自我同情

Neff, K.（2015）. Self-compassion: The proven power of being kind to yourself. New York, NY: William Morrow, an imprint of HarperCollins.

减肥是最简单的自律练习题

Alternative Analysis

Analyses of Alternatives.（2017, September 26）. Retrieved March 22, 2018, from https: //www.mitre.org/publications/systems-engineering-guide/acquisition-systems-engineering/acquisition-program-planning/performing-analyses-of-alternatives.

fat cell 脂肪细胞

Freudenrich, P. C.（2018, March 08）. How Fat Cells Work. Retrieved March 22, 2018, from https: //science.howstuffworks.com/life/cellular-microscopic/fat-cell1.htm.

来一盘好玩的心理学

internal attribution and external attribution

Heider, F.（1958）. The Psychology of Interpersonal Relations. New York: Wiley.

后见之明

Fischhoff, B.（2007）. An Early History of Hindsight Research. Social Cognition, 25（1）, 10-13. doi: 10.1521/soco.2007.25.1.10.

Simulation Heuristic

Kahneman, D., & Tversky, A.（1981）. The Simulation Heuristic. Ft. Belvoir：Defense Technical Information Center.

赌徒谬误

Kahneman, D., & Tversky, A.（n.d.）. On the psychology of prediction. Judgment under Uncertainty, 48-68. doi：10.1017/cbo9780511809477.005.

Free Will

Bargh, J. A.（2007, November 16）. Free Will Is Un-natural. Retrieved March 21, 2018, from https：//acmelab.yale.edu/sites/default/files/2008_free_will_is_un-natural.pdf.

ego 自我

Miller, D. T.（1976）. Ego involvement and attributions for success and failure. Journal of Personality and Social Psychology, 34（5）, 901-906. doi：10.1037//0022-3514.34.5.901.

斜杠青年：怎样一个人拿 5 份工资

self-complexity

Linville, P. W.（1985）. Self-Complexity and Affective Extremity：Dont Put All of Your Eggs in One Cognitive Basket. Social Cognition, 3（1）, 94-120. doi：10.1521/soco.1985.3.1.94.

斜杠青年

Alboher, M.（2007）. One person/multiple careers：A new model for work/life success. New York：Warner Business Books.

这个时代，没有铁饭碗，也没有不务正业

1900 年美国人口和农民人口占比

US Census Bureau.（1970, January 01）. Library. Retrieved March 22, 2018, from https：//www.census.gov/library/publications/1901/dec/vol-01-population.html.

2008 年美国人口和农民人口占比，2013 年美国人口和工人人口占比 8%

2012 Census Highlights.（n.d.）. Retrieved March 22, 2018, from https：//www.agcensus.usda.gov/Publications/2012/Online_Resources/Highlights/Beginning_

Farmers/.

用喜欢的方式过一生是怎样的感觉

Terror Management Theory 恐惧管理理论

Greenberg, J., Pyszczynski, T., & Solomon, S. (1986). The Causes and Consequences of a Need for Self-Esteem: A Terror Management Theory. Public Self and Private Self, 189-212. doi: 10.1007/978-1-4613-9564-5_10.

extended self 延伸的自我

Belk, R. W. (1988). Possessions and the Extended Self. Journal of Consumer Research, 15 (2), 139. doi: 10.1086/209154.

两分钟的赢家

Dweck, Carol S. Mindset: The New Psychology of Success. New York: Ballantine, 2016.

后记 1：十八岁：祝贺你高中毕业，不听话的大人

自我调控理论

Baumeister, R. F., Heatherton, T. F., & Tice, D. M. (2006). Losing control: How and why people fail at self-regulation. San Diego: Academic Press.

图书在版编目（CIP）数据

每一天梦想练习 / 另维著 . —长沙：湖南文艺出版社，2018.5
ISBN 978-7-5404-8606-8

Ⅰ . ①每… Ⅱ . ①另… Ⅲ . ①成功心理—青年读物 Ⅳ . ① B848.4-49

中国版本图书馆 CIP 数据核字（2018）第 054348 号

上架建议：励志·文学

MEI YI TIAN MENGXIANG LIANXI
每一天梦想练习

作　　者：另　维
出 版 人：曾赛丰
责任编辑：薛　健　刘诗哲
监　　制：毛闽峰　李　娜
特约策划：　　　　张应娜
策划编辑：郑中莉　冯旭梅
文案编辑：孙　鹤
营销编辑：杨　帆　周怡文
内文设计：薄荷橙
封面设计：末末美书
封面摄影：张震宇
出版发行：湖南文艺出版社
　　　　　（长沙市雨花区东二环一段 508 号　邮编：410014）
网　　址：www.hnwy.net
印　　刷：北京京都六环印刷厂
经　　销：新华书店
开　　本：875mm×1270mm　1/32
字　　数：326 千字
印　　张：12.25
版　　次：2018 年 5 月第 1 版
印　　次：2018 年 5 月第 1 次印刷
书　　号：ISBN 978-7-5404-8606-8
定　　价：42.80 元

若有质量问题，请致电质量监督电话：010-59096394
团购电话：010-59320018

If you are still looking for that one person who will change your life, take a look in the mirror.

——Unknown

你还在寻找那个会改变你一生的人吗?
看看镜子。

——佚名

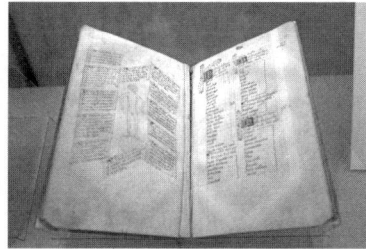

NOT
THE END